BASTEI
LÜBBE

Von Ephraim Kishon erschienen bei BASTEI-LÜBBE:

12016 Kishon für alle Fälle
12032 Kishon für Steuerzahler
12265 Der Fuchs im Hühnerstall
12299 Dreh'n Sie sich um, Frau Lot!
12331 Mein Freund Jossele
12432 Der seekranke Walfisch

EPHRAIM
KISHON

Nichts zu lachen

DIE ERINNERUNGEN

Dieses Buch entstand nach Gesprächen
mit dem israelischen Journalisten Jaron London

Aus dem Hebräischen von Ursula Abrahamy
und Ephraim Kishon

BASTEI
LÜBBE

BASTEI-LÜBBE-TASCHENBUCH
Band 12452

Lizenzausgabe: Gustav Lübbe Verlag, Bergisch Gladbach
Printed in Germany Februar 1996
Einbandgestaltung: Roland Winkler
unter Verwendung eines Fotos von Isolde Ohlbaum
Satz: KCS GmbH, Buchholz/Hamburg
Druck und Bindung: Ebner Ulm
ISBN 3-404-12452-9

Der Preis dieses Bandes versteht sich einschließlich
der gesetzlichen Mehrwertsteuer

A. K.

Meine Lebensgeschichte habe ich für meine drei in Israel geborenen Kinder erzählt, um ihnen die nähere Bekanntschaft mit ihrem Vater zu ermöglichen.

Ich muß gestehen, daß ich niemals eine Autobiographie schreiben wollte. Ich konnte mir einfach nicht vorstellen, daß es möglich ist, das eigene Leben so wiederzugeben, wie es wirklich war, und ich bezweifelte, daß es meine Leser tatsächlich interessiert, wo meine Wiege stand.

Ich blieb auch noch standhaft, als die beste Ehefrau und meine drei Kinder mich drängten, mein Leben zu erzählen. Sie sind schließlich alle im Nahen Osten geboren und wollten endlich die bewegten Kindheits- und Jugendjahre ihres ungarischen Familienoberhauptes für die Nachkommen festhalten. Aber ich scheute mich, meine Vergangenheit preiszugeben, denn jene Erlebnisse, die für meine Familie von bleibender Bedeutung sein könnten, waren entweder so traurig oder so absurd, daß es mir rücksichtsvoller schien, sie in eine bessere Welt mit hinüberzunehmen.

Schriftsteller, davon bin ich nach wie vor überzeugt, sollte man nicht nach ihrem Charakter oder nach ihrer Biographie beurteilen, sondern ausschließlich nach ihren Werken. Ich schrieb Bücher, ich verfaßte Theaterstücke und drehte Filme. Das ist mein Leben, das bin ich.

Über meine Jahre unter dem Joch des Hakenkreuzes, das mich wohl mehr prägte als meine Herkunft, meine Eltern und meine Lehrer, hatte ich aus Gründen, die für Außenstehende schwer verständlich sind, bisher noch keine Zeile geschrieben. Es ist mir, als hätte sich jene Zeit auf einem anderen Planeten abgespielt und meine Berichte könnten nur von Menschen verstanden werden, die wie ich verdammt dazu waren, Augenzeugen und Betroffene jenes dunklen Abschnitts unserer Geschichte zu sein.

Das Blatt wendete sich, als auch Israels bekanntester und begabtester Fernsehmann, Jaron London, der zufällig auch mein Nachbar ist, den verschlungenen Weg kennenlernen wollte, der vom Budapester Hoffmann Ferenc zum hebräischen Schriftsteller Ephraim Kishon geführt hatte. Bei einem gemeinsamen Abendessen in Tel Aviv kam meiner Frau der Gedanke, daß Jaron als erfahrener Talkmaster meinen Widerstand brechen und mich zum Reden bringen sollte. Die beste Ehefrau von allen ging dabei das nicht geringe Risiko ein, daß durch die Gespräche mit Jaron auch meine tiefsten Geheimnisse ans Tageslicht kämen. Für diese Zivilcourage gebührt ihr mein inniger Dank oder besser noch meine Bewunderung.

Anfang Sommer 1992 zogen Jaron und ich uns in die Abgeschiedenheit und Stille der Schweizer Alpen zurück. In meinem Haus in Appenzell haben wir zehn Tage lang meine Erinnerungen auf Tonbändern aufgezeichnet, welche die Basis meiner hebräischen Buchausgabe bildeten. Dank der unkonventionellen Persönlichkeit meines Gesprächspartners wurde aus dem geplanten Monolog bald ein Dialog, der aber nicht streng der Chronologie meines Lebens folgte, sondern eher assoziativ ablief. Der Humor blieb dabei zwar nicht auf der Strecke, er stand jedoch zwangsläufig im Schatten der Nachdenklichkeit.

Die Erarbeitung der Autobiographie für meine deutschsprachigen Leser war keine leichte Aufgabe. Jarons bedeutende Rolle als Auslöser meines Erinnerns mußte wesentlich verkürzt werden, da der berühmte Israeli hierzulande unbekannt ist und der Text vielfach lokalen Charakter trug. Der lebendige Dialog wurde streckenweise in einen Monolog zurückverwandelt, und eine nicht geringe Anzahl von Ergänzungen, die für die deutschsprachigen Leser von Belang sind, habe ich eingearbeitet, so daß man eigentlich von einer deutschen Originalausgabe sprechen kann. Der Kern der Erinnerungen blieb jedoch das Gespräch im ländlichen Appenzell.

Meine Enthüllungen auf der Veranda meines Schweizer Asyls wurden vom Läuten der Kuhglocken untermalt. Die geruhsamen Tiere grasten auf den saftigen Nachbarwiesen. Es gibt wohl keinen stimmungsvolleren Hintergrund für einen Menschen, der sein Gestern und seine Wahrheit sucht.

Zu Beginn unserer Gespräche blickten wir von unserem Hügel auf das Appenzeller Dorf hinab, auf seine jahrhundertealten, mit Malereien verzierten Holzhäuser, die so schön sind, als stammten sie aus einem Bilderbuch.

Da sagte ich:

»Diese Häuser sehen aus wie ein Bühnenbild, und ich fühle mich hier wie ein pensionierter Schauspieler, der sich in den Kulissen verirrt hat und darauf wartet, daß er jeden Augenblick aus seinem Traum erwacht, dem Traum über die Endstation im Leben jenes Hoffmann Ferike, für den mit seiner Rolle als kleiner Sklave in der ungarischen Armee das Schicksal seinen Lauf nahm.«

Jaron: Warum nennen Sie es »Endstation«?

Ich beziehe mich auf mein Alter, nicht auf mein Domizil in Appenzell. Ich glaube nicht, daß sich in meinem Leben noch Wesentliches ereignen wird, und auch der psychologische Druck, der mich von Erfolg zu Erfolg trieb, ist heute bedeutend schwächer. Der Amoklauf ist vorbei. Die pittoreske Landschaft dieser kleinen Schweizer Stadt wird wohl die seltsame Kulisse für den letzten Akt meiner abenteuerlichen Lebensgeschichte bilden.

Aber eigentlich ist es nicht die Kulisse, die seltsam ist, sondern die Tatsache, daß mein Leben davor abläuft.

Manchmal denke ich zurück und stelle mir vor, wieder bei einem jener Appelle strammzustehen, acht oder zehn endlose Stunden lang, bei klirrender Kälte, abgemagert bis auf die Knochen, erfüllt von Todesangst. Ich warte mit den wenigen jüdischen Häftlingen, die noch am Leben sind, auf den Nazioffizier, der unser Schicksal entscheiden wird. Und da tippt mir plötzlich jemand auf die Schulter und flüstert mir ins Ohr, eines Tages würde ich in ein mir unbekanntes Wüstenland einwandern und dort die Sprache seiner Einwohner erlernen, die in verkehrter Richtung läuft. In dieser komischen Sprache würde ich dann einige Dutzend Bücher schreiben und einer der Lieblingsschriftsteller der Kinder und Enkel jenes SS-Offiziers werden, den ich in dieser Minute als meinen Henker erwarte. Hätte mir ein Hellseher dies ins Ohr geflüstert, ich hätte ihn für verrückt gehalten und ihm diese geschmacklosen Witze verboten.

Darüber denke ich oft nach und kann es eigentlich immer noch nicht fassen, daß mich das Schicksal durch einen dummen Zufall zum Hausherrn in Appenzell gemacht hat. Ich besitze ein Haus in diesem entlegenen Städtchen, ein Haus im ländlichen Holzstil, das im Grundbuch auf meinen Namen und den meiner Frau eingetragen ist. Appenzell ist für mich der Ort, an dem ich mich ausruhe, bei meiner schriftstellerischen Arbeit oder beim Anblick der überwältigenden Natur. Ja, ich erhielt sogar eine Art Ehrenbürgerschaft in diesem kleinen Kanton, ich, der wohl einzige Jude in dieser gebirgigen Gegend, die Welten von der Landschaft und den Menschen meiner Kindheit und Jugend trennt. Kein Wunder also, daß ich mich von Zeit zu Zeit frage, ob ich dies alles nicht nur träume.

Natürlich hätte ich das Szenario meines Lebens mit der Kindheit im Elternhaus von Hoffmann Ferike beginnen müssen, aber auch der legendäre Professor Freud würde der Behauptung zustimmen, daß für Menschen, die ihre Jugend im Holocaust verlebt haben, die Kindheit zu einem Schemen geschrumpft ist.

Das bedeutet nicht, daß jene, die überlebt haben, einander zwangsläufig ähneln. Da gab es ja raffinierte Variationen des Infernos, welche die Opfer unterschiedlich geprägt haben, gab es unendlich viele individuelle Erlebnismuster.

Tatsächlich aber erscheint mir heute meine Kindheit bedeutungslos. Ich war nichts weiter als ein jüdischer Junge, der in völlig assimilierter Umgebung aufwuchs. Zwar ging auch an mir nicht restlos vorbei, daß es so etwas wie einen Antisemitismus gab, aber ich hörte nur davon, noch war er nicht deutlich zu spüren. Ich fühlte mich damals in jeder Hinsicht als Ungar. Von der Existenz einer hebräischen Sprache wußte ich nichts, und es war mir zu Hause ausdrücklich verboten, ein jiddisches Wort in den Mund zu nehmen. Jiddisch war die Sprache der anderen Juden, jener exotischen mit den langen Bärten und den Käppchen, für deren Aussehen und Benehmen wir, die »Ungarn mosaischen Glaubens«, uns schämten. Im gesellschaftlichen Umkreis meiner Eltern handelte sich ein Kind nicht selten eine Ohrfeige ein, wenn es versehentlich einen jiddischen Ausdruck benutzte. »Wir sprechen dieses halbgare Polnisch nicht«, hieß es dann tadelnd. »Wir sind doch keine Galizier.«

Jaron: So hatten Sie also niemals mit orthodoxen Juden zu tun?

Nein, denn sogar das war verboten. Ich erinnere mich nur, daß ich einmal als Kind, neugierig wie ich war, einen Rabbi mitten auf der Straße anhielt und recht vorlaut fragte, warum er an einem solch heißen Sommertag denn seinen dicken, schwarzen Kaftan nicht ablege. Seine Antwort war für mich ebenso rätselhaft wie seine Kleidung. »Ich trage ihn«, belehrte er mich gelassen, »da ihn mein Urgroßvater trug und ihn auch meine Enkel tragen werden.«

Da war ich sehr dankbar, nicht sein Enkel zu sein, denn in Ungarn können Sommer sehr heiß werden. Außerdem fühlte meine Familie durch und durch ungarisch, man gab sogar gerne damit an, daß unsere Vorfahren an dem großen ungarischen Aufstand gegen Österreich im Jahre 1848 teilgenommen hatten, und es wurde behauptet, daß einer meiner Großväter in den Offiziersstand erhoben worden war. Das einzig Jüdische an mir war der Eintrag in meinem ungarischen Personalausweis, der taktvoll lautete: »Religion: Isr.«, nicht etwa »Jude«, was als Schimpfwort galt, sondern lediglich »Isr.«, mit einem erlösenden Punkt nach dem »r«, der die delikate Bezeichnung »Israelit« abkürzte.

All dem widerspricht, daß ich als Dreizehnjähriger dennoch die traditionelle Bar-Mizwa-Feier in einer Synagoge mitmachte. Sie war eine der wenigen erhaltenen Familientraditionen, eine Referenz an die ehrwürdigen Rabbiner, von denen wir abstammen. Es war für mich eine geheimnisvolle und sogar ein wenig unheimliche Zeremonie, etwas ganz und gar Altertümliches, wie aus der Zeit der Urgroßeltern.

Wenige Tage vorher hatte mich ein ehrwürdiger Greis mit einem schwarzen Käppchen auf dem Kopf in der Schule aufgesucht und für mich den offiziellen Text in lateinischen Buchstaben notiert. Die Bedeutung der Worte habe ich nicht verstanden, ich erinnere mich jedoch an einige Stellen bis zum heutigen Tag:

»Ve erastich li laolam bemischpat, bezedek uverachamim«, was nicht weniger bedeutet, als daß Gott sich mit mir für alle Ewigkeit, in Gerechtigkeit und Recht, in Gnade und Barmherzigkeit verlobt hat.

Ich stand dann an jenem Tag auf einem Podium in der Synagoge und murmelte den Text vor mich hin, in der Hoffnung, gläubig zu wirken. Der Gebetsdiener fragte mich nach Beendigung meiner Litanei: »Wieviel bist du bereit zu geben, mein Junge?«

Ich schwieg verwirrt, da ich keine Ahnung hatte, was er meinte, bis mein Vater mich rettete. Er nahm eine Münze aus der Tasche, die ungefähr dem heutigen Wert von einem Dollar entsprach, um mir damit anzudeuten, daß dies die gewünschte Spende sei. So war es damals um meine Beziehung zum Judentum bestellt, sie war, wenn auch nicht feindselig, doch sehr oberflächlich.

Auch heute noch ist mein Glaube sehr individuell geprägt. Aber wenn ich auch manchen Zweifel an den etablierten Religionen habe, so habe ich doch immer Gottesleugner oder Ketzer für die größten Dummköpfe gehalten. Und ich schätze, mit meiner reichen Lebenserfahrung, die jüdische Religion als die lebensnächste und humanste aller mir bekannten Glaubensrichtungen.

Ich bewundere den ägyptischen Prinzen und jüdischen Genius Moses, der während der 40jährigen Wanderung durch die Wüste Sinai die historische Konsequenz zog, daß die Menschen, und besonders sein Sklavenvolk, die bürgerlichen Gesetze nur dann befolgen werden, wenn sie diese als unmittelbare göttliche Weisung ansehen. Seine zehn Gebote sind daher bis heute die vernünftige Basis unserer Moral, auch wenn die Einhaltung des Gebotes »Begehre nicht deines Nächsten Frau« nicht unbedingt als voller Erfolg verbucht werden kann.

Ja, ich glaube, daß die jüdische Religion eine äußerst kluge Erfindung ist, aber auch sie basiert letztlich auf Thesen, die nach weltlichem Ermessen bis heute unbewiesen sind. Wir Juden sind zum Beispiel stolz darauf, den Monotheismus erfunden zu haben, den Glauben an einen Gott. Wir tun so, als hätten wir alle nötigen Beweise erbracht und wären vor allen anderen der Wahrheit auf die Schliche gekommen. Ich verneige mich demütig vor den Wundern der Natur, des Universums, den Geheimnissen des Lebens, aber ich habe mich schon von Kindesbeinen an gefragt, wie um Gottes willen die Bewohner eines einzigen der

Abermilliarden von Sternen mit Bestimmtheit die Anzahl der Schöpfer kennen wollen, die hier am Werk waren? Oder waren es nicht vielleicht Schöpferinnen, fragte ich mich in jugendlichem Übermut. Von klein an war ich mir also darüber im klaren, wählen zu müssen zwischen der Skepsis, der Urmutter des Humors, und dem Glauben, dem Urvater der Religion. Meine Wahl war schnell getroffen, und ich hörte auf, im Bett mein erlerntes Nachtgebet »Müde bin ich, geh zur Ruh« zu murmeln, als ich entdeckt hatte, daß es keinerlei praktische Wirkung hat.

Ich kann die Lösung für eine mathematische Gleichung nicht finden, wenn keiner ihrer Faktoren bekannt ist. Ich stelle mir wieder und wieder die quälende Frage, welchen Sinn all diese Wunder haben, wozu sie eigentlich geschaffen wurden, die Blumen, die Sterne, die Heuschrecken, die Gravitationsgesetze, Geburt und Tod, wofür das alles, welche Absicht steckt dahinter? Vielleicht beneide ich heimlich gläubige Menschen, die sich all diese Fragen nicht stellen.

Aus meiner Bar-Mizwa-Feier ziehe ich jedenfalls nur den Schluß, daß es wesentlich leichter ist, an die himmlische Botschaft der Gebete zu glauben, wenn man ihren Inhalt nicht versteht.

Die Bar-Mizwa-Feier war jedoch Familientradition, sie blieb erhalten, auch wenn meine Familie bereits zwei Generationen nach Verlassen des Ghettos assimiliert war. Das war bei den meisten europäischen Juden so, die durch Napoleons Erlaß zu integrierten Bürgern wurden und sich mit überraschender Geschwindigkeit in den Gastländern zurechtfanden.

In meiner Ahnengalerie findet sich eine lange Reihe ehrwürdiger Rabbiner. Meine Großmutter väterlicherseits war die Nichte eines weltberühmten Rabbiners, dessen Stellung in der jüdischen Gemeinde der des katholischen Papstes gleichkam und der im Ruf stand, ein »Wunderrabbi« zu sein. Sein Name war Jehosua Silberstein, und noch heute ist das einzige Rabbinerseminar Ungarns nach ihm benannt. Meine Großmutter erzählte mir, daß er einer der wenigen Menschen war, die den gesamten Talmud auswendig kannten. Mit der gleichen unmenschlichen Anstrengung hätte er, glaube ich, auch die 46 Bände der »Encyclopædia Britannica« auswendig lernen können.

Die Nichte dieses genialen Mannes hat einen reichen Kaufmann aus einem kleinen, ungarischen Städtchen namens Szentes geheiratet. Als Kind wurde ich in den Sommerferien zu ihr geschickt, um »gemästet« zu werden. Ich war nämlich ein ungewöhnlich mageres Kind und sollte mit Bergen von Butterbroten aufgepäppelt werden. Mein Vater hatte sieben Geschwister, und die meisten lebten in ähnlichen kleinen Städtchen. Auch in meiner Familie vollzog sich der Prozeß, der für die Juden Ungarns charakteristisch war, vom Leben in den Ghettos zog es sie in die Infrastruktur der Städte, zur Bildung, zu den vielfältigen Möglichkeiten, die Wirtschaft und Geistesleben des Gastlandes boten. Jeder zehnte Bürger Ungarns war Jude, und kaum ein anderes Land auf der Welt wurde so stark von der jüdischen Kultur geprägt. In Ungarn aber, nicht anders als in Deutschland, wurde diese Kultur, eine der wichtigsten Wurzeln des Denkens und Schaffens, gründlich ausgerottet. Die bedeutendsten Ärzte, die Elite der Schriftsteller, die Schauspieler, die olympischen Meister, die Einsteins, sie alle kamen in den Vernichtungslagern um. Das war auch das Schicksal der Geschwister meines Vaters und ihrer Familien.

Meinem Großvater selbst blieb der Holocaust erspart, er nahm sich vorher das Leben. Sicherlich werde ich als Kind auf seinen Schultern geritten sein, wird er mit mir gesprochen und gespielt haben, an sein Gesicht aber kann ich mich nicht mehr erinnern. Das Ereignis seines Todes habe ich aus meinem Gedächtnis verdrängt, obwohl es die Familie erschütterte. Er war ein gläubiger Jude, und somit bedeutete sein Selbstmord eine Fahrkarte in die Hölle. Dennoch hat er diesen Weg gewählt. Im Alter von etwa 70 Jahren erfuhr mein Großvater, daß er unheilbar krank war und wollte die Qualen des Dahinsiechens sich und seinen Nächsten ersparen. Er war aus seinem Heimatstädtchen nach Budapest gekommen und hatte hier vom Arzt erfahren, daß nur eine Beinamputation noch Hoffnung brächte. Da ging er in unsere Wohnung und sprang aus meinem Kinderzimmerfenster.

Ich erinnere mich noch, daß meine Eltern immer besonders ängstlich waren, wenn ich beim Spielen in die Nähe des Fensters kam. »Steh dort nicht herum«, hieß es dann, »schlimm genug, daß Opa hier herunterfiel.«

Heute habe ich großen Respekt vor ihm. Es gibt genug Menschen, die sich im Ernstfall für den Selbstmord entscheiden wollen. Die wenigsten haben aber dann die Kraft, »es ist genug« zu sagen.

In Ungarn ist Selbstmord übrigens heute noch ein »Kavaliersdelikt«. Die Ungarn neigen zu Depressionen und sind – so absurd es klingt – sogar ein bißchen stolz darauf, eine der höchsten Selbstmordraten der Welt zu haben.

Nach jüdischer Religion hätte mein Großvater außerhalb der Friedhofsmauern begraben werden müssen. Da verschworen sich jedoch Familie und Verwandte und verheimlichten meiner Großmutter, der Nachfahrin des großen Rabbis, der altehrwürdigen und hochgeachteten Bürgerin, die Umstände seines Todes. Da die meisten Zeitungsredakteure Juden waren, schrieb man einen Artikel über eine Herzinfarktversion in der Lokalzeitung, und so blieb meine Großmutter bis an ihr Lebensende im dunkeln über den Selbstmord ihres geliebten Mannes.

Die ganze Tragweite dieses Familienereignisses habe ich natürlich erst begriffen, als ich in Israel mit den Gebräuchen des Judentums vertraut wurde.

Jaron: Haben Sie selbst schon mit dem Gedanken gespielt, Ihrem Leben ein Ende zu setzen?

Das war nicht nötig. Andere besorgten das für mich. Aber ich möchte schildern, was der kleine Ferike vor 60 Jahren sah, wenn er aus dem gespenstischen Fenster sah. Wir wohnten im vierten Stock einer im »Wiener Ringstraßenstil« erbauten Mietskaserne, die im Parterre eine Bäckerei beherbergte. Riesige Papierrollen waren im Hof gelagert, und ich erinnere mich, daß ich von meinem Fenster Morgen für Morgen die Rollen zählte. Ich habe keine Ahnung, warum ich das tat. Diese lächerliche Eigenschaft ist mir übrigens bis heute geblieben, und ich ertappe mich immer wieder dabei, wie ich Treppen, Elektromasten oder meine Armschläge beim Schwimmen zähle. Ich tue es automatisch. Ich bin anscheinend so programmiert. Was aber meine andere Begabung zutage brachte, waren nicht die Papierrollen, sondern eine Schuhschachtel, die Farbbandspulen einer Schreibmaschine und die Linse eines alten Fernglases. Ich stellte eine Taschenlampe hinter die Linse, und mit dem Lichtstrahl projizierte ich meine auf die Spulen aufgerollten Zeichnungen an die Wand. So habe ich mir meinen ersten Filmprojektor gebastelt.

Nach Filmen und nach Kino war ich schon als Kind süchtig. Aber leider hatte Ferike sehr selten das nötige Kleingeld für die begehrte Kinokarte. Da stand ich dann auf Zehenspitzen vor der Kinokasse und fragte nach einem Platz in der ersten oder in der letzten Reihe, aber der Kassierer antwortete ungeduldig: »Die billigste Karte kostet 30 Groschen.« Ich schlich traurig nach Hause. Ich hatte nur 25 Groschen Taschengeld.

Heute hingegen besitze ich insgesamt, in meinen verschiedenen Domizilen, in Appenzell und in meinem Hauptwohnsitz in Afeka bei Tel Aviv, wohl ein Dutzend Fernsehapparate, zwei davon mit Bildschirmen fast so groß wie im Kino. Meine kindheitsgeprägte Sucht ist so stark, daß meine Regale die Videofilme kaum fassen, die ich aufgenommen oder gekauft habe. Auch wenn ich noch 200 Jahre zu leben hätte, könnte ich sie nicht alle sehen.

Wahrscheinlich bewahre ich mir die Illusion, daß ich mich eines schönen Tages, an meinem nicht zu fernen Lebensabend, bedingt durch das Alter und die unvermeidlichen Zipperlein, den Genüssen des Faulseins hingeben werde.

Das ist natürlich Selbstbetrug. Ich bin überzeugt davon, daß nur lange lebt, wer sich zu Tode arbeitet. Und ich lege Wert auf die Feststellung, daß ich dem Alter keine der Freuden abgewinnen kann, wie sie die jungen Werbeprofis so gerne darstellen, daß ich gar nichts von einem friedlichen und erfüllten, von der Herbstsonne milde beschienenen Lebensabend halte. Das Alter hat etwas himmelschreiend Ungerechtes. Es kommt viel zu früh. Dann nämlich, wenn der Mensch endlich die Spielregeln des Lebens durchschaut hat und sie richtig anwenden könnte.

Jaron: Sie können doch sehr zufrieden mit sich sein, so wie Sie heute aussehen.

Ja, ich weiß. Ich bin ein hübscher, weißhaariger, älterer Herr. Aber wer sieht sich schon gern in seinem wirklichen Alter?

Das erinnert mich an ein Erlebnis. Meine erste große Liebe hieß Erika. Sie war Lehrling in einem Friseursalon ganz in der Nähe unserer Wohnung. Ich war schon ganze 17 Jahre alt und Schüler, sie war erst 16 1/2. Unsere Liebe erblühte während zahlreicher Abendspaziergänge in den nahegelegenen Parkanlagen mit den Fliederbüschen und Kastanienbäumen und gedieh bis zum kühnen Händchenhalten. Dann kamen die Nazis und machten Schluß mit unserer jungen Romanze.

Wir haben jahrzehntelang nichts mehr voneinander gehört, bis zum vorigen Jahr, als ich in einer Züricher Straßenbahn stand, auf die Sitzenden hinabsah und entdecken mußte, was aus Erika geworden war. Ganz fremd schien sie mir. Mein Herz brach bei ihrem Anblick, so verwelkt saß sie da. Siebenundsechzig und ein halbes Jahr alt war ihr faltiges Gesicht. Wehmütig sah ich sie an. Da stand sie auf und bot mir ihren Sitzplatz an.

Jaron: Zurück zu Ferike. Warum konnten ihm seine Eltern keine Kinokarte kaufen?

Bis 1937 galten wir als eine recht wohlhabende Familie, aber damals wurden Kinder viel strenger gehalten, und es war mit meinem Taschengeld nicht leicht, die nötigen Groschen fürs Kino zusammenzukratzen.

Mein Vater, Dezsö Hoffmann, hatte in Wien Wirtschaft und Jura studiert, er sprach fließend Deutsch, wenn auch mit dem unvermeidlichen singenden Akzent, den auch ich in keiner Sprache verleugnen kann. Er brachte es dann in Budapest bis zum Direktor einer angesehenen Bank.

Meine Mutter Elisabeth lernte er dort kennen, sie war seine Sekretärin. Eine Liebesgeschichte wie im Groschenroman. Man sagt, meine Mutter war eine Schönheit, und sie gewann auch mehrere Wettbewerbe. Und mein Vater hatte, wie alle Männer, eine besondere Schwäche für schöne Frauen. Ich trage übrigens nicht schwer an diesem Erbteil.

Mutter kam aus der kleinen Stadt Debrecen, über die man gemeinhin nicht mehr weiß, als daß dort eine berühmte, fettige Wurst hergestellt wird. Auch meine Mutter hatte üppige Formen, gebändigt von einem Korsett, wie es damals Mode war. Sie hatte kohlrabenschwarze Augen und war sehr stolz auf ihr Aussehen. Ihre Schönheit, die sie lebenslang pflegte, bedeutete uns viel. Sie starb im Alter von 91 Jahren, und ihr Gesicht war bis ins hohe Alter nahezu faltenlos.

Ich sehe meinen Eltern überhaupt nicht ähnlich. In der Verwandtschaft munkelte man sogar von einem französischen Offizier, der nach dem Ende des Ersten Weltkrieges in Budapest stationiert war und in den die verheiratete Elisabeth bis über beide Ohren verliebt gewesen sein soll. Einmal nahm ich meinen ganzen Mut zusammen und fragte vorsichtig nach, doch meine Mutter lachte nur. Ich glaubte ihr, die Tatsache ist aber nicht wegzuleugnen, daß ich von meinen schwarzhaarigen, zierlichen Eltern gar nichts habe. In meiner Jugend sah ich aus wie ein Germane aus dem Bilderbuch, großgewachsen, blondhaarig und blauäugig, mit einer Stupsnase, die mir meine Mutter erfreulicherweise vererbt hat. Ich entsprach dem Prototyp des Ariers, wie ihn die Nationalsozialisten propagierten und von dem ein semitischer Typ wie Dr. Goebbels nur träumen konnte.

Das machte mich aber weder zufrieden noch stolz. Im Gegenteil, ich litt darunter, daß ich so beschämend dünn war. So dünn, daß meine besorgten Eltern mich zu einem Arzt schickten, der zufällig auch mein Onkel war und mir Insulin-Spritzen zur Anregung meines Appetits verschrieb. Ich habe zwar trotzdem nicht mehr gegessen, aber wenigstens bin ich auf dem Heimweg gelegentlich in Ohnmacht gefallen. Zu jener Zeit waren eben Eltern davon überzeugt, daß nur dicke Kinder gesund seien, während sich über die Dünnen früher oder später die Tuberkulose hermachen würde.

So pflegte mich also meine geliebte Mama mit Knödeln vollzustopfen und mir beim Kauen zuzusehen. Gemeinsam mit meinem Vater stimmte sie dann ein Klagelied an, wenn ich die zwei Knödel Stunden später noch immer im Mund hin- und herschob. Es war eine der wenigen Gelegenheiten, bei der meine Eltern gleicher Meinung waren.

Ihre Beziehung war, für mich scheinbar grundlos, immer gespannt. Ich wußte ja nicht, daß mein Vater ein Doppelleben führte, meine Mutter im Bilde war und die andere Frau sogar kannte. Auch mein Vater vermutete, daß seine Frau Beziehungen zu anderen Männern hatte. Niemals aber sprachen sie sich aus oder zogen gar Konsequenzen. Sie hielten sich an die Regeln und Moralbegriffe ihrer Zeit. Den herzlichen Umgang erschwerte, daß sie einander in der dritten Person mit »Er« und »Sie« anredeten, wie es damals in Ungarn gang und gäbe war. Erst als sich unsere finanzielle Lage nach 1938 durch die Judenverfolgungen dramatisch verschlechterte, kam die Spannung zwischen ihnen zum Ausbruch. Ich kann mich an Szenen erinnern, auf die sogar Tennessee Williams stolz gewesen wäre. Ich habe diese Streitereien heute noch Wort für Wort im Ohr, sie zu wiederholen lohnte nicht.

Solche Szenen gleichen einander, solange die Monogamie besteht, in christlichen wie auch in jüdischen Ehen, denn die große Leuchte unserer Religion, der unglückselige Rabbi Gerschom, hat ausgerechnet die Monogamie im Mittelalter als einziges Dogma von der katholischen Kirche übernommen. Und so vermuten und sagen, denken und schreien die Partner immer wieder den gleichen Text und die gleiche Melodie. Es erinnert mich an das Buch des weltberühmten amerikanischen Professors Dr. Spock über das Verhalten von Babys. Dr. Spock förderte ein einheitliches Muster zutage, das für alle Kleinkinder gleichermaßen gilt: im Alter von zehn Monaten und zwei Wochen sagt jedes Baby zum ersten Mal »Papa«, nach weiteren zehn Tagen »Mama«.

Das läßt sich auf Ehepaare übertragen. Zwölf Jahre und sechs Wochen nach der Hochzeit stellt die Ehefrau zum ersten Mal seelenruhig fest: »Weißt du eigentlich, Felix, daß du ißt wie ein Schwein?« Nach einem weiteren Jahr und fünf Monaten erhebt dann

Felix die Stimme: »Vielleicht könntest du dich einmal kämmen und nicht wie eine Vogelscheuche herumlaufen?« Nach drei Tagen fügt Felix noch hinzu: »Meine Mutter hat mich gleich gewarnt.« Nach dem Spockschen Zeitplan für das Eheleben ist gegen Ende dieses Jahres dann wieder die Frau dran: »Sag mal, Felix, gehst du zu deiner kleinen Hure auch in dreckigen Socken?«

Nein, es erfüllt mich keineswegs mit Schadenfreude, daß die heilige Institution der Ehe zum Scheitern verurteilt ist. Für die Kinder ist sie ein Segen, für die Eltern bedauerlicherweise weniger. Etwa 60 Prozent aller Ehen, gleichgültig in welchem Glauben sie geschlossen wurden, enden mit einer Scheidung, und die übrigen 40 Prozent werden lediglich aus technischen Gründen aufrechterhalten. Ein mir bekanntes Ehepaar hat während 30 Ehejahren kein einziges Wort miteinander gewechselt, ließ sich aber »wegen der Kinder« nicht scheiden.

Es ist der Zwang, der die Unerträglichkeit ausmacht. Jede Partnerschaft ist schwierig. Nach langen Jahren der Zusammenarbeit begann Laurel Hardy zu hassen und Abott Castello, Marks konnte Spencer nicht mehr leiden, und Genscher war allergisch auf Kohl.

Ehepartner, die zusammenbleiben müssen, werden einander zwangsläufig über, vor allem, wenn die Gesellschaft heuchelt, es sei natürlich, sich ein ganzes Leben lang so zu lieben und zu begehren wie beim ersten Kuß auf der Parkbank. Und so legt in einer Ehe einer dem anderen die Fesseln an unter dem liebevollen Motto: »Nur mit mir darfst du glücklich sein!«

Hat vor mir schon jemand auszusprechen gewagt, daß diese egoistische Forderung gegen die Menschenrechte im Sinne der UNO verstößt?

Glücklicherweise haben die beste Ehefrau von allen und ich füreinander immer eine Menge Respekt und noch mehr Toleranz gehabt. Anders hätte unsere Ehe nicht 35 Jahre gehalten. Ich gestehe, ich habe diese kleine, herrschsüchtige, bezaubernde und unausstehliche Person von Herzen gern. Sie ist ein Teil von mir, ob ich will oder nicht. Wir haben uns heute noch viel zu sagen, sitzen uns beim Abendessen nicht stumm wie die Fische gegenüber und sprechen uns, wenn möglich, in Krisenzeiten richtig aus. Ja, wir können miteinander noch richtig lachen, auch über uns selbst. Aber was können wir schon an der traurigen Statistik ändern?

Immerhin wird heute nicht ganz so viel gelogen wie angenommen. Zwei Drittel der Männer geben sogar zu, ihre Frauen zu betrügen. Ein Drittel gibt es nicht zu.

Jaron: Und was ist mit den Frauen? Geben auch sie ihre Untreue zu?

Man fragt sie nicht. Aus reiner Höflichkeit. Aber im Ernst, wer denkt schon darüber nach, daß ein liebevoller, gutgemeinter Satz wie »Ich kann ohne dich nicht leben« die Ehe für den anderen in ein Gefängnis verwandelt?

Das Problem bedarf dringend einer Lösung, denn die Institution der Ehe stammt aus einer Zeit, als die durchschnittliche Lebenserwartung 35 bis 40 Jahre betrug und die Partner gar nicht die Zeit hatten, die Seitensprünge des anderen zu entdecken. In der Zwischenzeit wurde jedoch das Penicillin erfunden, und die Lebenserwartung verdoppelte sich. In unserer heuchlerischen Welt, in der die Medien das Privatleben im Griff haben und die Elektronik unsere kleinsten Schritte überwacht, hat ein dauerhaftes Eheglück schlechte Karten.

Bei unseren jüdischen Urahnen hatten es zumindest die Männer gut, sie waren sogar verpflichtet, mehrere Frauen zu ehelichen. In jenen glücklichen Tagen landeten die Exfrauen samt Kindern nicht wie heute auf dem Müll, sondern waren zumeist ganz erleichtert, ihre ehelichen Pflichten weiterzugeben. Ist das nicht humaner, als mit teuer bezahlten Anwälten einen Rosenkrieg anzuzetteln, heimlich den Staubsauger und die Teppiche aus der Wohnung zu schaffen und die Steuerbehörden zu alarmieren?

Wie sagte schon der alte Churchill oder wollte zumindest sagen: »Das Regime der Ehe ist ein Mißerfolg, aber es wurde noch nichts Besseres erfunden.«

Ich selbst bin dafür ja der beste Beweis, denn ich bin mehr als die Hälfte meines Lebens mit derselben Frau verheiratet. Natürlich haben wir Krisen, denn es gibt auch in jeder guten Ehe Probleme. Nur wenn man sie gemeinsam bewältigt, hat sie Überlebenschancen. Dann kann eine Ehe mit der Zeit zur echten Freundschaft werden.

Eigentlich ist der einzige wirkliche Störfaktor in meiner Marathonehe die feste Überzeugung Saras, »die beste Ehefrau von allen« zu sein. Wahrscheinlich hat sie das zu oft gelesen.

Jaron: Was dachte Ihr Vater über die Ehe?

Mein Vater verhielt sich natürlich genauso wie sein Vater und sein Großvater. Er führte sein wohlgehütetes Doppelleben. Er war, wie sicherlich auch meine Mutter, nur stundenweise glücklich, aber das wirkliche Opfer war, wie immer in einer Dreiecksgeschichte, die heimliche Geliebte, die nur Gegenwart und keine Zukunft hat.

Ein einziges Mal ergab es sich, daß ich »der Anderen« begegnete. Mein Vater und ich hatten eine sehr gute Beziehung zueinander, und da er wußte, wie verrückt ich auf Filme war, lud er mich hin und wieder ein. Eines Tages kamen wir im Kino neben einer dunkelhaarigen, nicht mehr ganz jungen, doch recht gutaussehenden Dame zu sitzen. Zu meiner Überraschung sprach mein Vater sie mit formvollendeter Höflichkeit an: »Darf ich Ihnen meinen Sohn vorstellen, gnädige Frau?«

Viele Jahre später, wir waren bereits in Israel, vertraute mir mein Vater an, daß dieses Treffen kein Zufall gewesen war. Er wollte, daß seine heimliche Lebensgefährtin seinen geliebten Sohn kennenlernt. Die Geschichte endete jedoch mit einem traurigen Akkord. »Nach meinem Tod«, sagte mein Vater damals zu mir, »sollst du mir einen letzten Gefallen erweisen und diese Blume nach Budapest schicken, an die Frau, die ich geliebt habe.« Das habe ich auch getan und sie nach seinem Tod behutsam in einem Kuvert ohne Kommentar auf den Weg gebracht. Es war eine kleine Blume, vergilbt und vertrocknet …

Jaron: Sie weinen?

Und wenn, das ist doch erlaubt, nicht wahr?

Zu meiner Überraschung erhielt ich daraufhin aus Budapest ein umfangreiches Päckchen bewegender Liebesbriefe zugeschickt, die mein Vater dieser Frau geschrieben hatte und die ich heute noch in einem Versteck aufbewahre. Die Briefe sprechen nur von Sehnsucht, Schmerz und Ausweglosigkeit. »Ich habe deinen Vater geliebt«, das waren die einzigen Worte, die sie dazu geschrieben hatte. Damals habe ich meinen Vater zum ersten Mal wirklich verstanden, ich sah ihn plötzlich wie einen gleichaltrigen Freund.

Sie hieß übrigens Katharina und wohnte auf der anderen Seite der Donau, in Buda, und wir, die Familie, wohnten in Pest. Der Gedanke an diese ausweglose Liebe schmerzt mich bis heute, obwohl es über 40 Jahre her ist. Ihre Vereinbarung über die Blume, die ihr den Tod meines Vaters ankündigen sollte, die Erkenntnis, daß ich meinem Vater verbunden war, ohne ihn überhaupt zu kennen, all das kränkt mich heute noch.

Er mußte seine große Liebe ja vor den Augen der Welt geheimhalten, denn der Skandal einer Scheidung wäre in der damaligen religiösen Oligarchie Ungarns untragbar gewesen.

Ich selbst wurde von Jesuiten erzogen, und bis zu meinem 21. Lebensjahr wußte ich nicht so genau, was Männer und Frauen im Dunkeln miteinander treiben. Deshalb konnte ich auch nicht verstehen, was zwischen meinen Eltern stand.

Die Fassade war aber nicht mehr länger aufrechtzuerhalten, als uns das Geld ausging und unsere gesamte Habe den Weg ins Pfandhaus nahm. Ich erinnere mich, daß ich einmal das alte Fernglas verpfänden sollte, dessen Linse ich für meinen Filmprojektor benutzte. Dafür mußte ich mein kostbares Werk auseinandernehmen und die Linse wieder ins Fernglas einbauen. Todunglücklich machte ich mich auf den Weg ins Pfandhaus, wo ich für mein kostbares Gut dann auch nur ein paar lumpige Groschen bekam.

Noch schlechter ging es uns, nachdem mein Vater arbeitslos wurde. Und als uns die Hoffnung auf eine Verbesserung der Lebensumstände per Gesetz genommen wurde, war es für uns Kinder nicht mehr auszuhalten. Als wir uns vor den Nazis versteckten – und für kurze Zeit befanden wir uns alle im gleichen Versteck –, kam es in der Familie zu schrecklichen Szenen, die alle Spielregeln der Familienetikette über den Haufen warfen.

Damals nahm mich mein Vater in einer Ecke des düsteren Kellers beiseite: »Du bist jetzt schon ein großer Junge, der bald zum ersten Mal eine Frau kennenlernen wird. Du brauchst dich nicht zu schämen. Auch ich habe viele Frauen in meinem Leben gehabt.« Ich erinnere mich, daß ich ihn mit einer Mischung aus Entsetzen und Bewunderung ansah.

Mein Vater war ein ungewöhnlich charmanter Mann, obwohl man ihn keinesfalls schön nennen konnte. Er strotzte vor Optimismus und Energie und steckte seine Umgebung damit an. Wenn er morgens aufstand, trat er gerne auf den Balkon hinaus und rief: »Was für ein schöner Tag, heute bin ich so richtig glücklich!«, auch wenn es draußen stürmte und hagelte und er keine Rechnung mehr bezahlen konnte. Danach setzte mein Vater seinen Hut auf, ergriff seinen Stock, falls dieser nicht zufällig verpfändet war, und verließ mit einem Lied auf den Lippen das Haus. Sein Sohn kann heute jede Rechnung bezahlen und hat trotzdem jeden Morgen schlechte Laune, egal, auf welchem Balkon er steht.

Ich bin mir zwar nicht bewußt, daß die gescheiterte Ehe meiner Eltern mir geschadet hat, aber vielleicht hat doch die Entfremdung zwischen ihnen, die Tatsache, daß ich sie niemals liebevoll miteinander umgehen sah, und auch das Tabu, das in unserem Hause über das Thema Sex verhängt worden war, Spuren in mir hinterlassen.

Vielleicht hat das Lügengebilde, das uns eine glückliche Familie zumindest von Zeit zu Zeit vorgaukelte, verursacht, daß ich zum Schwindeln bis heute ein recht positives Verhältnis habe, vorausgesetzt, der Schwindler versteht sein Handwerk. Ich hasse nämlich Amateurschwindler.

Jemand, der behauptet, in seinem ganzen Leben wäre keine einzige Lüge über seine Lippen gekommen, ist für mich einfach ein Dummkopf. Die Lüge gehört zum menschlichen Leben wie das Sprechen selbst. Tiere können nicht sprechen, deshalb lügen sie nicht. Bei Rechtsanwälten oder Politikern gehört das Lügen zum Berufsethos, und in der Liebe ist die Lüge einfach ein Muß.

Ich aber lüge nicht gerne, wenn ich muß. Ich brauche keinen Anlaß dafür. Wir Schriftsteller sind ohnedies die geborenen Lügner, und je perfekter ein Schriftsteller lügt, desto lieber glauben ihm die Leser. Ja, ich schätze die bedeutenden Lügner der Weltliteratur, und ich bedauere, daß ich so wenig Zeit zum Lesen ihrer Werke habe. Aber wenn jemand, so wie ich, insgesamt ungefähr 50 Bücher selbst verfaßt hat, dann kauft er sich zwar welche, liest jedoch selten und wenn, dann die Korrekturen der eigenen Bücher.

Mein Vater, mit dem ich als Kind endlose Spaziergänge unternahm, auf denen wir über Gott und die Welt diskutierten, glaubte fest daran, daß ich mit meinem ungewöhnlichen Erfindungsreichtum die Welt erobern würde. Und da ich seinen Traum in gewisser Weise verwirklicht habe, schmerzt es mich sehr, daß er meinen Aufstieg nicht miterlebt hat. Vielleicht hat aber sein uneingeschränktes Vertrauen erst meinen Ehrgeiz geweckt.

Der brennende Wunsch aber, der in mir steckte, um jeden Preis erfolgreich zu sein, hat meiner Meinung nach andere Ursachen. Zunächst war da mein Minderwertigkeitskomplex wegen meiner Magerkeit. Ich habe ja bereits erzählt, daß meine streichholzdürren Beinchen mich todunglücklich machten. Wie ein Schatten schlich ich an der Wand entlang und träumte von langen Hosen. Ich schämte mich zu Tode. Und als ich mich dafür genug geschämt hatte, schlugen die Schergen des Holocaust zu. Da schämte ich mich, ausgestoßen zu sein, etwas zu sein, was ich bisher noch gar nicht zur Kenntnis genommen hatte, ein Jude.

Tag für Tag nahmen die Erniedrigungen zu; wie bei einem perfekten Mord steigerten sie die Giftdosis so subtil, daß wir keinen psychischen Widerstand entwickeln konnten. Die einzige Flucht war die in die Welt der Phantasie. Ich gab mich meinen Träumen hin, nicht mehr der Floh Ferike zu sein, sondern ein dekorierter Kampfpilot, ein tollkühner Pirat oder eben ein weltberühmter Schriftsteller.

Und der Traum wurde im großen und ganzen wahr, wenn auch erst viel später. Mein gesamtes literarisches Werk wurde in Hebräisch geschaffen, in Israel, für das Volk in Zion. Der absurde Verlauf meiner Biographie aber machte mich zu einem besonders erfolgreichen Schriftsteller in den deutschsprachigen Ländern. Ich habe die deutschen Leser mit der hebräischen Sprache erobert, mit einer Sprache, die heute niemand mehr sprechen würde, hätten die Nazis ihr Ziel erreicht. Ich wurde zum Lieblingsautor der Nachkommen meiner Henker, und das ist die wahre Ironie der Geschichte.

Woher mein schriftstellerisches Talent stammt, ist in meiner Genealogie nicht nachzuvollziehen. Ich bin der erste in meiner Familie. Vielleicht ist mein humoristisches Können ganz einfach eine Summe aller Begabungen, die in dem riesigen Potential des seligen jüdisch-ungarischen Stammes schlummern. Dieses Erbe ist unverwüstlich und schlägt die überraschendsten Kapriolen.

Da ist zum Beispiel mein Verhältnis zu dem bekannten Dramatiker Franz Molnar. Bevor ich zu einem etablierten Schriftsteller geworden war, kannte ich kein einziges Wort von Molnar, und so kann ich auch nicht von ihm abgeschrieben haben. Später aber entdeckte ich, daß ich unwillkürlich in seine Fußstapfen getreten war, daß ich dachte und schrieb wie dieser große Humorist, der zwei Generationen vor mir lebte und wirkte. Der gleiche humoristische Aufbau, manchmal sogar die gleichen Wörter, und vielleicht auch ein ähnliches Schicksal verbinden uns.

Die ungarischen Intellektuellen lasen seinerzeit regelmäßig die satirische Kolumne Molnars in der Zeitung »Die Sonne«; sie mochten ihn jedoch nicht, besonders, nachdem er in der großen weiten Welt berühmt geworden war. Sie nannten ihn auch abfällig »Ferenc-Pinchas«, den Juden-Franz, obwohl er völlig assimiliert und nicht mehr Pinchas war, als seine literarischen Feinde.

Er hat Ungarn verlassen, nachdem sein weltberühmtes Theaterstück »Liliom« so verrissen worden war, daß es nach der Uraufführung abgesetzt werden mußte. Molnar, Ungar mit Leib und Seele, ein Virtuose seiner Muttersprache, hat wortlos die Koffer gepackt und hat Ungarn am nächsten Morgen für immer verlassen.

»Ich hoffe, du wirst nie mehr wieder so ein Stück schreiben«, beschimpfte ihn seine zweite Ehefrau. Einige Jahre später schrieb Molnar in seinen Memoiren, daß seine Gattin völlig recht gehabt hätte. Er hat tatsächlich nie mehr ein so brillantes Stück zu schreiben vermocht.

Die Geschichten über Molnar sind bleibendes ungarisches Kulturgut. Da gibt es zum Beispiel die köstliche Anekdote über die Zeugen. Molnar war ein eleganter Herr mit Monokel, beleibt, Lebemann vom Scheitel bis zur Sohle. Da er vor allem nachts lebte und arbeitete, pflegte er erst mittags aufzustehen. Eines Tages wurde er als Zeuge zu einem Prozeß vorgeladen, hatte um acht Uhr früh bei Gericht zu erscheinen und mußte daher in aller Herrgottsfrühe aufstehen. Er hatte übrigens bereits dreimal durch Fehlen geglänzt, und man hatte ihm für ein weiteres Nichterscheinen eine Haftstrafe angedroht. Molnar stellte also nach 30 Jahren tiefen Morgenschlafs erstmals fest, daß die Straßen am frühen Morgen voller Menschen sind. Er blickte um sich, putzte sein Monokel und meinte irritiert: »Ich wußte gar nicht, daß es so viele Zeugen gibt.«

Als seine erste, längst von ihm geschiedene Ehefrau und alternde Soubrette nach Molnars überwältigenden Erfolgen in Amerika nach New York eilte und sich als Frau Molnar präsentierte, gab ihr Ex-Mann eine

Zeitungsanzeige auf: »Die Dame, die sich in der Gesellschaft als Frau Molnar ausgibt, ist nicht meine Mutter.«

Könnte diese Geschichte nicht durchaus das Copyright Ephraim Kishon tragen?

Auch wenn ich daran denke, mit welchem Ausspruch mein großer Meister mit seiner jungen Geliebten angab: »Sie schläft mit allen, für Geld aber nur mit mir«, oder wenn ich seine Definition des Durchschnittsungarn lese: »Ein Mensch, der als letzter eine Drehtür betritt und als erster wieder herauskommt«, dann weiß ich, daß wir Seelenverwandte sind, ja dann möchte ich sogar von Telepathie sprechen.

Molnar war ein hervorragender Vertreter seines Stammes, der sich durch skeptische Weltsicht auszeichnet und begabt ist mit einem sicheren Blick für die Absurditäten des Alltags.

Er wurde weltbekannt durch »Karussell«, die musikalische Version von »Liliom«, obwohl er in erster Linie Satiriker und Humorist war. Aber Humor kann man nicht übersetzen.

Es ist kein Zufall, daß die größten Humoristen der Weltliteratur durch ihre jugendlichen Seitensprünge, ihre Kinder- oder Jugendbücher, bekannt wurden. So weiß man zwar, daß Mark Twain ein bedeutender Humorist war, gelesen hat man von ihm aber »Tom Sawyer« und »Huckleberry Finn«. Von Erich Kästner sind vor allem »Emil und die Detektive« und »Das doppelte Lottchen« geblieben, und von dem großen jiddischen Satiriker Scholem Alejchem »Anatevka«.

Jaron: Wie kommt es dann, daß Ihre Humoresken in Dutzende von Sprachen übersetzt sind?

Es kann sich nur um ein Mißverständnis handeln. Auch der geniale ungarische Satiriker Karinthy Frigyes ist unübersetzbar und in keiner anderen Sprache ein Erfolg. Er aber ist unser aller geistiger Vater. Kein Humorist Ungarns ist denkbar ohne sein Vorbild. Er hat mich beeinflußt, wie ich einige junge Schriftsteller in Israel beeinflußt habe.

Karinthy war Halbjude. Das war mir unbekannt, bis ich anläßlich meines 32jährigen Exiljubiläums zum ersten Mal wieder nach Budapest reiste und mir Karinthy als Geist erschien. Ich öffnete die Türe meines Hotelzimmers, und der Schlag rührte mich. Da stand er, der unvergeßliche Meister des Humors, höchstpersönlich. Es war natürlich sein Sohn, der seinem verstorbenen Vater wie ein Ei dem anderen gleicht. Er vertraute mir an, daß seine Mutter Jüdin und sein Vater Halbjude war. Ich hätte es ahnen können, denn kein echter Humorist kann seine Herkunft und seine Zugehörigkeit verleugnen. Ein Humorist kann kein Kosmopolit, kein »Chamäleon« sein.

Auch ich nicht. Ich war leidenschaftlicher Ungar, bis mir die Ungarn das Gegenteil bewiesen. Dann wurde ich zum leidenschaftlichen Israeli. Ich kann gar nichts anderes mehr sein als Israeli, selbst wenn ich wollte.

Es ist wahr, daß mir vieles auf der Welt unwichtig erscheint, wenn es nicht mit dem Schicksal des Staates Israel und seiner Bürger verbunden ist. Und das ist keineswegs das Syndrom eines Überlebenden oder die krankhafte Reaktion eines verfolgten Menschen. Das ist nur der Selbsterhaltungstrieb eines Jungen in Mitteleuropa, der mit angstgeweiteten Augen um sich blickte und fragte: »Was wollen die ausgerechnet von mir? Was haben sie gegen Ferike?«

Erst viel später erfuhr dieser Junge, daß der politischen und geistigen Führung der Freien Welt die Völkermord-Verschwörung bereits seit 1942 in allen Einzelheiten bekannt war. Dem Papst, der Bescheid wußte und nichts sagte, Roosevelt und Churchill, die sich hartnäckig weigerten, die Gleise nach Auschwitz zu bombardieren. Es gab auch für sie keinerlei Zweifel daran, daß meine Familie und ich verbrannt werden sollten, sie aber krümmten keinen Finger, nicht für mich, nicht für meine Familie, nicht für mein Volk. Darum ist für mich der jüdische Staat die einzige Bürgschaft für das Leben und die Würde meiner Kinder und Enkel, das einzige Gegenmittel für jene pathologische Krankheit, von der die Menschheit seit Tausenden von Jahren befallen ist, dem uralten, unheilbaren Antisemitismus, wie es bereits der Prophet unseres Staates, der in Budapest aufgewachsene, österreichische Feuilletonist Theodor Herzl, vor fast 100 Jahren erkannte.

Ich weiß auch, daß ich ohne Israel nicht einmal einen Bruchteil meiner Erfolge erzielt hätte. Nicht nur, weil mich dieses neue Heimatland mit so viel Liebe aufgenommen und mir meine menschliche Würde zurückgegeben hat, sondern weil meine internationale Karriere zu Anfang stark davon profitierte, daß bis in die siebziger Jahre hinein Israel alle Sympathien in der westlichen Welt hatte. Doch dann entdeckten die Araber, wie man Public Relations macht, und der »Time-out«, den wir mit sechs Millionen Leichen erkauft hatten, war mit einem Schlag zu Ende.

Es ist seltsam, nein, vielleicht ist es gar nicht so seltsam, meine Beziehung zu Israel hat sich noch vertieft, seitdem ich einen Teil meiner Zeit im Ausland verbringe.

Jaron: Sie sind ein leidenschaftlicher Patriot geworden, aber Sie haben etwas verloren, was man als einen wesentlichen jüdischen Charakterzug bezeichnet, den Drang, die Welt verbessern zu wollen.

Ich bedauere es aufrichtig, aber wir Juden haben als Weltverbesserer ziemlich versagt, angefangen bei Jesus bis hin zu Marx. Die Versuche unseres kleinen Stammes, die Natur des Menschen oder auch nur die eine oder andere seiner Eigenschaft ändern zu wollen, waren von jeher zum Scheitern verurteilt. Die Welt wird sich nicht ändern, solange sich das Material nicht ändert, aus dem der Mensch geschaffen ist. »Denn das Denken und Trachten des menschlichen Herzens ist böse von Jugend auf«, so steht es in der Bibel geschrieben, und der Allmächtige hatte völlig recht damit. Er wußte, wovon er sprach.

Jaron: Und doch wollen Sie ständig die Menschen für die Sache Israels gewinnen. Erschreckt Sie Ihr übertriebenes Nationalbewußtsein nicht doch manchmal?

Erschrecken? Ich bin heilfroh, daß ich nach 2000 Jahren endlich mein übertriebenes Nationalbewußtsein ausleben kann, auch wenn mein leidenschaftlicher Patriotismus den einen oder anderen Schöngeist irritiert. Ich habe Mitleid mit Menschen, die dieses Gefühl nicht kennen.

Ich weiß, daß meine chauvinistischen Ansichten der öffentlichen Meinung nicht genehm sind, und ich habe davon spürbare Nachteile, auch in den deutschen Medien. Wenn sich bei einem Interview zum Beispiel herausstellt, daß ich nicht bereit bin, der linken Mafia das Wort zu reden oder meine Regierung öffentlich durch den Schmutz zu ziehen, fällt der Artikel bedeutend kürzer aus, oder der betreffende Sender lädt mich nie wieder ein.

Jaron: Sie sind aber in den deutschsprachigen Ländern, wie zu sehen und zu lesen ist, ein gesuchter Gesprächspartner.

Natürlich gibt es auch da glücklicherweise Medienvertreter, die eine andere Meinung gelten lassen. Sogar in der DDR des Henkers Erich Honecker wagte der tollkühne Leiter des Verlags »Volk und Welt« ein paar meiner Bücher zu veröffentlichen, als sich herausgestellt hatte, daß die verbotene Ware ohnedies bereits in unzähligen Exemplaren den Weg über die Mauer genommen hatte. Nur der Klappentext der ostdeutschen Ausgabe verhielt sich DDR-konform und gab die warme Empfehlung: »Wenn ihm einst ein Rezensent der ›New York Times‹ im Überschwang prophezeite, daß Ephraim Kishon in der Gunst des Publikums bald den Rang eines Mark Twain oder Scholem Alejchem einnehmen werde, so ist doch unübersehbar, daß es ihm an sozialkritischem Engagement gebricht, das jene beiden Autoren so auszeichnet. Er nimmt weder die innenpolitischen Konflikte in Israel zur Kenntnis, noch äußert er sich kritisch zu den Problemen, die das Thema Israel für die übrige Welt so brisant machten, die ungelöste Nahostfrage, der israelische Anspruch auf die okkupierten Gebiete. Diese und andere heikle Themen meidet er, er schreibt an ihnen vorbei, oder aber er nimmt in seinen Satiren undifferenziert und einseitig Stellung für die Politik seiner Regierung, wobei er mit Seitenhieben gegen die sozialistischen Länder nicht immer spart.«

Als ich vor kurzem zu einer Signiertour in der ehemaligen DDR war, fiel mir mein altes Buch »Der Blaumilchkanal« mit diesem Klappentext in die Hände. Ich blickte zu dem Mann auf, der sich für meine Unterschrift in der Schlange angestellt hatte. »Sie haben also das Buch eines antisozialistischen und volksfeindlichen Autors gelesen«, rügte ich ihn. Der Mann wurde blaß. »Beruhigen Sie sich«, sagte ich, »ich melde es nicht der Stasi.« Der Mann atmete auf. »Vielen Dank«, flüsterte er und eilte davon. So geschehen Mitte 1993.

Jaron: Gehen wir 50 Jahre zurück, dort wo wir in Ihrer Biographie stehengeblieben sind. Da Sie der Experte sind, schlage ich vor, daß Sie mir eine kleine Geschichtslektion erteilen. Wann nahm das faschistische Regime in Ungarn seinen Anfang?

Die Anfänge reichen bis in das Jahr 1919 zurück. Kurz nachdem die Monarchie zusammengebrochen war, übernahm die kleine demagogische Partei der Kommunisten die Führung. Die zentrale Figur dieser weltweit zweiten bolschewistischen Regierung war Béla Kun, eine Art ungarischer Trotzki, der die Rote Armee organisierte und den Grundbesitz verstaatlichte. Kun handelte entschlossen und grausam. Man nimmt an, daß er Jude war. Deshalb ist es auch nicht weiter erstaunlich, daß Ungarn, nachdem das Rote Regime von den Nationalen Truppen abgelöst worden war, von einer antisemitischen Welle ergriffen wurde. Es läßt sich heute ähnliches feststellen, obwohl doch nur erschreckend wenig Juden den Klauen Eichmanns entkommen sind. Die Ungarn haben ein gutes Gedächtnis, und ich befürchte, sie werden wohl auch niemals vergessen, daß der stalinistische Diktator Rákosi Mátyás Jude war, wie auch die Hälfte seiner Regierung. Als Ungar hätte ich mir wahrscheinlich auch meinen Teil dabei gedacht.

Jaron: Heißt das, Sie rechtfertigen den Antisemitismus in Ungarn?

Natürlich nicht. Wenn man die Ursache einer Epidemie erkennt, bedeutet das ja noch lange nicht, daß man die Krankheit gutheißt. Mir selbst aber ist unbegreiflich, wie ich als jüdischer Junge unter diesen Umständen zum ungarischen Patrioten werden konnte. Vielleicht läßt es sich am besten so erklären, daß mein Judentum für mich völlig nebensächlich war. Ich sprach ungarisch, träumte ungarisch, und in der Schule sang ich mit den anderen sehnsüchtige Lieder von einem vereinten Ungarn. Ich höre heute noch, wie Ferike aus vollem Halse singt: »Édes Erdély itt vagyunk, érted élünk és halunk«, was nichts anderes heißt als »Oh mein süßes Transsilvanien, wir sind bereit, für dich zu sterben«.

Wobei man wissen muß, daß die »unbesiegbare ungarische Armee« in den 1000 Jahren zuvor keinen einzigen bedeutenden Sieg errungen hat. Aber ihre Märsche waren mitreißend. Das soll gar nicht geringschätzig klingen, ich respektiere Völker, die ihre Heimat, sich selbst, lieben. In dieser Hinsicht gilt mein Respekt sogar den Arabern. Manchmal beneide ich sie um ihren Fanatismus.

Um einen Eindruck von der Atmosphäre zu geben, in der ich aufgewachsen bin, mache ich einen kleinen Sprung nach vorne. Im Jahre 1942 beendete ich mein Studium an der Handelsakademie. Das Thema meiner Abschlußprüfung lautete: »Der heroische Widerstand Ungarns, der Hochburg des Christentums und der europäischen Kultur, gegen den Ansturm der bolschewistischen Horden.« Zu diesem Zeitpunkt befand sich Ungarn bereits im Krieg, und als ich diesen Unsinn verzapfte, betete ich tief in meinem Herzen und unter der Schulbank darum, daß eben diese Horden so schnell wie möglich nach Budapest kommen mögen, um mir derartige Prüfungen zu ersparen.

Wir haben uns damals ähnlich schizophren verhalten wie die Menschen in den anderen jüdischen Gemeinden Mitteleuropas. Kein Jude wollte an die zionistische These Herzls glauben, keiner konnte sich vorstellen, daß der Antisemitismus nach dem Verlassen der europäischen Ghettos zunehmen würde. Genau wie später niemand glauben konnte, daß die Gründung des jüdischen Staates den Judenhaß zu einem neuen Höhepunkt treiben würde.

Ich selbst hatte bis dahin nur eine ganz vage Vorstellung von einem Palästina, das vielleicht in der Türkei oder sonstwo lag, obwohl mein Onkel Dr. Eduard Isaak, ein Internist und Sonderling, der auf Verdauungsbeschwerden und meine Mutter spezialisiert war, die zionistische Bewegung Ungarns leitete. Für uns war er ein würdiger Herr mit etwas seltsamen Hobbys, wie dem Sammeln von Streichholzschachteln oder dem Ausstopfen von Raubvögeln. »Lassen wir ihm halt seine Freude«, sagten wir uns, »es schadet ja nichts.«

Onkel Ede war auch jener Arzt, der mir die Ohnmachtsanfälle gegen meine Magerkeit verschrieb. Als ich einmal in seiner Ordination war, um eine Spritze zu bekommen, holte er mit vor Aufregung zittrigen Fingern aus der Schublade seines Schreibtisches ein Rasiermesser »Made in Palästina« hervor, samt Schachtel mit hebräischem Aufdruck. Ich kann nicht behaupten, daß ich besonders beeindruckt war.

Auch Onkel Ede selbst hatte es nicht sehr eilig, nach Israel auszuwandern, und nur durch ein Wunder entkam er der Vernichtung. Er war einer der 3000 Juden, die Ungarn in dem »Bergen-Belsen-Zug« verließen, den Dr. Rudolf Kastner organisiert hatte. Über Dr. Kastner heißt es gemeinhin, er habe seine Seele dem Teufel verkauft, weil er mit den Nazis kollaborierte. In meinen Augen aber ist er ein Held, dem es gelang, Juden vor dem sicheren Tod durch die Nationalsozialisten zu retten. Es spielt keine Rolle, auf welchem Weg er sein Ziel erreicht hat, ob er dafür mit den Henkern Karten gespielt oder dem Obersturmbannführer versprochen hat, ihn nach dem Krieg zu entlasten, einzig zählt, er hat 3000 Menschen gerettet.

Es ist eine unaustilgbare Schande für unser Volk, daß er von einem Fanatiker ermordet wurde. Aber verlassen wir dieses heikle Thema, bevor wir zu der Schlußfolgerung verleitet werden, daß nur Schwachsinnige bereit sind, sich für andere zu opfern.

Ich kehre lieber zu einer Frage zurück, die nicht so sehr eine Frage der jüdischen, sondern eine der allgemeinmenschlichen Psychologie ist.

Wie konnte es geschehen, daß die europäischen Juden die Anzeichen der nahenden Katastrophe nicht erkannten? Daß sie ignorierten, was mit Händen zu greifen war? Die Antwort lautet, daß Menschen nur sehen, was sie sehen wollen, daß sie das Unangenehme verdrängen, bis es über sie kommt. Verschließen wir heute nicht schon wieder die Augen vor der ökologischen und nuklearen Katastrophe, die der Menschheit bevorsteht? Ist es denn ein Wunder, daß meine Eltern und der dumme kleine Ferike es nicht zur Kenntnis nehmen wollten, daß an den Schulen und Universitäten die Studentenorganisationen ihre Liebe zum Vaterland äußerten, indem sie jüdische Studenten mit Eisenstangen verprügelten? Meine Eltern übersahen auch die boshaften antisemitischen Karikaturen in den Zeitungen und wollten auch vom Ritterorden Horthys nichts wissen, dessen Programm sich auf die These der »Rassenreinheit« stützte, genauso wie kaum ein deutscher Jude Hitlers »Mein Kampf« gelesen hatte. Die Juden Ungarns haben sich damals lieber auf andere Dinge konzentriert, um ihren Optimismus am Leben zu erhalten.

Da gab es nämlich auch spektakuläre Erfolge. Ich erzählte ja bereits vom jüdischen Einfluß auf Wirtschaft und Kultur Ungarns, dasselbe gilt aber auch für den Sport, bei dem, wie es damals hieß, die Söhne Salomons eigentlich nichts zu suchen hätten. Ich habe mit eigenen Augen gesehen, wie der jüdische Fechter Attila Petschauer seinem Land den Weltmeistertitel erkämpfte und habe den begeisterten Jubel der gesamten ungarischen Regierung, allen voran Regent Horthy, erlebt.

Damals hätten wir uns nicht träumen lassen, daß dieser zweimalige ungarische Olympiasieger nur wenige Jahre später von einem unbekannten ungarischen Korporal zu Tode gepeitscht würde, irgendwo in den weiten Schneefeldern Rußlands, ohne daß Horthy auch nur einen Finger für ihn krumm gemacht hätte.

Es gibt nichts Deprimierenderes als die Undankbarkeit eines ganzen Volkes. Bei den Olympischen Spielen in Berlin, im Jahre 1936, als das kleine Ungarn in der Gesamtwertung den dritten Platz belegte, hätte nicht einmal die Hälfte der Mannschaft den Ariernachweis erbringen können. Und wir, die Juden, waren auch noch stolz auf Ungarn. In Wirklichkeit waren wir blind und taub. In meiner Jugend ahnte ich noch nicht, daß der Rassenhaß stärker ist als jeder vernünftige Gedanke oder jedes logische Argument, wie es auch heute wieder der zunehmende Fremden- oder Nationalitätenhaß in West und Ost aufs erschreckendste beweist.

Auch damals entwickelten sich die Dinge erst nach und nach, angefangen im Jahre 1937, als die Regierung die noch recht milden »Gesetze gegen den jüdischen Einfluß« verabschiedete. Mein Vater konnte nach wie vor seine Tätigkeit als Bankdirektor ausüben, allerdings unter der Voraussetzung, daß die Anzahl der jüdischen Mitarbeiter an seinem Geldinstitut nicht über dem Prozentsatz lag, den die Juden insgesamt in der Bevölkerung hatten. Die Lage verschlechterte sich aber bald, die Begeisterung für die Nationalsozialisten stieg rapide. Unsere Naivität war auch damals noch so groß, daß ich sogar nach dem Münchner Abkommen, als Ungarn Teile Rumäniens und der Tschechoslowakei zurückerhalten hatte und Horthy mit seinem Schimmel durch die befreiten Gebiete ritt, mit meinen Mitschülern durch die Turnhalle marschierte und aus voller Kehle patriotische Kampflieder sang.

Als jedoch die deutsche Wehrmacht ihre Siegeszüge auf der europäischen Landkarte antrat, überstürzten sich die Ereignisse. Ungarn schlug sich auf die Seite der Deutschen, was zur Folge hatte, daß die Juden nicht mehr zu den nationalen Versammlungen eingeladen wurden und sich in den Klassenzimmern in der letzten Reihe wiederfanden. Schließlich wurde mir bei paramilitärischen Übungen der gelbe Streifen am Ärmel befestigt. Ein vorübergehender Wahnsinn, sagte ich mir, ein Wahnsinn, der nicht lange andauern kann.

Mein Turnlehrer, Kuhar war sein Name, der mir bisher mit kühler Indifferenz begegnet war, pfiff mich plötzlich an: »He, Jude, komm her!« Und wenn die Klasse in den Bänken stand, trat er von hinten an mich heran, versetzte mir einen Schlag in den Nacken und brüllte unter dem grölenden Gelächter der Klasse: »Steh aufrecht, Jude! Du hältst dich wie ein Flamingo, den man in den Arsch gefickt hat.«

Das Schicksal spielte aber auch in dieser Zeit gerne seine absurden Spiele. Eines Tages wurden in meiner Schule alle Schüler der Oberstufe zu einem Appell zusammengetrommelt. Wir standen stramm, und es erschien eine Gruppe hochdekorierter Offiziere, mit schmucken Mützen, schwarzen Stiefeln, langen Mänteln und ebenso langen Säbeln. Der ranghöchste Offizier, ein Kerl mit einem gezwirbelten Schnurrbart, teilte uns mit, eine paramilitärische Einheit werde gegründet, bestehend aus der Blüte der Jugend, eine Eliteeinheit sozusagen. Hintergrund dieser Maßnahme war ein geheimer Plan Admiral Horthys, seinen Sohn zum Vize-Regenten zu ernennen. Er hatte vor, ein neues ungarisches Herrscherhaus zu gründen, das an die Stelle der Habsburger treten sollte.

Seinen Enkel wollte er zum König krönen, und diese neue Eliteeinheit sollte das Gefolge von König Horthy I. bilden.

Der Begriff »die Blüte der Jugend« bezog sich natürlich in erster Linie auf die äußere Erscheinung, und ich, wie schon erwähnt, sah aus wie der süßeste Traum Adolfs. Auch mein Familienname hat mich nicht verraten, denn es gibt in Ungarn viele Hoffmanns, zumeist eingebürgerte Deutsche. Turnlehrer Kuhar stand ein wenig abseits, halb ohnmächtig von der Ehre, die ihm zuteil wurde, und als der Offizier plötzlich meinen Namen als einen der ersten Auserwählten nannte, traute er sich nicht, auch nur einen Ton zu sagen. Wer weiß, was ihm in diesem Augenblick durch den Kopf geschossen sein mag. Vielleicht war ihm aber auch vor Staunen über die Panne, die seinen Herren und Meistern unterlaufen war, die Sprache weggeblieben.

Am nächsten Morgen hatte ich mich in einer Kaserne zu melden und begann mit dem Training. Die Befehle waren mit Obszönitäten gespickt, wie es bei einer militärischen Grundausbildung schon mal üblich ist. In dem Gebrüll kam jedoch meist in der einen oder anderen Form das Schimpfwort »Jude« vor. »Renn nicht rum wie ein jüdischer Affe« hieß es da, oder »Leute, ihr marschiert wie die jüdischen Lahmärsche mit ihren krummen Beinen«, wobei ich nur die milderen Formulierungen nenne.

Unter diesen höchst seltsamen Umständen exerzierte ich also einige Monate lang dreimal in der Woche. Ich weiß heute nicht mehr, warum ich das alles über mich ergehen ließ, und warum ich nicht einfach aufstand und sagte: »Pardon, Herrschaften, hier liegt ein bedauerliches Mißverständnis vor.«

Eines Tages aber, als wir mitten in den Übungen Angaben zur Person machen mußten, darunter auch über unsere Religionszugehörigkeit, platzte die Bombe. Einer bekannte »katholisch«, der nächste »protestantisch« und so fort. Als ich an die Reihe kam, herrschte atemlose Stille. Der Offizier machte nur eine ungeduldige Handbewegung, so, als verscheuche er eine lästige Fliege. Ich salutierte resigniert, ich erinnere mich noch, daß ich eine Mütze aufhatte, und ging hinaus. Der Feldwebel am Tor fegte mir die Mütze vom Kopf, und ich wurde wieder zur Judensau.

Diese Episode meines Lebens verschaffte mir Einblicke, die ich sonst nicht gehabt hätte, sie waren traumatisch und aufschlußreich zugleich. Ich konnte zum ersten Mal in meinem Leben mit anhören, wie die Ungarn, wenn sie unter sich sind, über die Juden reden. Bisher war der Haß noch mit Höflichkeit verbrämt worden, aber dort, inmitten der »Blüte der Jugend«, erkannte ich zum ersten Mal die wahren Ausmaße dieser 2000 Jahre alten Krankheit. Die »reinen Ungarn« dachten und sprachen von nichts anderem als von uns. Die Söhne, die Väter, die Mütter, die Großväter: Juden, Juden, stinkende Juden. Ich glaube, daß eine Generation, die keine Bekanntschaft mit Adolf machen mußte, nicht erkennen kann, daß alles, was heute über den Nationalsozialismus und Hitler erzählt wird, nichts anderes ist als Geschichtsklitterung. Es ging den Nationalsozialisten, es ging Hitler, es ging im Dritten Reich um nichts anderes als um die Juden. Sie waren das Wesentliche, das Ziel, der abgrundtiefe Haß gegen unser Volk war die Wunderdroge, mit der Hitler im Jahr 1933 an die Macht gelangen konnte. Mit diesem Haß begeisterte er die Massen in Deutschland und im gesamten besetzten Europa, einzig und allein mit dem apokalyptischen, dämonischen Abscheu vor den Juden. Jeder, der etwas anderes behauptet, lügt. Die Menschheit wurde von einem chronischen Komplex befallen, von dem sie sich bis heute nicht befreit hat.

Im Jahre 1942 war es Ungarn bereits gelungen, im Krieg mitzumischen, und mein Vater wurde in ein Arbeitslager gesteckt. Er mußte an einem strategisch völlig unwichtigen Ort »Schutzgräben« ausheben. Warum sollen die Juden, diese Parasiten, nicht auch ihren Beitrag im Krieg leisten, sagte sich die ungarische Regierung und gründete Arbeitsgruppen mit alten, erschöpften Menschen, die Gräben ausheben und wieder zuschaufeln mußten.

Wir waren sehr einsam damals. Ich kann mich nicht erinnern, meine Gefühle jemals mit irgend jemandem geteilt zu haben. Natürlich sprachen die Juden über ihr schreckliches Schicksal und überzeugten sich gegenseitig davon, daß Hitler im Unrecht ist. Ich selbst tat dies nicht, denn meine Freunde waren keine Juden und somit keine Freunde mehr. Einer der »Unsrigen«, der in meinem Leben damals als einziger eine Rolle spielte, war Hirtenberg Lászlo, der ungarische Schach-Jugendmeister. Auch ich beherrschte diesen »Gedanken-Sport« recht ordentlich, und so wurde ich sein Trainingspartner. Gemeinsam schrieben wir ein Buch über »Moderne Eröffnungszüge«. Schicksalhaft ist die Rolle des »Spiels der Könige« in meinem Leben, es hat mir in meiner Jugend das Leben gerettet und bietet mir jetzt, im Alter, da ich als Experte für Schachcomputer gelte, willkommene Unterhaltung.

Es war Ende 1944, oder vielleicht Anfang 1945, die Züge Eichmanns jagten schon mit Volldampf durch Europa, als alle jüdischen Abiturienten in Budapest zu einem Appell zusammengerufen und in die Slowakei, in die Nähe der Stadt Jolsva, deportiert wurden. Wir sollten dort den Deutschen ausgeliefert werden, aber auf dem Weg nach Polen sollten wir noch etwas schwitzen, bevor wir verreckten.

Wir waren 220 ehemalige Gymnasiasten, darunter auch einige Nichtjuden, die irgendwie Pech gehabt hatten. Wir trugen alle unsere Zivilkleidung, schleppten einen Rucksack mit einigen wenigen Habseligkeiten von zu Hause mit uns und hatten die gebrauchten Mützen der unbesiegbaren ungarischen Armee auf dem Kopf. So marschierten wir also mehrere Dutzend Kilometer am Tag. Wir marschierten und marschierten, zwei Wochen, drei Wochen, bis dann irgendwann die Zeit jegliche Bedeutung verloren hatte. Bewacht wurden wir von berittenen Gendarmen, den schlimmsten aller Ungarn, ungehobelte, ordinäre Bauernsöhne, die Bluthunde des oligarchen Regimes, Roboter, die keine Fragen stellten, sondern nur blindlings den Befehlen gehorchten.

In der Nacht schliefen wir meistens auf dem Asphalt, ohne Decken oder Kissen. Wir waren so müde, daß uns das nichts ausmachte.

Ich erinnere mich an eine Nacht, die wir in einem Stall verbrachten, wo ich genau unter dem Loch in dem undichten Dach landete. Es war Herbst, und der Regen tropfte unaufhörlich auf mich herunter. Ich war jedoch derart erschöpft, daß ich meine müden Knochen nicht mehr bewegen konnte, und am Morgen war ich durchnäßt wie ein alter Lappen.

Wir tranken Wasser aus dreckigen Pfützen, und eines Tages bekam ich hohes Fieber und Durchfall. Unter uns befand sich ein liebenswerter Hochstapler, der sich als Arzt ausgab und der feststellte, ich sei an

Typhus erkrankt. Er riet mir dringend, dies den Wächtern zu verheimlichen, man würde mich sonst auf der Stelle erschießen. Tatsächlich hatten unsere Aufpasser zu diesem Zeitpunkt damit begonnen, uns nach Lust und Laune abzuknallen, und sicherlich hätten sie auch bei mir keine Ausnahme gemacht, hätten sie erfahren, daß ich als Arbeitskraft nichts mehr taugte.

So schleppte ich mich und meinen Rucksack auf schwankenden Beinen weiter, und während ich so vor mich hinstolperte, erholte ich mich und wurde ein »medizinisches Wunder«, ein bisher in der Geschichte unbekannter Fall. Ich war damals 20 Jahre alt, und vermutlich hat die Todesangst meinem Körper übermenschliche Kräfte verliehen. Die Folgen dieses Marsches machen sich jedoch bis heute in meinem Verdauungssystem bemerkbar. Ich werde häufig von plötzlichen Schmerzanfällen geplagt und leide an einem permanenten, unheilbaren Sodbrennen. Damals aber war mir meine Krankheit absolut gleichgültig, wußte ich doch, daß wir in den Tod marschierten.

Eines Tages machten wir in einer Steinbrennerei in einem slowakischen Dorf Halt, und einer der Jungen schlich sich ins Dorf und schlief mit einer Prostituierten. Er wurde auf frischer Tat ertappt. Am nächsten Morgen mußten wir zum Appell antreten. Der Feldwebel verkündete eine Kollektivstrafe, »jeder zehnte« sollte für den einen erschossen werden. Ich war damals bereits in einem körperlichen und seelischen Ausnahmezustand. Die neuerliche Lebensgefahr ließ mich völlig kalt. Ich stand in der Reihe der Todeskandidaten, summte die simple Melodie eines Chopinliedes vor mich hin und überlegte in aller Ruhe, nach welchem System der Feldwebel seine Opfer auswählen würde. Er entschied sich für die Brillenträger.

Er glaubte, daß Brillenträger jüdischer wären als die anderen Juden. Zu meinem Glück trug ich damals noch keine Brille. Meine Augen habe ich mir erst später verdorben, als ich die hebräischen Buchstaben von rechts nach links lesen lernen mußte.

Man führte also die Brillenträger hinter einen nahegelegenen Hügel, wir hörten einige Schüsse, und der Marsch ging weiter, als ob nichts geschehen wäre. Ob die anderen tot waren oder ob man sie laufen gelassen hatte, haben wir nie erfahren. Ein Junge aus einer anderen Truppe, der auch einmal die Ehre gehabt hatte, die Anforderungen für eine Hinrichtung zu erfüllen, erzählte mir nämlich, daß manchmal nur in die Luft geschossen wurde, um die Begnadigten in Panik zu versetzen. Aber was spielt das heute noch für eine Rolle? Ein Jahr später waren aus unserer Einheit ohnedies nur noch drei am Leben. Einer davon war Lissauer János, genannt Lissi, mein »Gorilla« im Lager, nicht zuletzt weil er den Titel des ungarischen Mittelgewichtsmeisters im Boxen trug. Einmal mußte er gegen den Champion aus den Reihen unserer Bewacher antreten. Keine Frage, daß János im Ernstfall Hackfleisch aus seinem Gegner gemacht hätte. Er fragte mich, ob er gewinnen oder besser einige Schläge einstecken und k. o. gehen sollte. Mein Rat lautete, hart kämpfen, um die Echtheit des Kampfes zu beweisen, um dann unentschieden zu enden. Mit János aber ging das Temperament durch, und er schlug seinen Gegner k. o. Zu seinem und meinem Glück gab es diesmal keine Konsequenzen.

János und ich hatten uns erst kurz vor unserem Marschbefehl kennengelernt, wurden aber sehr schnell unzertrennlich. János hatte eine plattgedrückte Boxernase und lispelte heftig. Er war gutmütig, aber leicht beeinflußbar, ähnlich wie Lennie in John Steinbecks »Von Mäusen und Menschen«. Er hatte bald begriffen, daß er mich beschützen mußte, damit ich für ihn mitdenken konnte. Diese Überlegung rettete dann tatsächlich unser Leben. Er bewachte mich und die Nahrungsmittel, die wir uns beiseite schafften, und ich nahm ihn mit, als ich mich schließlich zur Flucht entschloß.

Wir, das heißt, die Überlebenden des Marsches, kamen Ende 1944 in das Arbeitslager Jolsva. Der Empfang war überaus herzlich: Inhalt der Rucksäcke auf den Boden kippen, Uhren und Ringe abnehmen, Hosentaschen umdrehen, Tritte, Schläge, Ohrfeigen, und schnell, schnell, fertig für die Arbeit in einem nahe gelegenen Sägewerk, das Munitionskisten für die deutsche und die unbesiegbare ungarische Armee herstellte. Um vier Uhr morgens, tä-tärä-tättä, schmetterte die Trompete, und ab ins Sägewerk, ihr dreckigen Juden, und zwar mit einem Lied auf den Lippen. Anfangs mußten wir ungarische Heldenlieder singen, später verfaßten die Poeten unter den Gendarmen extra für uns einen neuen Text zur gleichen Melodie. Ich versuche ihn ins Deutsche zu übersetzen: »Ho, ho, ho, Befehle werd'n ausgeheckt, damit der Saujud lernt, wie wahre Arbeit schmeckt.«

Wir lernten also das Singen und das Arbeiten, bis wir vor Erschöpfung fast umfielen und vor Schweiß stanken. Im Sägewerk mußten wir schwere Holzstämme auf unsere Schultern hieven, die uns in die Knie zwangen, denn nicht alle besaßen solche Muskelpakete wie Lissi der Boxer. Bis zum Sonnenuntergang schleppten wir die gewaltigen Stämme, die dann zu Brettern für die Munitionskisten der Nazis zersägt wurden. Begleitet wurde unsere Arbeit von den bissigen Kommentaren der Wärter. »Lernt endlich, wie man arbeitet, nicht nur, wie man Geld zählt«, hieß es da zum Beispiel. Einmal brüllte ein Sklaventreiber einen ehemaligen Jurastudenten an, er wisse ja nicht einmal, wie man eine Säge halte, worauf dieser höflich entgegnete: »Vielleicht sollten Sie dann lieber einen anderen Anwalt nehmen, Herr Kommandant?«

Er wurde auf grausamste Weise bestraft. »Warum hast du denn nicht den Mund gehalten?« habe ich ihn gefragt, bevor man ihn einsperrte. »Ich war mir im klaren über die Folgen«, flüsterte er mir zu, »aber ich konnte mich einfach nicht beherrschen.« Ich bewunderte seine himmelschreiende Dummheit als Sieg des menschlichen Geistes.

Immer aufs neue wurden wir an andere Orte verbracht, in nächtlichen Märschen, die kein Ende zu nehmen schienen. Wir schliefen in Fabriken oder leeren Scheunen, auf Heu, das in die Lungen eindrang und chronischen Husten verursachte, an dem wir fast erstickten.

Jaron: Wußten Sie von den Vernichtungslagern?

Wir fühlten, daß etwas Schreckliches auf uns zukam, auch wenn die Wirklichkeit dann doch noch schlimmer war als die Phantasie. Wir gaben die Hoffnung dennoch nicht auf. Wir wußten, daß die Deutschen besiegt werden würden, wir wußten es einfach. Wir fürchteten uns aber vor den ungarischen Kollaborateuren, die uns als Mitwisser rechtzeitig liquidieren würden. Doch auch damals gab es Lichtblicke. Wir erhielten, heute könnte man darüber lachen, zum Beispiel Postkarten. Ich bekam Post von meinem

Mädchen Chawa, die sich damals mit ihren österreichischen Eltern in der Provinz vor der Gestapo versteckte. Die ungarischen Nazis ließen diese Nachrichten mit Absicht durch, um uns zur polnischen Grenze schaffen zu können und uns in der Illusion zu wiegen, jenseits der Grenze erwarte uns wirklich nur Arbeit. Diese teuflische Strategie hatte Erfolg, denn wir wollten einfach daran glauben. Wir empfanden ungefähr so: »Eigentlich bin ich ja schon tot, aber ich habe noch eine Adresse, also bin ich noch nicht begraben.«

An den kleinen freudigen Überraschungen hielten wir uns fest. Ein besonders glücklicher Tag war der, an dem Lissi ein echtes Ei ergattert hatte. Es gelang uns, ein ungestörtes Plätzchen zu finden und sogar unbemerkt ein Feuer aus Reisig zu entzünden. Wir kochten Wasser in einer leeren Konservendose und verrührten darin das Ei und einige trockene Brotkrumen. Noch heute, nach so vielen Jahren, spüre ich den Geschmack dieser wundervollen Suppe auf der Zunge.

Ich scherze nicht. Wenn man etwas Lebensfreude und Selbstironie besitzt, dann kann man auch in der aussichtslosesten Situation noch lächeln. Und je absurder die Situation, desto stärker wird der Lachmuskel gekitzelt. So erging es mir, als die Perfektion des Vernichtungsapparates außer Kontrolle geriet und unsere Bewacher mit der gleichen unbarmherzigen Gründlichkeit darauf achteten, daß wir uns am Samstag ausruhten. Das ist so, als würden in der Hölle am Samstag die Öfen abgedreht, um die gewerkschaftlichen Rechte zu wahren. In einer Welt aus Bestialität und Willkür schufen die Schergen ein winziges Fleckchen von Recht und Ordnung, als wäre dadurch der Menschlichkeit Genüge getan.

Am Samstag lagen wir dann herum wie tote Fliegen.

Manchmal spielten Hirtenberg Laci und ich Schach auf einem kleinen Brett, das wir heimlich von zu Hause mitgebracht hatten. So auch damals. Plötzlich hörte ich hinter mir eine Stimme: »Das ist nicht der richtige Zug, Junge.« Ich drehte mich um und fiel fast in Ohnmacht. Hinter mir stand Gott höchstpersönlich. Gott in Zivil, bekannt auch als der Bezirkskommandant im Rang eines Hauptmanns. Ich wagte ihm dennoch zu widersprechen: »Gestatten Sie, Herr Kommandant, nach dem Buch des internationalen Großmeisters Maroczy Geza ist das sehr wohl der richtige Zug.« – »Du irrst dich«, sagte Gott, »nicht dein Zug ist in dem Buch beschrieben, sondern ein Sprung mit dem Läufer.« Ich antwortete: »Mit Verlaub, aber der Zug, den Herr Kommandant meinen, ist in dem Buch falsch angegeben. Im Anhang befindet sich eine Liste der Druckfehler, die der Herr Kommandant sicherlich übersehen haben. Dort steht, daß der Zug so durchzuführen ist, wie ich es mir erlaubt habe.«

»Rühr dich nicht von der Stelle«, befahl der Offizier und verschwand. Kurz danach kam er mit dem Buch Marocys zurück. »Nimm deine Sachen und komm mit«, ordnete er an und führte mich in sein Büro im Hauptquartier. Ich mußte den gelben Streifen vom Arm nehmen, und er sagte: »Du bleibst hier.«

So wurde ich Sekretär in seinen Diensten. Meine Aufgabe bestand darin, die Korrespondenz abzuheften, die über die Nahrungsmittellieferungen geführt wurde. Die slowakischen Soldaten, die mit mir zusammenarbeiteten, wußten genau, daß ich ein jüdischer Gefangener war oder bestenfalls ein Halbjude. Damals wurde aber ein Befehl niemals in Frage gestellt. Wenn der Befehlshaber beschlossen hatte, ich sei kein Jude, dann war ich auch keiner, punktum. Sooft ihm seine Arbeit Zeit dazu ließ, spielte der Hauptmann mit mir Schach. Er war ein guter Schachspieler, jedoch kein Profi wie ich, und ich konnte ihm eine Menge beibringen. Meine Konzentration durfte jedoch keinen Moment nachlassen, denn hätte ich mehrere Spiele verloren, wäre mein Sonderstatus in Gefahr gewesen.

Jaron: Wie hieß dieser Hauptmann?

Das weiß ich nicht, ich habe es nie gewußt. Anfangs war ich für ihn so etwas wie die geheimnisvolle Scheherazade in »Tausendundeine Nacht«. Meiner Meinung nach hat er sich nach der ersten Spielbegeisterung noch etwas anderes überlegt. Er wußte, daß der Krieg verloren war, er gab es sogar zu. Vielleicht wollte er sich wenigstens einen wohlwollenden Zeugen sichern für den Tag, an dem er Rechenschaft ablegen müßte für seine Verbrechen. Einmal äußerte er fast eine Entschuldigung. »Glaube mir, Junge«, sagte er, »auch ich möchte, daß das alles bald ein Ende hat. Ich bin aber Ungar, kein Jude wie du, und bin sicher, daß nach dem Krieg die Russen in Budapest einziehen werden. Mit diesem schrecklichen Gedanken kann ich mich einfach nicht abfinden.«

Nach meiner Arbeit im Büro legte ich meinen gelben Streifen wieder um und kehrte in unsere Baracke zurück, nicht selten mit einem sorgfältig versteckten Teller voller Leckerbissen für meine Freunde. Der Kommandant legte nämlich großen Wert darauf, daß ich anständig zu essen bekam, und steckte mir immer wieder Delikatessen zu, die er in einem Blechnapf aus der Offiziersküche mitbrachte. Wie in meiner Kindheit zwang ich mich dazu, Unmengen in mich hineinzustopfen, denn wer weiß, wie lange das Glück andauern würde; morgen vielleicht mußte ich wieder ins Sägewerk zurück. Er brachte mir so viel mit, daß ich die Ration in vier Portionen aufteilen konnte. Einen Teil aß ich selbst, und den Rest schmuggelte ich zu Lissi dem Boxer, Laci dem Schachspieler und einem weiteren Freund namens Vajda Tibor. Tibor war eine Führungspersönlichkeit und gleichzeitig ein wundervoller Gesprächspartner. Alle slowakischen Arbeiterinnen waren in den hübschen Kerl verliebt. Ich habe ihn zu meiner großen Freude wiedergesehen, nach Jahren, als ich zu Filmfestspielen nach Australien eingeladen war. Dort erhielt ich einen Brief von Professor Dr. Timothy Vajda, dem Erfinder der bekannten »Vajda-Zahnimplantationen«. Es gab ein freudiges Wiedersehen, und ich erfuhr, daß Tibor einen Tag nach unserem Verschwinden ebenfalls die Flucht gelang. Er war der letzte nach uns, der durchkam. Tibor, Lissi und ich sind, soviel ich weiß, die einzigen Überlebenden des Todesmarsches.

Jaron: Wie ist Ihnen die Flucht gelungen?

Ich habe in jener Zeit, Gott sei inniger Dank, unwahrscheinliches Glück gehabt. Nicht nur, daß ich von der Zwangsarbeit befreit wurde und mich sattessen konnte, nein, ich meine etwas anderes, viel Wichtigeres. Ich konnte bei meiner täglichen Arbeit im Offiziersbüro förmlich »riechen«, daß unser Ende nahte. Ich entnahm dies den Gesprächen der Soldaten im Büro des Hauptmanns. »Was, die sind noch immer nicht abgeholt worden?« hörte ich mit gespitzten Ohren. »Ist denn noch kein neuer Judentransport angekommen?« Sicherlich ahnte auch jeder andere Häftling die Wahrheit über unser Schicksal, und viele spielten mit Fluchtgedanken. Für mich aber gab es keinen Zweifel mehr. Ich war mir darüber im klaren, daß nur die erste Flucht Aussicht auf Erfolg hatte. Der nächste würde es unendlich viel schwerer haben. Ich entschloß mich, Lissi mitzunehmen, denn ohne mich hatte er keine Überlebenschance.

Ich zermarterte mir den Kopf, wie wir entkommen könnten. Sollte es uns tatsächlich gelingen, das Lagertor zu passieren, würde man uns ja sofort festnehmen, denn unserer zerlumpten Kleidung sah man aus jeder Entfernung den entflohenen Häftling an. Und in der Landbevölkerung wußte man, was drohte, wenn man »so einem« bei der Flucht half.

Heute sehe ich alles wie einen Film, bei dem ich nichts weiter als ein Zuschauer bin. Die Flucht aus dem Gefängnis ist ja ein altes und sehr beliebtes Thema im dramatischen Gewerbe, seit Theseus aus dem Labyrinth des Königs von Kreta entkommen ist. Allerdings hatte er Ariadnes Faden, den ich damals auch dringend benötigt hätte.

Heute schäme ich mich fast, über mein Schicksal zu sprechen, da doch Millionen Naziopfer nicht entkommen konnten und viel Schlimmeres erleiden mußten als ich. Ich hatte einfach Glück. Das Glück zum Beispiel, daß es im Lager einen slowakischen Arbeiter gab, der Mitleid mit uns hatte und, wie er sagte, im Untergrund aktiv war. Eines Tages bat ich ihn um den Zugfahrplan. Der Bahnhof befand sich nur etwa 200 Meter vom Lagertor entfernt. Ich fand heraus, daß eine gute halbe Stunde nach Arbeitsschluß ein Zug nach Budapest abging. Damals existierten keine Grenzen mehr im großen Deutschen Reich, so daß zwischen der Slowakei und Ungarn keine strengen Kontrollen zu befürchten waren. Ich gab dem Arbeiter mein letztes Geld, das ich noch in meiner Kleidung versteckt gehabt hatte, und er besorgte mir zwei Fahrkarten. Seiner höflich geäußerten Bitte, den Rest als Trinkgeld behalten zu dürfen, konnte ich nichts entgegensetzen. Ich war jetzt blank wie ein Neugeborenes.

Im Lager gab es Arbeitsgruppen, die Bekleidung für die Soldaten herstellten, unter anderem auch Schuhe. Dort stahl ich eine Schachtel mit eisernen Ösen, die für die Löcher vorgesehen waren, in die bei Militärstiefeln die Schnürsenkel eingefädelt werden. Am nächsten Tag schälte ich in mühevoller Kleinarbeit die Bilder aus meinem und Lissis Personalausweis. Aus einer Akte im Archiv ließ ich die Ausweise von zwei slowakischen Arbeitern mitgehen, versteckte mich auf dem Klo und bohrte mit meinem Taschenmesser kleine Löcher in die Ecken der Bilder und auch in die beiden gestohlenen Ausweise, so daß die Löcher genau übereinanderlagen. Dann zog ich die Ösen durch und klopfte sie mit dem Absatz meines Schuhs fest, bis sie ganz eng anlagen. So stand ich also neben der Latrine und schlug wie wild auf die Ösen ein, und ich glaube, daß mein Herzschlag das Klopfen des Absatzes übertönte. Mit einem Kugelschreiber zog ich schließlich die Konturen des Stempels nach. Es entstand ein leicht verschwommener Kreis, teils auf dem Bild, teils auf dem Ausweis, ganz wie auf einem echten Stück. Ich hielt die neugeborenen Dokumente in Armeslänge von mir und studierte sie eingehend. Die Eisennägel an den Ecken der Bilder verliehen ihnen ein respektables Aussehen, und aus gewisser Entfernung sahen sie eigentlich gar nicht so übel aus. Im

Grunde meines Herzens war mir jedoch klar, daß man kein Sherlock Holmes sein mußte, um meinen Ösen-Ausweis als Fälschung zu erkennen.

So wurde ich zum slowakischen Arbeiter Andreas Stanko, und auch nach meiner Flucht lebte ich noch geraume Zeit unter seinem Namen.

An diesem heißen Sommertag nahm ich nach der Arbeit den gelben Streifen nicht um und verließ rasch das Büro. Bis zur Abfahrt des Zuges hatten wir eine halbe Stunde Zeit. Auf dem Weg zu Lissi schlich ich an den Duschen der Arbeiter vorbei und ließ, wie ich es vorgehabt hatte, zwei Paar Hosen und zwei Hemden mitgehen. Die Einfachheit, mit der alles vor sich ging, irritierte mich beinahe, aber ich dachte nicht nach. Lissi wartete auf mich, zu allem bereit. In Blitzeseile tauschten wir die Kleidung und versteckten unsere alten Lumpen. Möglichst unauffällig gingen wir auf das Tor des Lagers zu und schlossen uns einer Gruppe von Arbeitern und Soldaten an, die wie jeden Abend nach getaner Arbeit heimgingen. Niemand hielt uns an. Die 200 Meter vom Lagertor bis zum Bahnhof legte ich in einer Mischung aus gespannter Wachsamkeit und Bewußtlosigkeit zurück, mit zittrigen Beinen und dennoch wie auf Wolken schwebend. Es ist ein sehr seltsames Gefühl, das ich immer wiedererkannt habe, wenn es mich in meinem Leben überfiel, in besonderer Gefahr oder wenn ich unter besonderem Druck handeln mußte. Man fühlt sich, als hätte man Schmetterlinge im Bauch.

Bei jedem Schritt mußte ich dagegen ankämpfen, auf dem Absatz kehrtzumachen und ins Lager zurückzulaufen. Zum Glück wußte ich schon damals, daß die Schmetterlinge nicht recht haben, daß sie ganz einfach schrecklich feige sind und auch aus mir einen

Feigling machen wollten. Die Schmetterlinge im Bauch sagten: »Du begehst einen großen Fehler, tu's nicht, laß alles so, wie es ist, es ist ja gar nicht so schlimm.« Man darf im Leben niemals auf die Schmetterlinge hören, nur auf den eigenen Verstand. Und der sagte mir: »Auch wenn dich die Angst beinahe umbringt, das einzige, was du tun mußt, ist fliehen.«

Unser Zug traf pünktlich ein. Wir bestiegen den Waggon der Dritten Klasse und setzten uns auf eine Bank, starr vor Panik. Wir waren ganz allein in dem Waggon, doch plötzlich, zwei Minuten vor Abfahrt, ging die Türe auf, und herein strömten die slowakischen Arbeiter und Soldaten, die mit Lissi im Sägewerk und mit mir im Büro zusammengearbeitet hatten.

»Was nun?« flüsterte Lissi, und ich antwortete apathisch: »Nichts. Es ist vorbei.«

Zwei Beamte, mit denen ich Tag für Tag im Büro zusammengewesen war, setzten sich nun direkt uns gegenüber. Natürlich hatten sie mich erkannt, aber sie blickten durch mich hindurch, als wäre ich Luft. Sie waren Menschen inmitten der Orgie des Bösen.

Inzwischen hatte sich mit dem Anmarsch der russischen Armee das Blatt gewendet, Unmut gegen die Deutschen flammte auf. Aber noch war der Judenhaß übermächtig. Auch wurde mit dem Tode bestraft, wer Juden bei der Flucht half. Die Chancen, von den Ungarn oder den Slowaken nicht ausgeliefert zu werden, waren also gleich Null. Aber wieder stand das Glück auf meiner Seite und setzte mich tapferen Menschen gegenüber, die nicht bereit waren, zu kollaborieren. Ich habe es nicht vergessen, und man sollte sich immer daran erinnern, daß es auch solche Menschen in dieser furchtbaren Zeit gab.

Die Bahnfahrt verlief nicht reibungslos. Als wir uns der ersten Station näherten, kam der Schaffner und forderte uns auf, die Ausweise bereitzuhalten. Die SS werde in Kürze die Dokumente überprüfen, um Juden und Deserteure festzunehmen. Ich flüsterte Lissi zu: »Laß uns zur Sicherheit in den letzten Waggon gehen«, doch ihm fiel rechtzeitig ein, daß dort bewaffnete Soldaten Wache hielten, damit niemand abspringen konnte. Er sagte nur: »Ich habe keine Lust mehr zu leben.« Auch mich überkam eine lähmende Schwäche, Arme und Beine waren wie aus Gummi. Wir warteten nur darauf, daß irgend jemand im Waggon auf uns zeigen würde und wünschten nichts sehnlicher, als daß alles vorbei wäre.

Da stoppte plötzlich der Zug, und einige Sekunden später ertönte ein schrecklicher Lärm, ein Lärm, wie ich ihn nie zuvor gehört hatte, begleitet von einem Grollen wie bei einem Erdbeben. Der Zug wurde erschüttert und beinahe aus den Gleisen geworfen.

Über uns donnerten 1000 Flugzeuge hinweg, viermotorige amerikanische Maschinen vom Typ B 29, die in unmittelbarer Nähe gewaltige Bomben abwarfen. Begleitet wurden sie von einem riesigen Schwarm von Kampfflugzeugen. Diese Armada befand sich auf dem Weg nach Wiener Neustadt, um dort die kriegswichtigen »Messerschmitt-Werke« zu zerstören. Unterwegs hatte anscheinend ein ungeduldiger Yankee-Offizier die zündende Idee, die Gelegenheit zu nutzen und gleich noch ein paar andere Ziele unter Beschuß zu nehmen, darunter auch den Bahnhof, in dem die SS auf die Ankunft unseres Zuges wartete.

Fast einen Tag lang wurde unser Zug aufgehalten, und die Soldaten verteilten Brot und Wasser. Die Gleise wurden repariert, und wir setzten uns wieder in

Bewegung. Nach einigen Kilometern fuhren wir an einem riesigen Haufen aus Betontrümmern und verbogenen Schienen vorbei. An einem einsamen Mast hing eine verwaiste Lampe und baumelte im Wind. Das war alles, was von der bombardierten Bahnstation übriggeblieben war.

Jaron: Der Allmächtige hatte Sie gerettet.

Nein, der mischte sich nicht ein. Die Religiösen unter uns wurden als erste ermordet. Ungläubige wie ich überlebten.

Jaron: Gott wird Ihnen Ihre Worte nicht verzeihen.

Die Frage ist, ob wir ihm verzeihen können. Ein Wunder allein hätte ohnedies nicht genügt, um einen jüdischen Flüchtling zu retten, es bedurfte einer ganzen Serie. Wir fuhren also weiter. Hin und wieder hielt der Zug für einige nervenaufreibende Stunden, doch nach ein paar Tagen kamen wir dann in Budapest am Ostbahnhof an. Wir waren von der langen Reise völlig erschöpft und hatten auch kaum etwas zu uns genommen. Dennoch verspürten wir immense Erleichterung, denn wir waren endlich zu Hause. Die gehetzten Tiere befanden sich wieder in einem vertrauten Käfig.

Kaum hatten wir jedoch den Fuß auf den Bahnsteig gesetzt, erblickten wir eine große Anzahl ungarischer SS-Leute in ihren schwarzen Uniformen. Sie hatten sich in zwei gegenüberliegenden Reihen formiert und so einen schmalen Gang gebildet, den die Aussteigenden passieren mußten. Am Ende dieses Ganges wurden die Papiere kontrolliert. Gemeinsam mit der Menge strömten wir dem Ausgang, dem Kontrollpunkt, unserem Ende zu. Wir hatten keine Wahl, denn jeder zögernde Schritt, jede unbedachte Bewegung hätte die Aufmerksamkeit der schwarzen Uniformen auf uns gelenkt.

Wir verlangsamten unseren Schritt, und ich schlug Lissi vor, sich von mir zu trennen, um so vielleicht einen von uns zu retten. Aber er murmelte nur: »Laß doch, mir ist schon alles egal«, und ich schwöre, daß er dabei lächelte. Wir gingen also nebeneinander her, schweißgebadet, schicksalsergeben. Als wir nur noch wenige Schritte vom Kontrollpunkt entfernt waren, geschah ein weiteres Wunder in dieser aus Wundern geschmiedeten Kette. Hätte auch nur ein Glied in dieser Kette gefehlt, dann wäre dieses Buch nie geschrieben worden. Ein junger Mann, der vor uns stand, vielleicht ein Deserteur, rannte plötzlich an den SS-Männern vorbei. Sie verließen den Kontrollpunkt und nahmen die Verfolgung auf. Wir nutzten die Gelegenheit, um zu verschwinden.

Ich weiß nicht, ob ich vermitteln konnte, wie uns zumute war. Um all dies zu überstehen, mußte man ein starkes Nervenkostüm besitzen. Mein Leidens- und Fluchtgefährte János Lissauer befindet sich schon seit vielen Jahren in einer Irrenanstalt. Er hat irgendwann in dieser Zeit den Verstand verloren. Er ist zwar 1949 noch in Israel eingewandert, gemeinsam mit Chawa und mir, aber er war bereits verwirrt. Für kurze Zeit waren wir in Israel Kompagnons in einer Autowerkstatt im Städtchen Pardes Hanna. Aber bald eskalierten seine Wutausbrüche, und er wurde gemeingefährlich. Wir mußten zusehen, wie es ihm von Tag zu Tag schlechter ging, er immer gewalttätiger wurde und wußten nicht, was wir tun sollten. Heute nimmt er seine Umgebung nicht mehr wahr. Der andere Partner in unserer Werkstatt, Ingenieur Weiser György, erzählte mir vor kurzem, daß Lissi noch am Leben ist, aber in Gewahrsam gehalten wird.

Kehren wir aber zurück an die Stätte unserer wunderbaren Rettung, nach Budapest.

Ich fand glücklicherweise meinen Vater und meine Schwester wieder, die sich im zweiten Stock einer Wohnung in der Rozsa-Gasse versteckt hatten. Die Wohnung gehörte einer Ungarin, die aus Angst vor den anrückenden Russen geflohen war. Mein Vater kannte sie, da er ihr am Schwarzmarkt manchmal Dollars besorgt hatte. Als meine Familie in panischer Angst unsere Wohnung räumte, überließ mein Vater ihr den gesamten Schmuck meiner Mutter, um einige Wochen in ihren verlassenen Räumen Unterschlupf zu finden. Mutter selbst wurde von einem Mädchen aufgenommen, das bei uns gedient hatte, solange wir uns ein Dienstmädchen hatten leisten können. Sie weigerte sich, Geld anzunehmen. »Wofür?« fragte sie fast beleidigt. »Die gnädige Frau war immer gut zu mir.« Auch solche Menschen gab es, Gott segne sie.

Das Leben in der Rozsa-Gasse gestaltete sich für Vater und Agi sehr schwierig. Mein Vater konnte wegen seines jüdischen Aussehens die Wohnung keinen Augenblick verlassen. Meine Schwester Agnes stahl sich ab und zu aus dem Versteck, aber ohne die Hilfe unseres Nachbarn, József Gabrowitz, der sie mit Essen versorgte und sich um sie kümmerte, hätten sie wohl nicht überleben können. Die Gabrowitz waren schwäbisch-deutscher Abstammung und sprachen manchmal Deutsch miteinander. Gabrowitz Jóska war zwölf Jahre älter als ich, wir haben aber oft miteinander Karten oder Tischtennis gespielt. Wir haben sogar zusammen Schiffchen gebaut, die wir dann auf dem Teich im Park segeln ließen. Ich glaube, er war in meine schöne Schwester verliebt. Er war Graphiker und brachte mir bei, wie man Stempel fälscht. Ich könnte in diesem Fach heute noch Nachhilfeunterricht geben. Man nimmt einen Bleistift der alten Sorte, der blauviolett schreibt, wenn man seine Spitze anfeuchtet. Die Schrift läßt sich auch mit Wasser nicht mehr verwischen. Dann malt man die Umrisse des gewünschten Aktenzeichens in Spiegelschrift auf ein Blatt Papier und drückt sie auf das angefeuchtete Dokument, auf dem der Stempel erscheinen soll. Das ergibt einen blassen, jedoch klaren Stempel, so, als ob der Beamte, der ihn auf das Stempelkissen gedrückt hatte, an dem Tag Migräne gehabt hätte. Auf diese Art habe ich massenweise Stempel produziert, Ausweise aller Art für Andreas Stanko, den uns unbekannten slowakischen Arbeiter, der so nett war, mir seine Identität zu leihen. In mühsamer Kleinarbeit habe ich Ausweise mit seinen persönlichen Daten angefertigt, sogar mit dem Namen der imaginären Fabrik, in der er angeblich bis zu seiner Entlassung aus der Armee gearbeitet hatte.

Gabrowitz József selbst war Katholik und ging regelmäßig zur Kirche. Trotz seiner schwäbischen Abstammung war er ein ungarischer Patriot. Die Deutschen aber bewunderte er und hielt gern lange Vorträge über die Stärke der Wehrmacht. Als die Deutschen auszogen, Jugoslawien zu erobern, stand er am Fenster und starrte wie hypnotisiert den endlosen Reihen von Panzern nach, die zwei Tage lang durch die Straßen rollten. »Diese Macht ist unbesiegbar«, stellte er fest. Um so erstaunlicher war, daß er uns half. Vielleicht tat er es aus denselben Gründen wie viele der anderen tapferen Menschen, die Juden gerettet haben. Wenn man nach den Motiven fragt, warum sie das eigene und das Leben ihrer Familie aufs Spiel gesetzt haben, bekommt man zumeist weder eine moralische noch eine philosophische Antwort. Diese Menschen haben so gehandelt, weil sie gar nicht anders konnten, weil es für sie einfach selbstverständlich war. Manchmal haben sie Freunde oder Nachbarn gerettet, manchmal auch Verfolgte, die sie überhaupt nicht kannten. Ich glaube nicht einmal, daß Jóska die Grauen des Holocaust in ihrer ganzen schrecklichen Bedeutung erfaßt hat oder daß er für die Juden als verfolgte Minderheit besondere Sympathien empfand. Für ihn war es einfach indiskutabel, daß jemand seine netten Nachbarn, seinen Spielkameraden Ferike und die bezaubernde Agi deportiert und wie lästige Fliegen tötet und er, der Nachbar, nichts dagegen unternimmt.

Als er sich dazu entschlossen hatte, nicht blind und taub zu sein wie die meisten anderen ungarischen Mitbürger, nahm er seine Verpflichtung sehr ernst. Fast täglich kam er in unser Versteck in der Rozsa-Gasse und brachte uns Essen und Medikamente. Er trat sogar in eine Hilfseinheit der Armee ein, in der er es übrigens bis zum Kommandanten brachte, und konnte uns so noch besser helfen. Als Uniformierter hatte er größere Bewegungsfreiheit und war über jeden Verdacht erhaben.

Unser Versteck war eine Dreizimmer-Wohnung, notdürftig eingerichtet. Das einzig Auffallende darin war ein großer, alter Schrank mit drei Türen, der auf hohen Füßen stand. Die Bodenbretter des Schrankes konnte man verschieben, und bei jeder drohenden

Gefahr, bei jedem Klingeln oder Klopfen an der Tür, haben wir blitzschnell die Bretter herausgenommen, mein Vater zwängte sich hinein, und wir schoben die Bretter über ihn. So lag mein alter Vater am Boden, plattgedrückt von den Brettern des Schrankes, stundenlang, wie eine Maus in der Falle, kaum atmend, zitternd, auf Erlösung aus seinem Versteck hoffend.

Da kam der Tag, an dem mein Haar ergraute. Die Russen hatten Rache genommen. Bombenangriff folgte auf Bombenangriff, und das Leben war wie erstarrt. Manchmal kamen wir aus dem Bunker und mußten feststellen, daß eine halbe Straße verschwunden war.

An jenem Tag gab es wieder Fliegeralarm. Agi und ich hatten es satt, in den Bunker zu gehen, da wir die mißtrauischen Blicke der Nachbarn nicht mehr ertragen konnten. Vater beschwor uns, keinesfalls durch Abwesenheit aufzufallen. Wenn alle in den Keller gingen, nur wir nicht, wäre der Verdacht bestätigt. Wir gehorchten. Er zwängte sich in den Schrank, wir gingen ins Treppenhaus und schlugen die Tür hinter uns zu.

Ich war für die Nachbarn Andreas Stanko, ein slowakischer Arbeiter auf Urlaub, vielleicht war ich auch desertiert. Meine Schwester war meine »Geliebte«, vielleicht auch ein Mädchen von zweifelhaftem Ruf. Agi ist eine kleine, zierliche Frau, und ihre äußere Erscheinung war nicht ganz unverdächtig. Was ihr jedoch an arischem Aussehen fehlte, machte sie mit Koketterie und einem überzeugenden Mundwerk wieder wett. Wir saßen also im Bunker und plauderten mit den Nachbarn.

Es gab Entwarnung. Wir stiegen die Treppe hinauf. Zu ihrem namenlosen Entsetzen mußte Agi jedoch feststellen, daß sie den Schlüssel in der Wohnung vergessen hatte. Es gab keinerlei Möglichkeit hineinzukommen, außer man brach die Türe auf. Wie hätten wir das tun sollen, ohne die Nachbarn zu alarmieren und meinen Vater zu Tode zu erschrecken? Sein Herz war krank. Er wäre sicher aus seinem Versteck gekrochen und wäre entdeckt worden. Das hätte unser aller Ende bedeutet. Wir durften aber nicht lange zögern, denn Papa hatte die Entwarnung sicher gehört und würde, in der Annahme, es sei uns etwas zugestoßen, ebenfalls vor Angst seinen Schrank verlassen, um uns zu suchen.

Zwar hatten wir ein Telefon in der Wohnung, doch Papa durfte niemals abheben, denn der Hausmeister, wie die meisten Hausmeister in totalitären Regimen ein Spitzel der Geheimpolizei, hätte ja anrufen und eine fremde Stimme hören können. Wir hatten große Angst um Vater und wußten nicht, was wir tun sollten. Wir entschlossen uns, doch anzurufen und so lange läuten zu lassen, bis er abnähme. Es klingelte und klingelte. Nach zehn Minuten, die uns wie eine Ewigkeit erschienen, hörten wir endlich ein schwaches und zittriges »Hallo«.

Ich weiß nicht, warum gerade dieses Ereignis, das im Vergleich zu viel schlimmeren Situationen in meinem Leben nur eine Episode war, so tief in mein Gedächtnis eingegraben ist. Vielleicht deshalb, weil es die Niederträchtigkeit der Nazis in seiner Einfachheit besser verdeutlicht als die Unbegreiflichkeit der Gasöfen.

Ein anderes Erlebnis jener Zeit aber wirkt so unglaublich, daß es nicht einmal dem erfindungsreichsten Schriftsteller hätte einfallen können.

Eines Tages erhielt ich einen dringenden Anruf von Chawa, dem Mädchen, das ich liebte. »Wir müssen fliehen und haben keine Papiere.« Sie und ihre Familie waren Flüchtlinge aus Österreich und damit in besonderer Gefahr, als fremde Staatsbürger den Nazis ausgeliefert zu werden. Damals klammerte man sich an jeden Strohhalm. So erinnerten wir uns, Papa hätte von jemandem gehört, der jemanden kennt, der gefälschte Papiere verkauft ... Am Telefon hörte sich dieser jemand so an, als sei er Ausländer. Er bestätigte aber unsere Hoffnung. »Ja«, sagte er, »ich habe hier die Papiere einer ungarischen Adelsfamilie. Hat mich eine Stange Geld gekostet.« – »Was wird es uns kosten?« fragten wir. »Ein Vermögen.«

Es kostete ein Vermögen, alles, was Chawas Vater noch an Geld besaß, bis auf den letzten Heller. »Kommen Sie sofort«, sagte mein Vater zu dem Mann. »Bringen Sie die Papiere, und Sie kriegen Ihr Geld.« Schon wenige Stunden später klingelte es an der Tür, und herein trat ein mageres Männchen, dem die Angst ins Gesicht geschrieben stand. Mit gehetztem Blick schnüffelte er mißtrauisch herum, fürchtete, vielleicht in eine Falle getappt zu sein. »Schnell, schnell, überprüfen Sie die Papiere, und her mit dem Geld. Ich kann mich hier keine Minute länger aufhalten.« Er sprach wie ein kleiner Gauner, dem die Mafia im Nacken sitzt. Seine Angst war richtig ansteckend. Schließlich gelang es uns, ihn zu beruhigen und zum Sprechen zu bringen. Er war ein slowakischer Jude, der nach Ungarn entkommen konnte und sich nicht weit von uns versteckt hielt. Wo, wollte er auf gar keinen Fall verraten. Er sprach schnell, atemlos, in kurzen Sätzen: »Sie wissen ja nicht, wie die vorgehen. Sie schnappen sich einen von uns, einen slowakischen oder polnischen Juden, schicken ihn auf die Straße und verfolgen ihn. Wer ihn grüßt, verschwindet. Sie steigen in

Busse und brüllen etwas auf slowakisch. Wer sich umdreht, wird sofort verhaftet. Sie laufen durch die Stadt und starren den Passanten auf die Füße, um zu sehen, wer tschechische ›Bata‹-Schuhe trägt. Das ist ihre einzige Beschäftigung. Etwas anderes interessiert sie nicht, nicht ihr Land, nicht ihre Zukunft, nichts. Sie wissen, daß der Krieg verloren ist, aber jetzt wollen sie noch Juden jagen, Juden hetzen, Juden töten. Bald wird etwas Schreckliches geschehen. Verschwindet, versteckt euch, etwas Schreckliches wird geschehen.«

Die Papiere, die er mitbrachte, waren miserabel, etwas Besseres war jedoch nicht zu bekommen. Wir haben nicht gehandelt. Er nahm das Geld und verschwand.

Vielleicht ist es Zeit, Chawa vorzustellen. Sie war ein Flüchtlingskind aus Wien, das nach dem Anschluß mit ihren Eltern nach Ungarn geflohen war und ein recht »charmantes« Ungarisch sprach. Ich verliebte mich in sie im städtischen Freibad etwas außerhalb von Budapest, beim ersten Blick auf ihren kleinen Bikini. Ich pflege meine Ehefrauen im Schwimmbad kennenzulernen, um Zeit zu sparen. Auch die beste Ehefrau von allen lernte ich in einem Schwimmbad in Tel Aviv kennen. Chawa war ein sinnliches Mädchen, ein Jahr jünger als ich, jedoch schon reif und erfahren. Schon beim ersten Blick auf sie träumte ich von einer gemeinsamen Zukunft. Im Krieg wurden wir voneinander getrennt, durch die verschiedenen Schicksalswege, die unsere Familien gehen mußten. Wir hatten aber beschlossen zu heiraten, sollten wir zufällig überleben. Ihr Vater war Jurist, heiratete jedoch die Tochter eines reichen Wiener Bürstenfabrikanten, in dessen Geschäft er einstieg. Mit den dubiosen Papieren, die wir von dem Slowaken erstanden hatten, gelang es ihnen, ein kleines Dorf im Süden des Landes zu erreichen, wo sie sich als deutsche Familie ausgaben, die vor der anrückenden Roten Armee geflüchtet war. Da sie fließend Deutsch sprachen, erregten sie keinerlei Verdacht und überlebten.

So weit sind wir aber noch nicht. Eines Tages, etwa zwei bis drei Wochen nachdem wir die Papiere für sie gekauft hatten, klingelte es. Papa versteckte sich unter dem Schrank, und meine Schwester öffnete vorsichtig die Tür. Ich bin mir nicht sicher, ob sich zumindest im zivilisierten Westen jemand heute noch in die seelische Lage eines menschenähnlichen Wesens versetzen kann, denn mehr waren wir nicht, dessen ständiger Begleiter die tödliche Angst ist. Jedes Klingeln konnte unsere qualvolle Ermordung ankündigen.

Ins Zimmer stürzte unser slowakischer Jude, der die falschen Papiere beschafft hatte. Er konnte kaum sprechen und flüsterte nur: »Die SS und das Polizeikommando patrouillieren von Haus zu Haus und suchen nach Juden. Ich bitte Sie, um Gottes willen, verstecken Sie mich.« – »Sie wissen doch, daß wir selbst Juden sind«, entgegneten wir. »Ja, ich weiß, aber Sie sind meine einzige Chance. Wenn Sie mich nicht verstecken, laufe ich ihnen direkt in die Arme. Sie sind doch gute Menschen, bitte, retten Sie mich.«

Wir waren ratlos. Gaben wir seiner Bitte nach, würde das für alle den sicheren Tod bedeuten. Schickten wir ihn weg, würden wir uns das niemals verzeihen. So standen wir also da, im dunklen Korridor, neben der Tür, in betretenem Schweigen. Der Slowake lehnte an der Wand, gleichfalls wortlos und schwer atmend. Die Stille zerrte an unseren Nerven. Plötzlich gab sich der Mann einen Ruck, sprang zur Tür und stürzte davon. Er ähnelte einem geschlachteten Huhn, aus dessen Gurgel schon das Blut spritzt und das trotzdem auf zuckenden Beinen weiterrennt. Wir waren davon überzeugt, daß man ihn auf der Straße sofort verhaften würde, und blieben vor der offenen Tür wie betäubt stehen.

Das Schicksal jedoch war diesmal großmütig. Der slowakische Flüchtling hat überlebt und wurde der Ehemann meiner Schwester. Nach dem Krieg tauchte er plötzlich auf und verkündete, er habe sich unsterblich in Agi verliebt. Verliebt in diesen paar schrecklichen Minuten, die er, von Todesangst gepeinigt, in unserer Wohnung verbracht hatte. Die Liebe kennt keine Gesetze. Er heiratete Agi sofort nach dem Krieg, Rechtsanwalt Dr. Paul Hecht, Friede seiner Seele. Er war der erste Mann im Leben meiner Schwester. Sie ließen sich später in Israel scheiden, aber ihre Liebesgeschichte begann wie ein Wunder. Aus der mit Bosheit getränkten schwarzen Erde erblühte eine zarte Blume. Ich ziehe den Hut vor dem Drehbuchautor Schicksal. Ja, das Leben ist ein erstaunlicher Verwandlungskünstler.

Jaron: Sie sind ja auch ein Meister der Verstellung. Hat das Ihre Überlebenschancen vergrößert?

Zunächst einmal muß man zwischen Heucheln und Verstellen unterscheiden, obwohl ich meine, weder für das eine noch für das andere großes Talent zu besitzen. Die besondere Begabung eines Satirikers besteht darin, menschliche Schwächen zu diagnostizieren, nicht, diese auszunutzen. Diese Begabung half mir auch, der Hölle zu entkommen, und sie machte einen Satiriker aus mir.

Darüber hinaus gelten für gehetzte Tiere eigene Gesetze. Im Luftschutzkeller in der Rozsa-Gasse fragte ein Nachbar eines Tages, wieso eigentlich ein gesunder junger Mann wie ich nicht in der Armee sei. Ob ich vielleicht Jude wäre? Da sprang ich auf, holte tief Luft und fing an, wie ein Wilder loszubrüllen: »Ihr könnt mich mal! In wenigen Tagen werden die Russen hier sein, und dann wird mit Typen wie euch abgerechnet. Die Juden werden nach Budapest zurückkommen und euch am erstbesten Baum aufhängen!« Ich handelte ganz instinktiv nach der Regel, daß keine Lüge perfekter ist als die überraschende Lüge. »Lügen nach Vorschrift« hätte hier bedeutet, patriotische und antisemitische Parolen auszustoßen und mit meinen gefälschten Papieren anzugeben. Jemand, der im Recht ist, reagiert aber nicht auf diese Weise. Auch nicht jemand mit schriftstellerischem Talent. Denn wir, die Menschen der Feder, sind ja, wie schon gesagt, die begabtesten Lügner.

Mein wildes Geschrei aber hatte gewirkt und die Bunkerinsassen gezähmt. Ein wütender Mensch ist schließlich zu allem fähig, und darum sollte man ihn möglichst meiden. Für mich war das Risiko, von einem der Nachbarn verpfiffen zu werden, weil ich ihm mit der Rache der Juden gedroht hatte, weitaus geringer als die Gefahr, als Jude entlarvt zu werden. Niemandem wäre auch nur im Traum eingefallen, ein verfolgter Jude drohe seinen Häschern, man werde sie demnächst hängen.

Heute habe ich für Ferikes Improvisationstalent keine andere Erklärung, als daß dies die ersten Knospen der schriftstellerischen Begabung waren. Es wäre aber völlig falsch, anzunehmen, daß sich irgendein europäischer Jude lediglich durch Schlauheit, Diplomatie, oder weiß der Teufel was, hätte retten können. Das Glück, das entscheidende Quentchen Glück trennte die große verbrannte Mehrheit von der kleinen Minderheit der Überlebenden. Und das Glück fällt zu, wem es will, es ist keine Eigenschaft, mit der man geboren wird. Vielleicht waren darum meine Leidensgenossen und ich in jener Zeit Fatalisten, denn mehrmals am Tag schlossen wir die Augen und ließen dem Schicksal seinen Lauf. Und manchmal war es edelmütig.

So auch dieses Mal.

Eines Morgens klopfte es heftig an unsere Wohnungstür, und als wir öffneten, stand der Todesengel in Gestalt des Hausmeisters davor: »Man sagt, ihr seid Juden, die sich hier verkrochen haben.«

»Wer, wir? Agi, hole doch unsere Papiere, damit mit diesen Verleumdungen ein für allemal Schluß ist.«

Agi, weiß wie die Wand, eilte nach nebenan, wo sich auch unser Telefon befand. Ich konnte ihr gerade noch zuflüstern: »Ruf Jóska an!«

Gabrowitz war der einzige, der jetzt noch helfen konnte. Er war ja unseretwegen in eine Hilfseinheit der Armee eingetreten, und wir hofften inständig, er wäre gerade jetzt in seiner Kommandantur zu erreichen. Der blinde Zufall, über den wir keine Kontrolle haben, half wieder mit. Jóska hatte gerade nur für ein paar Minuten in sein Büro gesehen. »Haltet ihn hin«, sagte er am Telefon zu Agi, »ich rufe Jancsi an.«

Gabrowitz János war sein Cousin und gleichzeitig auch Offizier der Waffen-SS. Seine Verdienste um das Reich waren so groß, daß ihm Adolf Hitler höchstpersönlich das Eiserne Kreuz umgehängt hatte. Wenige Monate vor der Begegnung mit uns war Major Gabrowitz beim russischen Ansturm an den Ufern des Don verwundet worden, dort, wo die unbesiegbare ungarische Armee in weniger als drei Stunden von den Truppen Marschall Malinowskys vernichtend geschlagen worden war. Wäre János nicht verwundet worden und hätte man ihn nicht zur Genesung nach Budapest geschickt, dann würden meine Anhänger jetzt ein anderes Buch lesen.

Das Schicksal trieb es aber noch bunter, denn dieser hohe SS-Offizier, der Uniform und Abzeichen trug, die für uns den Inbegriff der Grausamkeit symbolisierten, dieser Todfeind zeigte sich plötzlich von ungewöhnlicher menschlicher Größe.

Während ich mich mit dem Hausmeister über Gott und die Welt unterhielt, um ihn von der Tatsache abzulenken, daß die Papiere noch immer nicht da waren, alarmierte Gabrowitz seinen Cousin. Er bat ihn, sofort in die Rozsa-Gasse zu fahren, um seine jüdischen Nachbarn zu retten. Der SS-Mann wußte zwar seit langem von unserer Existenz, kannte uns jedoch nicht persönlich, und er wußte bestimmt nicht, daß sein Vetter József laufend sein Leben für uns aufs Spiel setzte. Dennoch zögerte er keine Sekunde, sondern machte sich zu uns auf den Weg.

Inzwischen war der Hausmeister ungeduldig geworden. Er scharrte mit den Füßen, wandte sich zum Gehen und erklärte, hier sei etwas nicht in Ordnung, dafür gäbe es schließlich die Polizei, und er werde jetzt Anzeige erstatten. Und dann plötzlich – wie in einer billigen Schnulze – Schritte schwerer Stiefel auf der Treppe und anhaltendes Klingeln an der Haustür. Herein stürzte Major Gabrowitz in seiner schwarz drohenden Uniform, gefolgt von seinem keuchenden Vetter József. »Agi«, jubelte der SS-Major erfreut und breitete die Arme aus, und meine Schwester fiel ihm um den Hals und küßte ihn, als habe sie in diesem Augenblick ihren verloren geglaubten Herzallerliebsten wiedergefunden.

Der Hausmeister hielt sich ziemlich genau an die Spielregeln: »Ein bedauerliches Mißverständnis«, stotterte er, »ich tue ja nur meine Pflicht. Juden, lächerlich. Euer Ehren müssen verstehen, nur meine patriotischen Gefühle. Heil Hitler, Heil Hitler!« und schlich rückwärts aus der Tür.

Vorhang.

Ich habe also überlebt, und, was noch erstaunlicher ist, ohne bleibende psychische Schäden. Aber ein einziges Mal noch möchte ich die Atmosphäre schildern, in der wir lebten, ein Detail vielleicht von jenem anderen Stern, der nichts mit der übrigen Welt zu tun hatte. Wer von Nationalsozialismus spricht, benutzt alle möglichen abstrakten Begriffe aus der historischen Forschung, spricht von rassistischer Ideologie und von der industriellen Vernichtungsmaschinerie. Aber erst die kleinen persönlichen Erlebnisse, die fast unbedeutenden Geschichten verdeutlichen, wie der Alltag ablief und sich das tägliche Leben aus einem Puzzle von Entwürdigungen zusammensetzte.

Ich werde einen Vorfall schildern, der mir bis heute auf der Seele brennt.

Im Jahr 1942 wurde ich, wie auch alle anderen Schüler meiner Klasse, nach bestandenem Abitur zur Berufs- und Studienberatung geschickt. Ich war ein ausgezeichneter Schüler, und auch bei diesen Tests schnitt ich auffallend gut ab. »Wie sehen denn deine Zukunftspläne aus?« fragte mich der Prüfer. Er setzte mich damit nicht in Verlegenheit, denn schon zu dieser Zeit gab es nur einen Berufswunsch für mich, ich wollte Schriftsteller werden. Die erste Bestätigung hatte ich bereits, denn ich hatte den Literaturwettbewerb gewonnen, an dem jeweils alle Abiturienten eines Jahrgangs in ganz Ungarn teilnahmen. So antwortete ich dem Prüfer, ich würde Literatur studieren, um das Rüstzeug für eine Schriftstellerlaufbahn zu erwerben. »Das ist eine gute Entscheidung«, meinte er, »das Talent dazu hast du.«

»Ich bin Jude.«

Peinliches Schweigen. Mein Aussehen hatte mich wieder einmal unverdächtig gemacht. »Dann kannst du natürlich nicht auf die Universität gehen«, sagte der Prüfer schließlich. »Aber ich habe da eine Idee. Ich habe zwei Bekannte, die dich vielleicht unterbringen können. Einer ist Schirmfabrikant, der andere ist Goldschmied, beides sind ganz ordentliche Berufe. Wenn du willst, kann ich ein gutes Wort für dich einlegen.«

Ich habe mich gegen die Schirme entschieden. Schließlich scheint von Zeit zu Zeit ja auch die Sonne, während Gold bei jedem Wetter Gold ist. Außerdem habe ich immer schon gerne gebastelt, hin und wieder auch gemalt, kurzum, ich wurde Lehrling in der Werkstatt eines in der Stadt recht angesehenen Goldschmieds. Jeden Morgen zur gleichen Stunde überquerte ich die Donau auf dem Weg zur Arbeit. Auf der Brücke kam mir stets ein junges Mädchen entgegen, dessen leuchtend blaue Augen mir sofort aufgefallen waren, und ich erinnere mich heute noch an ihren leichten Schritt und ihre schönen Beine. Von Tag zu Tag freute ich mich mehr auf diese morgendlichen Treffen, und schließlich erwiderte sie mein Lächeln. Wären es normale Zeiten gewesen, hätte uns dieses Lächeln sicher auf eine verschwiegene Bank im Stadtpark geführt.

Unterdessen hatten die Deutschen aber Ungarn besetzt und als eine der ersten Amtshandlungen alle Juden mit dem gelben Davidstern versehen. Der Stern war genau acht Zentimeter hoch und acht Zentimeter breit und mußte auf jedem Kleidungsstück vorne und hinten angenäht werden, so daß ein Jude aus jeder Blickrichtung sofort zu erkennen war. Zuwiderhandelnde wurden unverzüglich festgenommen.

Nach deutscher Anordnung geschmückt betrat ich eines Morgens wieder die Brücke, und das junge Mädchen kam mir wie gewohnt entgegen. Ich lächelte, und sie lächelte zurück, als ihr Lächeln plötzlich auf ihrem hübschen Gesicht erstarrte und sich in Entsetzen und Abscheu verwandelte. Sie hatte den Stern auf meiner Brust gesehen, und im gleichen Moment wurde ich in ihren Augen von einem liebenswerten jungen Mann zu einem Unmenschen. Ich ging weiter, und die Tränen strömten mir über das Gesicht. Diesen Augenblick werde ich nie vergessen, er hat mein Leben geprägt.

Jaron: Haben Sie seit damals auch, wie der amerikanisch-jüdische Schriftsteller Philip Roth es beschreibt, eine zwanghafte Neigung zu arischen Frauen?

Ich bestreite nicht, daß etwas davon auch in mir ist. Aber ganz abgesehen von jedem Komplex, den ich vielleicht habe, finde ich nichtjüdische Frauen weniger resolut, aber bedeutend zärtlicher als unsere Schönen.

Jaron: Vielleicht, weil sie keinen Wehrdienst leisten.

Das könnte ein Grund sein. Was bei Männern anziehend wirkt, schlägt bei Frauen ins Gegenteil um. Keine Frau in Uniform ist für einen Mann besonders attraktiv, während ein Offizier in Galauniform einfach unwiderstehlich ist. Ich habe dieses Phänomen einmal in einem Sketch festgehalten, in dem ich mich darüber lustig mache, daß die Sekretärinnen unserer Offiziere so oft Schönheitsköniginnen sind. Dazu muß man gar nicht erst Professor Freud befragen, man kann auch bei Henry Kissinger nachschlagen. Kurz vor seiner Heirat mit einer hochgewachsenen Blondine wurde er gefragt, wie er seinen beeindruckenden Erfolg bei den Frauen erkläre. Seine äußere Erscheinung ist schließlich weder die eines Apoll noch die eines Dressman. »Das erste Stimulans ist der Erfolg«, antwortete der erfahrene Henry. »Das zweite ist die Uniform.« Ich glaube, er hat recht.

Jaron: Haben Sie Kissinger kennengelernt?

Ja, vor drei Jahren auf der Buchmesse wurden wir gemeinsam interviewt. Er kam nach Frankfurt anläßlich der Veröffentlichung seiner Memoiren in seiner deutschen Muttersprache, die er, was bei assimilierten Amerikanern selten ist, heute noch perfekt beherrscht. Ich hatte soeben mein Buch »Total verkabelt« herausgebracht. Wir gaben uns die Hand und saßen zwei Stunden nebeneinander auf der Bühne, ohne ein einziges Wort zu wechseln. Vielleicht bin ich zu empfindlich, aber ich habe mit ihm kein Gespräch begonnen, weil ich mich nicht aufdrängen wollte. Er

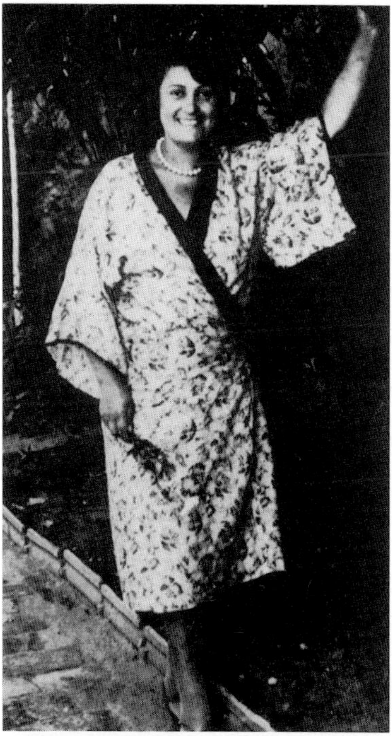

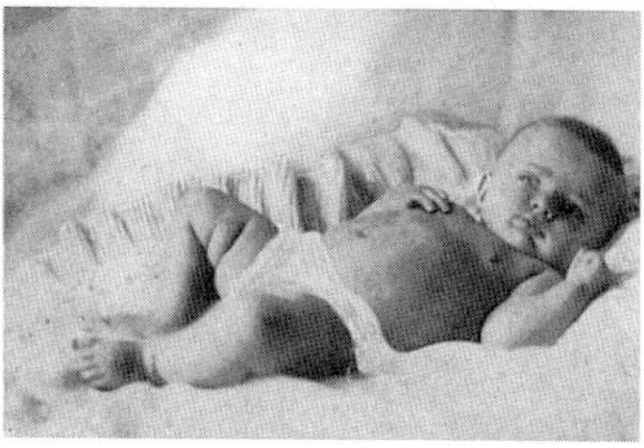

1 Die schöne Mutter Erzsébet mit 40 Jahren

2 Vater Dezsö in der Uniform der Roten Armee 1919 in Ungarn

3 Ephraim Kishon, als er noch Ferike genannt wurde, mit 6 Monaten

4 Ferike, 10 Jahre jung, mit Oma Nuni auf der Margareteninsel in Budapest

5 Erster Besuch in Ungarn nach 30 Jahren. Familie Kishon vor dem Haus, in dem Ferenc seine Jugend verbrachte

6 Kishons erste Liebe und Ehefrau Eva (Chawa) Klamer, Flüchtling aus Wien nach dem Anschluß 1938

7 Ferenc, 17jährig, mit Schwester Agnes im Städtischen Schwimmbad 1937

8 Die Hoffmann-Familie, Agnes, Dezsö, Erzsébet und Ferenc

9 Picknick in den letzten ruhigen Tagen. Agnes mit Gabrowitz József, dem späteren Retter der Familie

10 Kishon als unfreiwilliger Juweliermeister

11 Stanko Andras, Kishons slowakischer Tarnname während seines Untertauchens in der Nazizeit

V.l.o.n.r.u.:

12 Jugendmeister Ferenc spielt Schach, Vater als Kiebitz

13 Ephraims erste hebräische Schreibversuche 1950

14 Das geliebte Motorrad »Dr. Kaltenbrunner«

15 Agnes nach der Hochzeit mit dem ehemaligen slowakischen Flüchtling Dr. Paul Hecht

16 *Kishon als Pferdeknecht im Kibbuz »Kfar Hachores« bei Nazareth*

17 *Mit Chawa im Kibbuz 1950*

18 *Ein Baum wird auf den Namen des Retters József Gabrowitz »Im Wald der Gerechten« in Jerusalem gepflanzt, rechts Schwester Agnes*

19 Kishon mit seiner zweiten Ehefrau Sara, der »besten von allen«

20 Zigeunerständchen für Sara in Budapest

21 *Mutter Sara*

22 *Tochter Renana, die jüngste der Kinder und Amir 1973*

23 *Pianistin Sara, die Absolventin des weltberühmten New Yorker Juillard Konservatoriums*

24 Dr. med. vet. Rafael Kishon mit seinem ersten Patienten

25 Ein lustiges Kindertrio, in der Mitte Rafi, aus Kishons erster Ehe

26 Großvater Kishon mit Rafis und Orits Sohn Rudi alias Eyal

27 Kishons Arbeitszimmer in Afeka bei Tel Aviv mit Tochter Renana

benahm sich äußerst kühl, was mich nicht weiter störte, denn als Schriftsteller kann ich ihm bestimmt das Wasser reichen. Vor allem, was meinen Erfolg in Frankfurt betrifft.

Jaron: Bescheidenheit ist nicht Ihre größte Stärke, das muß ich sagen.

Ich habe nicht versprochen, bescheiden zu sein, sondern die Wahrheit zu sagen. Ich erwähnte ja bereits, daß es eine Genugtuung für mich ist, die Söhne und Enkel der Mörder meines Volkes zu meinen begeisterten Lesern zu zählen, aber dem möchte ich etwas hinzufügen.

Ich fühle bis heute tödlichen Haß gegen jene Nazimonster, die danach gierten, meine Mutter nackt im Kreis herumzujagen, aber mit der heutigen Generation in Deutschland habe ich längst Frieden geschlossen. Der Begriff Kollektivschuld existiert für mich nicht, wenn es auch eine kollektive Schande gibt. Diese Empfindung erwarte ich sogar von meinen deutschen Freunden. Und nicht nur ich denke so, auch meine in Israel geborenen drei Kinder sind meiner Meinung. Sie haben keinerlei Vorurteile gegenüber den Enkelkindern der Nazis. Mein erster Sohn, Rafael, hat sogar in Gießen Veterinärmedizin studiert und in Heidelberg seine Zulassung bekommen, er spricht ein perfektes Deutsch mit leicht arabischem Akzent.

Jaron: Wie verstehen Sie sich mit Ihren Kindern, gibt es Generationskonflikte?

Natürlich gibt es Diskussionen und Meinungsverschiedenheiten. Aber insgesamt sprechen wir eine gemeinsame Sprache, in der Humor und Ironie eine entscheidende Rolle spielen. Ironie ist für mich keine humoristische Strategie, sondern ein legitimes Mittel, die Welt kritisch, aber auch versöhnlich zu betrachten. Ich glaube, meine Kinder und ich haben im Laufe des Zusammenlebens viel voneinander gelernt, aber wenn meine drei Kinder nicht mit einem außergewöhnlichen Sinn für Humor auf die Welt gekommen wären, hätte sich mein Verhältnis zu ihnen wohl anders dargestellt.

Bei unseren Familienversammlungen geht es meistens zu wie auf einem Rummelplatz. Bei den üblichen Krachs, ohne die keine gute Familie auskommt, könnten wir mit wilden Eifersuchtsszenen, Haßtiraden und dramatischen Schuldzuweisungen durchaus Harold Pinter Konkurrenz machen. Aber der Dialog mit meinen promovierten Sprößlingen ist immer offen, humorvoll und ungeschminkt. In Paris habe ich zum Beispiel vor ein paar Jahren einen sündteuren Billardstock erworben, und mein Sohn Amir protestierte: »Du bist wohl verrückt, Papa, so viel Geld für einen Stock hinauszuwerfen, mit dem man drei Kugeln herumschiebt.« Ich antwortete: »Hör mal, mein Lieber, wenn das mein Geld wäre, hätte ich es mir vielleicht überlegt. Da es sich aber um dein Erbe handelt, habe ich es ohne weiteres ausgegeben.«

Auf Billard bin ich übrigens fast ebenso versessen wie auf Schach. Eigentlich sollte ich mich für diesen Luxus schämen, aber was soll's. Ich habe sogar ein eigenes Billardzimmer in meinem Haus in Israel. In dieses intelligente Spiel, für das man sein Gehirn ganz schön strapazieren muß, bin ich verliebt.

Angefangen hat es damals mit dem bekannten Paul-Newman-Film »Haie der Großstadt«. Die erste Zeit spielte ich in einer Spielhalle auf der Strandpromenade, aber da dauerte es immer Stunden, bis ich an der Reihe war. Eines Tages riß mir die Geduld, und ich kaufte den Tisch. Mein Haus wurde um ihn herum erbaut. Jetzt habe ich alles, was ich zum Spielen brauche, nur keine Zeit. Immerhin habe ich aber in dieser Disziplin auch Preise gewonnen. 1992 errang ich in Berlin bei den »Dreiband-Billard-Weltmeisterschaften der Amateurklasse im Paarspiel« dank meines ausgezeichneten Partners den zweiten Platz.

Zwar ist Amir nach wie vor der Ansicht, dafür hätte es auch ein einfacher Stock getan, aber er nahm meine Späße über seine Erbschaft keineswegs übel. Er wußte ja, daß ich nur die Wahrheit gesagt hatte. Guter Humor stützt sich auf die Enthüllung von Wahrheit, die aus unterschiedlichen Gründen verborgen ist. Das ist die Aufgabe eines Humoristen. Er packt die Wahrheit beim Schopfe und zieht sie ans Tageslicht. Das kann natürlich auch schmerzhaft sein. Wenn ich ein elend armer Mann wäre, und mein darbender Sohn würde auf sein karges Erbe schielen, dann wäre meine Bemerkung gar nicht lustig. Amir hat da gut lachen, denn er weiß genau, daß er nach meinem Ableben ganz gut dastehen wird.

Ich arbeite schon geraume Zeit nicht für mich selbst, sondern für meine Kinder und Enkelkinder. Aber wenn ich ehrlich bin, kann ich mich nicht damit brüsten, meinen Erben ganz selbstlos zu Wohlstand und Reichtum zu verhelfen. Ich arbeite, weil mir die

Dinge, mit denen ich mich beschäftige, Befriedigung bereiten. Das Geld reizt mich nicht mehr. Nicht, weil ich so viel davon hätte, sondern weil mir so wenige Jahre bleiben, es auszugeben.

Menschen, die Geld gering schätzen, so als handle es sich lediglich um einige Fetzen Papier mit den Konterfeis toter Politiker, sind für mich scheinheilig. Geld ermöglicht viel, was wichtig ist im Leben, eine gute Erziehung für die Kinder zum Beispiel. Geld bedeutet Sicherheit, manchmal auch Gesundheit.

Meiner Meinung nach, ich gestehe es nur ungern, bedeutet Geld auch Liebe. Ich habe nämlich die Erfahrung gemacht, daß eine Frau, sollte sie sich dazu entschlossen haben, sich in einen Mann zu verlieben, es normalerweise auch schafft. Auch wenn er reich ist. Es gelingt ihr schon, von Cupidos Pfeil getroffen zu werden, auch wenn sie dabei ein paar Seitensprünge machen muß. Der wesentliche Vorteil des verfluchten Geldes aber ist, daß es unabhängig macht.

Die Einstellung meiner Kinder dazu ist, trotz des relativen Wohlstands, in dem sie aufwuchsen, gesund bis humorvoll. Eine besonders aparte Einstellung zum Geld hat meine rothaarige Tochter Renana. An einem meiner zahlreichen Geburtstage fragte sie mich nach meinem Alter. Ich antwortete: »Achtundsechzig«, denn das grundlegendste Prinzip meiner Erziehung besteht darin, den Kindern immer die volle Wahrheit zu sagen, abgesehen von den Fällen, in denen man lügen muß. Aber dieses Mal sagte ich die volle Wahrheit: »Ich bin heute achtundsechzig, meine Tochter.« Daraufhin fragte mich das kleine Biest: »Wieviel ist das in Dollar?«

Renana ist eine unerschöpfliche Quelle für meine Geschichten, eine meiner besten Lieferantinnen. Vor einigen Jahren, als sie noch keinen Meter hoch reichte, wollte ihre Freundin Edna wissen, ob sie wohl Jungfrauen seien. Und was antwortete Renana? »Noch nicht.« Man merkt, daß sie den Sinn für Humor von ihrer Mutter geerbt hat.

Seit kurzem ist sie mit Schnurpel verheiratet.

Jaron: Wie heißt er?

Schnurpel. Die Eltern meines geliebten Schwiegersohns haben ihn zwar Schachar genannt, für mich ist er jedoch Schnurpel. Ich bin nämlich strikt dagegen, daß Eltern ihren Kindern Namen geben dürfen, die sie dann ein Leben lang tragen müssen. Ein Name sollte zu seinem Träger passen. Meinen Enkel, den Sohn von Rafi und Orith, dessen offizieller Name Eyall lautet, nenne ich zum Beispiel instinktiv Rudolf oder kurz Rudi. Seine Großeltern mütterlicherseits sind deutsche Juden, Rafis Mutter ist eine Wienerin, und der brillante Illustrator meiner Bücher ist Rudi Angerer. Was soll da plötzlich der Name Eyall, einfach lächerlich.

Es versteht sich von selbst, daß auch Schnurpel Humor hat. Ohne Humor kein Beitritt zum Familienclan. Er befindet sich allerdings noch in Ausbildung. Einige Monate vor der Hochzeit meiner Tochter zum Beispiel hatte ich Streit mit meiner Frau. Schnurpel und meine Tochter waren unfreiwillige Zeugen, als Sara mir den Text von Seite 103 aus Dr. Spocks Handbuch übermittelte: »Mach den Küchenboden nicht schon wieder schmutzig, ich habe auch nur zwei Hände, um dir nachzuräumen!« Da nahm ich Schnurpel beiseite: »Mein lieber Junge, ich betrachte es als meine Pflicht, dich zu warnen. Meine Tochter gleicht ihrer Mutter wie ein Ei dem anderen. Mach dich, so lange es möglich ist, aus dem Staub, lauf Schnurpel, lauf davon!« Es war jedoch so, als spräche ich zu einer Wand, aber was hatte ich anderes erwartet?

Wenn ich meinen Schwiegersohn spaßeshalber vor meiner Tochter warne, dann nicht, weil ich meine geliebte Tochter für eine Furie halte, sondern weil ich weiß, daß jeder seinem Partner auf die Nerven gehen kann, selbst in einer glücklichen und liebevollen Ehe. Aber welcher Verliebte erkennt dies im ersten Stadium? Das ist übrigens die wahre Tragödie von Romeo und Julia, nicht ihr herrlicher Liebestod, sondern ihre unglückselige Liebesheirat in meinem heiteren Trauerspiel »Es war die Lerche«. Die Uraufführung habe ich 1975 im Züricher Schauspielhaus inszeniert, und seither wird sie nach wie vor auf den deutschen Bühnen aufgeführt, ohne daß es mir gelungen wäre, auch nur eine einzige Eheschließung zu verhindern.

Jaron: Können denn Menschen überhaupt miteinander leben ohne die Illusion einer ewig währenden Liebe? Gehört denn nicht ein wenig Heuchelei einfach dazu?

Heuchelei braucht nur, wer keinen Humor besitzt. Humor ist das Allheilmittel gegen Heuchelei, das wirksamste »Gegengift«, auch wenn es manchmal Spuren hinterläßt. Dazu ein Beispiel aus meiner Familie. Mein Erstgeborener Rafi ruft mich aus seiner Tierklinik an und fragt: »Wie geht's, Papi, was gibt's Neues, alles in Ordnung, geht es dir gut, das Wetter ist doch recht angenehm heute, nicht wahr?« Natürlich könnte ich das Spiel mitspielen, obwohl ich weiß, daß ihm mein Zustand völlig gleichgültig ist, also verkürze ich den Prozeß und unterbreche den Herrn Doktor: »Hör zu, mein Sohn, wir wissen doch beide, daß du wahnsinnig gerne schon ›übrigens‹ sagen möchtest, also raus mit ›Übrigens, Papi, ...‹«, und Rafi sagt: »Übrigens, Papi, könnte ich für meine Assistentin einige deiner Bücher in Rumänisch haben?« So kann man zwei Fliegen mit einer Klappe schlagen, kostbare Zeit sparen und Kinder erziehen. Ja, ich kenne meine Pappenheimer, aber meine Kinder wissen auch so ziemlich alles über mich. Häufig sitzen wir bis tief in die Nacht hinein zusammen, auch ihre Ehepartner sind mit dabei, und versuchen Probleme zu lösen; wir sprechen über die geheimnisvollen Ursachen von Depressionen, über die Schwierigkeiten des Zusammenlebens, über ihre Ängste vor einem möglichen Scheitern ihrer Ehen.

Vielleicht strapaziere ich das Thema Ehe ein wenig, aber ich hätte mich wirklich gern einmal über Monogamie mit unserem Rabbi Gerschom unterhalten, der einst alle Vorteile der Polygamie leichtsinnigerweise den Moslems überließ.

In einer Bemerkung, über die man lachen kann, steckt immer ein Körnchen Wahrheit. Humor ist ein Lügendetektor. Über eine Lüge kann man nicht einmal lächeln. Und was nun den Wahrheitsgehalt meines Scherzes über das Fiasko der Monogamie anbelangt, ist er am schnellsten beim Kabelfernsehen zu überprüfen. Wenn ich ein wenig Zeit erübrige, setze ich mich schon mal vor den Bildschirm und schalte von einem Kanal zum anderen, um zu sehen, was die Menschheit von sich zu erzählen hat. Und ich stelle fest, zwei Drittel aller Filme handeln von Männern in den besten Jahren, deren Begierde nach der Mutter ihrer Kinder, ihrer treuen Begleiterin auf allen Lebenswegen mit den Jahren nachgelassen hat. Jetzt leiden sie Höllenqualen, da sie ihre guten Gattinnen nicht verlassen wollen, sich jedoch auch von ihren jungen Geliebten, die ihre Sinne aufwühlen, nicht trennen können, und sie fahren mit dieser Dreiecksquälerei fort, ohne daß die Zeit eine Lösung bringt. »Und was ist mit den Frauen«, wird sich jetzt manch einer fragen. Meine Antwort lautet, daß es sicherlich auch eine Menge Frauen gibt, die den Reiz des Neuen genauso nötig haben wie die Männer, daß die meisten unter ihnen jedoch das Gefühl der Sicherheit der Glut der Leidenschaft vorziehen. Von Frauen, die Affären mit jungen Männern neben ihrer Ehe haben, werden jedenfalls bedeutend weniger Filme gezeigt.

Das klingt sicher in vielen Ohren wie reinster männlicher Chauvinismus, aber es ist die bestgehütete Wahrheit, und geschwiegen wird nicht aus Scham, sondern aus Todesangst vor dem Urteil der frustrierten Gesellschaft. Ich habe die Nase voll, um mich zu blicken und zu sehen, wie sich die gesamte Menschheit in den sexuellen Untergrund verzogen hat. Einerseits findet man heute an jeder Ecke einen Pornoladen, über die Bildschirme tanzen nackte Lolitas, und die Werbung erzielt ihre besten Resultate mit Großaufnahmen von Popos. Auf der anderen Seite aber lauert die Menschheit mit Stoßtrupps von Journalisten und Fotografen darauf, die Opfer dieser künstlichen erotischen Atmosphäre zu ertappen und in Stücke zu reißen. Tut mir leid, aber ich finde das nicht lustig. Untergrundbewegungen haben ihre Berechtigung gegen Diktaturen, aber nicht gegen die Natur.

Jetzt, in diesem Moment, halten Millionen Männer

und Frauen den Telefonhörer in der zitternden Hand und flüstern gehetzt: »Liebling, ich kann im Augenblick nicht sprechen, ich rufe heute abend wieder an.« Nein, ich schäme mich nicht dafür, eine Gesellschaftsordnung zu verurteilen, welche die Krone der Schöpfung zu Lügnern erniedrigt. Manchmal hat man den Eindruck, daß in unserer scheinheiligen Gesellschaft nur die Witwen wirklich glücklich sind.

Ich habe die Heuchelei satt. Deshalb habe ich auch in meinen Büchern den etablierten Lügen den Kampf angesagt. Ich schrieb gegen die Scharlatanerie der modernen Kunst, gegen die Lügendiktatur der Einkommenssteuer oder das verlogene kommunistische Regime, das nun zusammengebrochen ist.

Und obwohl ich weiß, daß es der natürliche Lauf der Dinge ist, macht es mich unglücklich, daß jede große Liebe einmal zu Ende geht. Chawa, meine erste Frau, und ich waren sehr jung, als wir heirateten. Aber wir waren sehr glücklich. Danach begannen die Last des Alltags und die Routine der Ehe an uns zu nagen. Ich glaube, daß ich sie im Bett langweilte, denn sie war reifer und neugieriger als ich. Auch ich fing an, mich anderwärtig umzusehen, vielleicht aus dem Bedürfnis heraus, mich für meine verlorene Jugend zu entschädigen. Als ich vor dem Scheidungsrichter im Rabbinat nach dem jüdischen Ritual sagen mußte: »Jetzt bist du frei für jeden Mann«, brach ich in Tränen aus. Der Richter fragte mich: »Wenn es dir so leid tut, mein Sohn, warum läßt du dich dann eigentlich scheiden?«

Dennoch habe ich nicht gezögert, ein zweites Mal zu heiraten. Ganz aus freiem Willen und nicht etwa, weil mich die beste Ehefrau von allen dazu gedrängt hätte, Gott bewahre. Sie hat nur angedeutet, sie würde aus dem Fenster springen, wenn sie sich nicht innerhalb von zwei Wochen Frau Kishon nennen könnte. Ich habe den zarten Wink verstanden und es bisher nicht bereut. Was mich betrifft, finde ich unsere fünfunddreißigjährige Ehe ausgezeichnet, wenn auch die Leidenschaft nicht mehr lateinamerikanisch ist. Sara ist heute ganz einfach die beste Freundin von allen. Ihre Hand werde ich halten, wenn ich nach oben abberufen werde.

Rafi ist der Sohn aus meiner ersten Ehe, und er war erst zwei Jahre alt, als ich mich weinend von seiner Mutter trennte. Aber ich habe keine Gewissensbisse, denn eine Ehe, die zu Ende ist, darf nicht fortgesetzt werden. Zweifellos hat Rafi in seiner Kindheit darunter gelitten. Für uns alle wurde es dadurch leichter, daß Sara ihn sehr liebevoll aufnahm und daß Chawa nicht lange nach unserer Scheidung einen jungen Mann heiratete, der ihr Sicherheit bot. Aber wie immer es auch abläuft, jede Scheidung, auch die zivilisierteste, ist ein Alptraum. Ich handelte mir ein Magengeschwür ein und lag sechs Wochen im städtischen Krankenhaus in Buffalo, USA.

So paradox es klingt, meine zweite Ehe ist, meine ich, auch deshalb sehr gut, weil ich so viel unterwegs bin. Die modernen Verkehrs- und Kommunikationsmittel machen es möglich, in ständigem Kontakt zu sein.

Ungefähr die Hälfte meiner Zeit verbringe ich in Israel, die beste Ehefrau von allen ist oft in Europa, die Kinder kommen häufig zu Besuch, und die Telefonleitungen sind ständig überlastet. Wir reden mehr miteinander als eine Familie, die im gleichen Haus wohnt. Eine vorübergehende Trennung kann enger aneinander binden als ständiges Beisammensein, obwohl ich nicht leugnen kann, daß es auch geschiedene

Piloten und Stewardessen gibt und man über Fax keine Windeln wechseln kann.

Sicherlich habe ich bei meinen Kindern manches versäumt und war nicht immer da, wenn sie mich brauchten. Sie spüren jedoch meine Liebe, die sie mir oft auch ohne »übrigens« vergelten. Ich erwarte nicht zuviel von ihnen. Ich bemühe mich, von ihrer Liebe nicht abhängig zu sein, und verlange von ihnen nicht, aus meiner Vaterschaft eine heilige Institution zu machen.

Jaron: Wenn Ihre Kinder fragen, ob Sie ihre Mutter schon einmal betrogen haben, was antworten Sie dann?

So etwas fragen meine Kinder nicht.

Jaron: Wenn sie aber doch fragen, was wäre dann Ihre Antwort?

Daß es sie nichts angeht. Was diese Familienprobleme betrifft, für die es keine gordische Lösung gibt, verhalte ich mich wie jeder andere Familienvater auch. Meine Konfrontation mit der Gesellschaft löse ich gewöhnlich, indem ich das Schicksal in die eigenen Hände nehme. Ich bin schließlich ein paar Mal geflohen, ich bin ausgewandert, ich habe Heimat und Muttersprache gewechselt, ich habe mich scheiden lassen, und ich habe dieses Haus in Appenzell gekauft. Ich wollte vor allem immer mir selbst treu bleiben. Aber in diesem einen Punkt bin ich, ich gestehe es, schwach wie jeder andere Mann.

Jaron: Vielleicht ist die Heuchelei dann eben doch die optimale Lösung für eine langjährige Ehe.

Das ist es, was ich meiner Schwiegertochter Ronit sagte, der Frau Amirs, die ich wie eine Tochter liebe, als wir uns eines Nachts über die künftigen Seitensprünge ihres rothaarigen Ehemannes unterhielten. »Mein liebes Kind«, sagte ich, »jedes Ehepaar sieht sich manchmal einer Krise gegenüber. Wenn dann die Stunde der Wahrheit kommt, hoffe ich, daß ihr das einzig Wahre und Richtige tun werdet, lügen, lügen und lügen.«

Wenn ich der Heuchelei so viel Platz gewidmet habe, so deswegen, weil ich hoffe, als Schriftsteller doch irgend etwas in dieser Welt verändern zu können. Und es ist einer der großen Momente in meinem Beruf, wenn man spürt, daß man Sprachrohr der schweigenden Mehrheit geworden ist. Ich erlebte diese Genugtuung nach meinem Buch über die moderne Kunst, die nach meiner bescheidenen Überzeugung eine der erfolgreichsten Augenwischereien aller Zeiten ist. Ich erhielt einen ganzen Schrank voll von Zuschriften aus aller Welt, tonnenweise Solidarität, die absolut nichts geändert hat. Alles blieb beim alten, der Schrott, die Schmierereien, die abstoßende Häßlichkeit. Daß das so ist, ertrage ich erst, seit ich älter geworden bin. Mißerfolge, Sorgen, alles wird leichter mit den Jahren. Und wenn man sich von seinen Ängsten befreit hat, kann man die Wahrheit besser ertragen und besser aussprechen als jemals zuvor.

Leider muß ich zugeben, auf eine bestimmte Art von Kritik empfindlich zu reagieren. Es handelt sich um die einzige, die auf das Publikum Einfluß hat, die Theaterkritik. Musikkritiken liest nur der Dirigent,

Kunstkritiken nur der Maler und Literaturkritiken gar keiner. Theaterkritiken dagegen liest man mit Vergnügen, in der Hoffnung, einen ordentlichen Verriß vorzufinden. Theaterkritiken sind auch deshalb so lebensnah und unterhaltend, weil sie nichts mit Kunsttheorien zu tun haben, sie sind vielmehr eine getreue Wiedergabe der persönlichen Beziehungen des Kritikers zu den Schauspielern, dem Schriftsteller oder dem Regisseur.

Ob ich mich persönlich über eine gute Kritik zu meiner Theaterarbeit freuen würde, kann ich aus Mangel an Erfahrung nicht beurteilen. Meine Stücke sind erfolgreich trotz der Verrisse. Das Publikum kommt trotzdem. Es kommt wegen der Lachsalven, die ich ihm vorsichtshalber biete. Vielleicht werde ich so gerne verrissen, weil ich meine Stücke wie auch meine Filme unverschämterweise auch noch selbst inszeniere oder weil ich seit zu vielen Jahren Erfolg habe. Langandauernde Erfolge sind unerwünscht. Aber vielleicht bin ich ganz einfach nur unsympathisch. Wenn ich nicht ich wäre, könnte ich mich vielleicht selbst nicht leiden.

Meinen Trost finde ich auf der Fahrt nach Appenzell. Diese herrliche, hügelige Landschaft, die idyllische Ruhe, die sie ausstrahlt, geben mir wieder Kraft. Ich genieße jedoch nicht ganz einfach nur die Schönheit der Natur. Ich erwecke sie zum Leben. Jeder Ort, jede Kurve ist nämlich nach denjenigen benannt, die mich nicht leiden können. Wenn ich mit der unerlaubten Höchstgeschwindigkeit an den markanten Punkten vorbeifahre, dann sage ich mir: Jetzt habe ich bereits das Tal des Schweizer Fernsehens passiert, jetzt bin ich am Reich-Ranicki-Wald vorbeigefahren, nun habe ich die grüne Au der »Spiegel«-Redaktion hinter mir gelassen, und eins, zwei, drei – sie alle entschwinden hinter der herrlichen Landschaft und aus meinem Gedächtnis.

Natürlich finde ich auch Trost in meiner Arbeit. Meinen Erfolg messe ich aber nicht so sehr an der Auflage meiner Bücher, sondern an der Tatsache, daß sie in einer Zwergensprache geschrieben und in fast alle Weltsprachen übersetzt worden sind. Für einen Humoristen ist es ein wahrhaft überraschender Erfolg, daß seine Bücher bei so vielen Lesern aus so vielen verschiedenen Nationen im Regal stehen. Ich will das aber keineswegs überbewerten und halte mich lediglich für einen recht begabten Glückspilz. Und ich will ehrlich mir gegenüber sein: Müßte ich zwischen literarischer Anerkennung nach meinem Tode oder billigem Erfolg zu Lebzeiten wählen, würde ich mich ohne mit der Wimper zu zucken für den heutigen Erfolg entscheiden. Ich möchte nicht Mozart, ich möchte Salieri sein.

Weshalb ich trotz meines gesetzten Alters noch immer wie ein Besessener arbeite und warum es mir etwas bedeutet, daß meine Urenkel noch über meinen Freund Jossele und den Schauspieler Podmanitzki lachen werden, wenn die Würmer sich längst an meinem Körper laben, kann ich wirklich nicht erklären. Instinktiv hofft jeder Mensch, durch seine Nachkommen und seine Werke sein Leben zu verlängern. Und wenn ich nicht doch überzeugt wäre, daß meinen Büchern ein gewisser bleibender Wert zukommt, würde ich mich längst amüsanteren Beschäftigungen hingeben. Das würde allerdings Probleme ergeben, denn ich weiß nicht, was mir außer den Qualen des Schreibens Freude bereiten könnte. Das ist wohl die klassische Tragödie jedes Schriftstellers. Er empfindet ein unerträgliches Gefühl der Leere, fast Gewissensbisse, wenn er sich nicht pausenlos mit der verfluchten Schreiberei beschäftigt.

Es mag überheblich klingen, aber ich glaube, daß meine Satiren mich überleben werden. Ohne diese Überzeugung kann kein Schriftsteller die unmenschlichen Anstrengungen kreativer Arbeit, die monatelange Einsamkeit ertragen. Besonders dann nicht, wenn er sich mit der schwersten literarischen Form beschäftigt, dem humoristischen Schreiben.

Humoristen haben zwangsläufig ein trauriges Schicksal. In ihrer Jugend sind sie frisch, frech und witzig, im Alter jedoch werden sie zu Philosophen, neigen zu Melancholie und Tiefgründigkeit und verlieren nach und nach ihr Leserpublikum. Ihre Jugendwerke aber werden von nachkommenden Generationen wiederentdeckt, und so wird es auch meinen Büchern ergehen.

Auf meinem steinigen Weg zum Schriftsteller hatte ich ein besonders schweres Hindernis zu überwinden. Ich habe meine Muttersprache gewechselt. Nur eine gehörige Portion Besessenheit hat mich das Hebräische so erlernen lassen, wie ich einst ungarisch dachte, sprach und schrieb.

Vor kurzem fragte mich ein Anhänger der Zeugen Jehovas, der die Bibel im Originaltext lesen wollte, welches die beste Methode wäre, Hebräisch zu lernen. Ich antwortete: »Gar keine. Für einen Erwachsenen ist es einfach unmöglich.« Er gab nicht nach: »Ihnen ist es aber gelungen.« – »Es ist mir nur gelungen«, klärte ich ihn auf, »weil ich nicht wußte, daß es unmöglich ist.« Für mich war diese unmenschliche Anstrengung lebensnotwendig, weil ich ohne das Instrument der Sprache meinen Beruf hätte aufgeben müssen.

Schließlich war ich in Ungarn bereits ein erfolgreicher Schriftsteller und wußte, daß ich diese uralte orientalische Sprache entweder erobern oder seelisch draufgehen müßte.

Ich pflege normalerweise nicht, unerreichbaren Zielen nachzujagen. Wenn ich erkannt habe, daß meine Bemühungen zu nichts führen, gebe ich auf. Als ich zum Beispiel feststellen mußte, daß trotz anfänglicher Erfolge die amerikanischen Leser meinen Humor nicht schätzen, habe ich vernünftigerweise auf diesen riesigen Markt verzichtet. Die europäischen Leser haben mich dafür reich entschädigt.

Jaron: Machen Ihre finanziellen Erfolge Sie stolz?

Ich freue mich immerhin, kein Tölpel zu sein, wenn es für das Image eines Schriftstellers auch vorteilhafter ist, in finanziellen Angelegenheiten völlig hilflos zu wirken. Wenn er daraufhin in die Hände eines gewieften Verlegers gerät, wird er auf seine Naivität auch noch stolz sein. Ich halte auch das für Heuchelei und intellektuelle Affektiertheit und sehe nicht ein, warum ich mich schämen soll, für meine Arbeit, auch wenn sie eine geistige ist, Geld zu nehmen. Ich war lange genug arm wie eine Kirchenmaus.

Das Stichwort Kirche bringt mich zurück in meine Jugend und erinnert mich an meine kurze Romanze mit der katholischen Religion. Ich war nämlich vorübergehend Christ. Es war einige Jahre vor dem deutschen Einmarsch, und die guten Ungarn amüsierten sich bereits damit, die Juden in Arbeitslager einzuziehen und sie an die russische Front zu schicken. In den weiten Schneefeldern der Ukraine konnten sie dann ungestört die intellektuelle Elite ihres Landes quälen und beseitigen. Dem bedeutendsten Literaten Ungarns, dem feinsten ungarischen Poeten, befahlen diese Helden, in der eisigen Kälte auf einen Baum zu klettern und auf einem Ast kauernd die ganze Nacht über »Kikeriki« zu schreien, eine Vorstellung, die die unbesiegbaren Offiziere natürlich enorm belustigte. Am Morgen fiel der Stern der ungarischen Dichtung vom Baum und hauchte seine gequälte Seele aus.

Einige ungarische Abgeordnete protestierten gegen diesen Akt der Gewalt und setzten die Katholische Kirche unter Druck. Der Erzbischof entschloß sich dann auch wirklich zu einer eindrucksvollen menschlichen Geste. Er bat darum, Juden, die sich rechtzeitig dem christlichen Glauben zugewandt hatten, nicht außer Landes zu bringen und an die Deutschen auszuliefern, sondern sie im eigenen Land zu domestizieren. Da mir dies als geringeres Übel erschien, konvertierte ich vor meiner Einberufung noch rasch zum Christentum. Ich hatte keine Hemmungen, nicht im geringsten. Ich wollte überleben, und dafür wäre mir jede Religion recht gewesen. Ich belegte einen Intensivkurs bei einem Priester mit ausgeprägtem Geschäftssinn, der mir alle Feinheiten des katholischen Glaubens beibrachte. Ich hatte zwar gewisse Schwierigkeiten mit dem Heiligen Geist, aber auch die wurden überwunden.

Leider hat mir mein Übertritt zum Christentum dann doch nichts mehr genutzt. Nach dem Einmarsch der Deutschen wurde ich wie alle anderen in den Schlachthof nach Polen geschickt. Aber meine Studien waren nicht umsonst gewesen. Als ich später die Identität des slowakischen Arbeiters Stanko annahm, konnte meine tadellose Kenntnis der christlichen

Texte so manches Mißtrauen zerstreuen. Nach meiner Befreiung, genauer gesagt, nach meiner Flucht aus dem russischen Gefangenenlager kündigte ich bei meinem Priester unverzüglich die Mitgliedschaft.

Aber noch befinden wir uns mitten im Krieg, in der Rozsa-Gasse im belagerten Budapest. Ende 1944 hatten die dritte ukrainische Front unter Marschall Tolbuchin und die zweite Armee unter Malinowsky ihren Angriff auf Budapest begonnen. Da die Stadt für das Schicksal des Reiches jedoch von größter Bedeutung war, leisteten die Deutschen verzweifelten Widerstand und hielten die Russen auf. Für uns waren diese Monate besonders gefährlich, da die Judenverfolgungen eskalierten.

Die sowjetische Artillerie zerstörte die Stadt systematisch, Haus für Haus, während die Katjuschas, die »Stalinorgel« genannt wurden, ohne Unterlaß an unseren Ohren vorbeizischten, vor allem in den Nächten. Vater wohnte damals nicht mehr bei uns, denn er war vom Liebhaber unseres bewundernswerten Dienstmädchens in ein anderes Versteck gebracht worden. Auch dieser Mann handelte wie Gabrowitz, mit der gleichen Selbstverständlichkeit, ohne Fragen und ohne Bedingungen zu stellen. In der Wohnung in der Rozsa-Gasse lebten also nur noch meine Schwester Agi und ich.

Eines Abends, als wieder einmal der kreischende Fliegeralarm ertönte, die Explosionen erschreckend nahe klangen und wir in den Keller sollten, entschloß ich mich, diesmal tatsächlich in der Wohnung zu bleiben. Agi stimmte mir zu, und so schlossen wir uns im Badezimmer ein, das zum Hof lag. Ich hockte mich aufs Klo, und als der Lärm nachließ, stand ich auf, öffnete die Badezimmertür und setzte, ohne in der vertrauten Umgebung achtzugeben, meinen Fuß nach vorne. Ein eiskalter Luftzug ließ mich erstarren. Bei dem Angriff war unser Haus wie von einem Messer abrasiert worden, und die Straße, die von Trümmern völlig zugeschüttet war, begann unmittelbar vor der Badezimmertür.

Wir verbrachten die Nacht in der Badewanne, und erst bei Morgengrauen schlichen wir uns wie die Katzen nach draußen. Wir kletterten übers Dach auf die Straße hinunter und bewegten uns auf den Vorort Kispest zu. Unser einziges Hab und Gut waren die Kleider, die wir am Leibe hatten. Genau zu dieser Zeit begannen die Russen ihren Vormarsch auf das Stadtzentrum. Wir liefen durch zerstörte Straßen, stiegen über zerstückelte Leichen, ausgehungerte Menschen zogen den Toten die Schuhe von den Füßen, und das Bombardement dauerte ohne Unterlaß an. Der ohrenbetäubende Lärm war uns völlig gleichgültig, wir liefen einfach immer weiter.

Schließlich siegte aber unsere Angst, und wir folgten dem Ruf eines Mannes, der uns in seinem Hauseingang Schutz anbot. Als wir uns einige Zeit später wieder auf die Straße wagten, war die gesamte Gegend dem Erdboden gleichgemacht. Ungarische Soldaten rannten auf uns zu und riefen »Bolschi! Bolschi!«, als Warnung vor den anrückenden Bolschewiken. Für uns war das jedoch das glückliche Zeichen, daß wir auf dem richtigen Weg waren, auf dem Weg in die Freiheit. Wir beschlossen nun, uns zu trennen, um einem doppelten Schlag des Schicksals auszuweichen, und wollten uns beim verlassenen Haus der Schwester von Gabrowitz wiedersehen.

Als ich den vereinbarten Treffpunkt erreichte, war Agi nicht da. Es vergingen qualvolle Stunden und Tage des Wartens für mich. Erst einige Tage später gelang es ihr, zu mir zu stoßen. Da es dem deutschen General Pfeffer-Wildenbruch in jenen Tagen, Anfang Januar 1945, erneut gelang, den Ansturm Malinowskys abzublocken und die Einnahme der Stadt hinauszuzögern, stand das Haus, mein Zufluchtsort, im Niemandsland. Ich vegetierte zwischen diesen beiden Riesen dahin, die sich über meinem Kopf mit Raketen duellierten. Ganz allein war ich in diesem Haus, dessen Wände fast alle eingestürzt und von dem nur noch der Keller und einige Möbel übriggeblieben waren. Normalerweise bewahren die Ungarn in ihrem Keller alle möglichen Vorräte auf, aber die Bewohner dieses Hauses hatten alles mitgenommen, außer einigen Dutzend Flaschen Tomatensaft.

Fünf Wochen lang ernährte ich mich ausschließlich von diesem säurehaltigen Getränk, das dem bißchen Magen, der mir noch geblieben war, den Rest gab. Nur einmal fand ich hinter einem Schrank in der zerstörten Küche einen vertrockneten Laib Brot, den ich dann in Regenwasser aufweichte und mit Heißhunger verschlang.

Die ganze Zeit über vibrierte die Luft von den Explosionen der Granaten, und in den Nächten war der Himmel von einem Netz aus Scheinwerfern überzogen. Als ich einmal nach oben ging, um ein wenig Luft zu schnappen, flog eine Granate durch ein zerbrochenes Fenster, landete im Sandhaufen, gab einen gedehnten Zischlaut von sich und verlöschte glücklicherweise.

Die Gegend war öde und zerstört, nur hier und da ragte noch ein einsames Haus aus den Trümmern. Ich sprach mit keiner Menschenseele, denn ich hatte Angst, das Haus zu verlassen. Wie leicht konnte mich eine Patrouille festnehmen und fragen, was einen jungen Ungarn dazu brächte, sich hier herumzutreiben, statt das Vaterland zu verteidigen. Strom gab es nicht, aber ich hatte einige Kerzen gefunden. Einmal, als ich den Tomatensaft nicht mehr sehen konnte, kostete ich eine Kerze. Ich blieb dann beim Tomatensaft.

In der Schublade eines Tisches fand ich Papier und Bleistifte, und da ich nichts Besseres zu tun hatte, fing ich an, einen Roman zu dichten. Ich schrieb ihn beim Donnern der Raketen als Hintergrundmusik, ein wahrhaftig erstaunliches Unterfangen.

Manch Überlebender erzählt heute, er hätte mit allen Kräften versucht, am Leben zu bleiben, um über die Leiden seines Volkes berichten zu können. Die Angst vor dem totalen Vergessen kann offensichtlich ebenso stark sein, wie die Angst vor dem Tode. Es hat der nicht gelebt, an den man sich nicht erinnern kann. Es wäre daher in meiner verzweifelten Lage nur natürlich gewesen, meine Memoiren niederzuschreiben und sie als Vermächtnis für kommende Generationen zu hinterlassen. Ich aber schrieb nur eine kleine Orwell'sche Satire – damals wußte ich noch nicht, wer der große englische Schriftsteller George Orwell ist – über eine imaginäre Partei, deren Ziel die totale Vernichtung ist, die Vernichtung von Glatzköpfen.

Diese Geschichte zeigt bereits eine für mich typische Eigenschaft, die auch den Satiriker ausmacht. Die Erzählung führt weg vom persönlichen Einzelfall hin zum Allgemeingültigen. Es ist durchaus möglich, daß sich diese Fähigkeit in einer anderen Literaturgattung als der Satire auf die Dauer als Schwäche herausgestellt hätte, wie manche Kritiker behaupten, aber ich blieb ja Satiriker.

Seltsamerweise war mein erster Roman in der Ichform verfaßt. Ich hatte mich darin zum Führer einer rechtsradikalen Bewegung ernannt. Zuvor werde ich, ein durchschnittlicher Beamter mit ebensolcher Laufbahn, von meinem glatzköpfigen Vorgesetzten fristlos entlassen. Da ich einen miesen, rachsüchtigen Charakter habe, besteche ich einen besoffenen, gewissenlosen Journalisten, einen absurden Hetzartikel gegen glatzköpfige Vorgesetzte zu schreiben.

In diesem Artikel wird dann mit Hilfe historischer und biologischer Fakten zweifelsfrei belegt, welch sündhafte Rolle den Kahlköpfigen in der menschlichen Gesellschaft zukommt. Es sei kein Zufall, heißt es in dem historischen Manifest, daß die faulen Babys, die zunächst nutzlos an der Mutterbrust hängen, mit einer Glatze zur Welt kommen. Weiterhin sei es kein Zufall, daß in den vorderen Reihen in Theater und Oper sowie unter betagten Börsenmaklern und Schwarzmarkthändlern die Kahlköpfigen besonders stark vertreten sind. Auch Beweise aus den Heiligen Schriften fehlen nicht: Elias, der Prophet mit der Glatze, hetzte Bären auf unschuldige Kinder, nur weil sie ihm die Wahrheit an den Glatzkopf geworfen hatten.

»Das ist eine Überprüfung wert«, tut sich da die intellektuelle Schicht der Zeitungsleser zusammen, und die Menge, vor allem die wuschelköpfige Jugend, macht den besoffenen Journalisten zu ihrem Propheten, der auszusprechen wagt, worüber »sie sich schon seit langem Gedanken gemacht hatten«.

Die Fortsetzung ist leicht zu erraten. Eine Anti-Glatzen-Partei wird gegründet, sie übernimmt die Macht im Staat und erläßt Gesetze, welche die Rechte der Kahlköpfigen erheblich einschränken. Je nach Qualität und Dichte des Haares der Eltern und Großeltern werden die Vorschriften zunehmend komplizierter. Natürlich untersteht den Regierungsbehörden eine Geheimpolizei, deren Aufgabe es ist, die Perückenträger zu observieren. Während jedoch das Haar-Kommando die getarnten Glatzköpfe liquidiert, bereichern sich die Führer der Bewegung an den Gewinnen aus ihren geheimen Perücken- und Toupetfabriken.

Das schrieb ich im Keller, Ungewißheit vor Augen, mit der blinden Wut der Verzweiflung, als wäre es das letzte, was ich in meinem Leben tun könnte. Kaum hatte ich mein Werk vollendet, trafen nacheinander Mutter, Vater und Agi ein und brachten sogar ein wenig Essen mit. Da teilten wir nun die kümmerlichen Reste und beteten um ein baldiges Eintreffen der Russen.

Jaron: Erinnern Sie sich an den ersten russischen Soldaten?

Wie könnte ich jemals die Ankunft des Erlösers vergessen. An jenem Tag wurde die Kellertür eingetreten, und herein kam ein riesiger, rothaariger Gefreiter aus der Ukraine, auf dessen schwabbeligen Backen Bartstoppeln sprossen. Er trug eine zerschlissene Uniformjacke der Roten Armee, kombiniert mit einer Hose der geschlagenen rumänischen Kavallerie, und unter dem Arm hielt er ein großes, in Zeitungspapier eingewickeltes Paket. Er betrachtete uns gleichgültig, und ohne ein Wort zu sagen, trat er ans Fenster und feuerte sicherheitshalber eine Salve aus seiner Maschinenpistole ab.

Wir stürzten uns auf ihn und küßten ihm die Hände,

er schüttelte uns jedoch ab, wickelte das Paket aus und legte den Inhalt auf den Tisch. Oh, wie lange hatten wir keinen geräucherten Schinken und keinen frischen Laib Brot mehr gesehen. Der Soldat setzte sich breitbeinig auf einen Stuhl und begann in aller Ruhe und laut schmatzend zu essen. Wir meinten, nie eine schönere Musik gehört zu haben.

Die Nazipropaganda hatte uns eingebleut, alle Russen seien Barbaren, Räuber und Vergewaltiger, und deshalb waren wir absolut sicher, daß sie die Blüte der Menschheit sein müßten. Vater zog einen Ausweis hervor, der noch aus der kurzen Regierungszeit des Kommunisten Bela Kun stammte, wedelte damit herum und deutete auf seine Brust: »Kommunist! Kommunist!« Der Soldat jedoch zeigte sich nicht sehr beeindruckt. Mit der gleichen Trägheit, mit der er seine Mahlzeit verspeiste, erklärte er meinem Vater: »Ich nix«, was also heißen sollte, er sei kein Kommunist, und zeigte uns stolz seine relativ gepflegten Hände: »Nix Proletarier.«

Ich mußte meinen Vater, der vor Glück außer sich war, zurückhalten, den Ukrainer von den Vorzügen des Kommunismus zu überzeugen. Unsere Freundschaft erlebte auch ohne ideologische Untermalung weitere Höhepunkte. Der Soldat klopfte auf sein Handgelenk und sagte »Dawai Tschas«, was soviel bedeutete wie »Her mit den Uhren«. Als wir ihm widerstandslos unsere Uhren aushändigten, krempelte er seinen Ärmel hoch, und wir sahen, daß der ganze Arm unseres Erlösers mit Uhren geschmückt war, Uhren, nichts als Uhren.

Das entspannte Verhältnis der Roten Armee zum heißersehnten Privateigentum hatte vielerlei Varianten. Die ukrainischen Befreier erwiesen sich auch als charmante Entkleider. Sie stoppten im Dunkel der Nacht vorbeikommende Fußgänger und baten sie, sich bis auf die Unterhosen auszuziehen. Am nächsten Tag konnte man die Kleider auf dem offiziellen »Zabra«-Schwarzmarkt zurückkaufen.

Manchmal tauschten sie auch nur ein Kleidungsstück. Ein Bekannter erzählte uns, ein Russe hätte ihn mitten in der Stadt aufgehalten und ihm befohlen, seinen Mantel mit dem des Russen zu tauschen. Als unser Bekannter zu Hause ankam, fand er in der Tasche des schäbigen Mantels des Russen einen Haufen Brillanten. Der Russe hatte ähnliches noch nicht gesehen und hielt es für Glassplitter.

Auch das europäische WC war für sie völlig fremd, und jeder, der Bilder an den Wänden hatte, war für sie ein »Bursuj«, ein Kapitalist. Kein Wunder, daß alle heimkehrenden Sowjetsoldaten an der Grenze verhaftet wurden. Sie wußten zuviel.

Wir hatten geglaubt, die Sieger über die gigantische nationalsozialistische Kriegsmaschinerie müßten den Deutschen in militärischer Hinsicht überlegen sein. Was wir kennenlernten, waren aber begabte Schwarzmarkthändler und leidenschaftliche Lumpensammler, gekleidet in ein buntes Allerlei aus den Kleidern der besetzten Regionen. Manche von ihnen zogen Kinderwagen hinter sich her, beladen mit der Beute ihrer Plünderzüge.

Agi, mein kokettes Schwesterlein, beschloß jedoch, sich bei ihren Befreiern persönlich zu bedanken. Kurz nach dem Rückzug der Deutschen aus unserem Vorort schlüpfte sie in ein Kleidchen mit einem ansehnlichen Dekolleté, machte sich hübsch und ging am Abend direkt in die sowjetische Kommandantur, die ihren Sitz in unserer unmittelbaren Nähe hatte. Die halbe

Nacht warteten wir auf sie, halb wahnsinnig vor Sorge. Sie kam dann frühmorgens sehr vergnügt nach Hause, erzählte uns, wie höflich man sie behandelt habe. Sie sei umarmt und gefüttert worden, ja, man habe ihr sogar ein Paket voll mit Nahrungsmitteln mit nach Hause gegeben.

Am Nachmittag wagten wir uns dann auch auf die Straße und erfuhren, daß es im ganzen Bezirk nicht eine einzige Frau gab, die in dieser Nacht nicht vergewaltigt worden war, außer meiner Schwester. Eine alte Frau erzählte, daß sie den Soldaten, der sie ins Treppenhaus zerrte, angefleht hatte: »Bitte nicht, ich bin doch 70 Jahre alt«, worauf dieser freundlich antwortete: »Was soll's, ich liebe dich.«

Sie war noch sehr jung und naiv, meine Schwester, und das hat sie wahrscheinlich in dieser Schreckensnacht vor dem Schlimmsten bewahrt. Vielleicht aber hatten die Russen, ähnlich wie die Moslems, auch Respekt vor einer Verrückten, als die Agi ihnen erscheinen mußte.

Allmählich begannen wir, diese fremden Soldaten näher kennenzulernen, zu verstehen und zu mögen. Sie waren einfach und grausam wie Kinder, und das ständige Trinken unterstrich diese Eigenschaften. Nach den vielen Millionen Opfern Lenins, Trotzkis und Stalins sowie den Millionen Kriegsgefallenen war der Tod für sie zur Gewohnheit geworden. Sie töteten ohne Haß und ließen sich anstandslos töten.

Einmal suchten uns drei ukrainische Soldaten auf und verlangten wie üblich »Tschas«. Wir machten ihnen klar, daß diese Ware bei uns ausverkauft sei. Sie stießen uns ein wenig herum, durchwühlten unsere Taschen, waren jedoch überhaupt nicht böse, als sie nichts fanden. Eine Stunde später kam einer von ihnen total betrunken wieder und brachte uns als Geschenk einige Kisten Kampfer-Salbe zur Körperpflege, die Beute aus einer nahegelegenen Apotheke. »Charaso«, sagte er, »Russki kultjura, Njemcki kaputt.« Auch das Wissen, daß die Militärpolizisten mit ihren grünen Mützen jeden Plünderer an Ort und Stelle erschossen, rührte sie in keiner Weise, so vertraut war ihnen das Sterben.

Allmählich verebbte der Lärm des Krieges, und nach einigen Tagen – vielleicht waren es auch Wochen, ich weiß es heute nicht mehr – konnten wir in unsere alte Wohnung zurückkehren. Natürlich waren alle Möbel gestohlen worden. Der Hausmeister, ein ebenso ekelhafter Typ wie der in unserem Versteck in der Rozsa-Gasse, erblaßte, als er uns kommen sah, denn er hatte inständig gehofft, uns nie mehr wiederzusehen. Natürlich versicherte er uns umgehend, daß er nur seine Pflicht getan hätte, liebe Herrschaften, nur seine Pflicht, denn eigentlich hätte er gerade die Juden immer besonders gern gemocht. Wir hätten Anzeige gegen ihn erstatten können, aber unser Abscheu war so groß, daß es uns sinnlos vorkam.

Aus demselben Grund unternahm ich auch nichts gegen den Turnlehrer Kuhar, den Schuft, der mir mein Leben in der Schule zur Hölle gemacht hatte. Während meines verzweifelten Amoklaufs hatte ich immer davon geträumt, ihn eines Tages mit bloßen Händen zu erwürgen, aber nach all dem Schrecken war meine persönliche Rache irgendwie sinnlos geworden.

Es gab auch zu viele andere Dinge, die uns beschäftigten. Zunächst war da der permanente Hunger. Ich erinnere mich, wie die Bürger Budapests Stücke aus den Kadavern von Pferden herausschnitten, die auf der Straße zusammengebrochen waren. Es gab jedoch auch einen Lichtblick in dieser schweren Zeit, ich fand Chawa und mein Glück. Ihre Familie zog zu uns, und ich bin sicher, daß ich niemals wieder solche Reinheit und solches Verlangen finden werde wie in dieser Jugendliebe.

Jaron: Was wurde eigentlich aus Gabrowitz?

Ihm wurde Unrecht getan. Nach dem Krieg erhielt unser guter Nachbar einen ausgezeichneten Posten in einem staatlichen Unternehmen, man fand jedoch recht schnell heraus, daß er in jener militärischen Hilfseinheit gedient hatte, zu der er sich ja nur gemeldet hatte, um uns besser schützen zu können. Man hat ihn umgehend entlassen, und auch unsere Aussage erwies sich als völlig wirkungslos. Es war die Zeit der langen Messer. Es vergingen Jahre, bis sich unser Jóska rehabilitieren konnte. Sobald es mir möglich war, begann ich, ihm zu helfen, was ich auch heute noch mit Freuden tue.

Sein Cousin, der SS-Major, fand ein schlimmeres Ende. Wie alle Offiziere konnte auch er sich der kommunistischen Partei anschließen und wurde ein hohes Tier in der neuen Staatsverwaltung. Die neuen Herren waren ihm jedoch verhaßt, und er endete als Bettler und Hausierer. Jóska erzählte mir, daß er sich schließlich das Leben genommen hat. Bis heute halte ich sein Andenken in Ehren.

Die Frage war jedoch, mit welcher Zukunftsaussicht kann ein junger jüdischer Intellektueller nach dem Krieg rechnen. Mein einziger Wunsch war, so banal es klingt, mich für die verlorenen Jahre zu entschädigen. Zunächst aber begann das politische Rad sich wieder zu drehen. Bevor die ungarischen Stalinisten mit der systematischen Beseitigung ihrer politischen Gegner beginnen konnten, wurden sie selbst von den sowjetischen Besatzern beseitigt. Das geschah ganz planlos, nur der Zufall waltete. Einige Tage nach der Einnahme der Stadt rief man alle Männer aus den Häusern auf der Straße zusammen. Wer meldete sich? Jene, die dem neuen Regime vertrauten, also die Juden, die Kommunisten und die Partisanen. Wer versteckte sich? Natürlich die Faschisten, die Diener der Nazis.

Ein Lastwagen brachte uns zum Hauptquartier des KGB, und dort erwartete uns ein Szenario wie in einem Spionagefilm aus den Tagen des Kalten Krieges. Ein blonder Inspektor saß hinter einem Schreibtisch, die Schirmmütze lässig in den Nacken geschoben. Von der Decke baumelte eine vereinsamte Lampe, die dem Verhörten direkt ins Gesicht strahlte. Er war sichtlich gelangweilt, der Inspektor.

»Name?« fragte er. Ich nannte meinen Namen und fügte hinzu, »ich sei Jude«. – »Macht nichts. Nächster!«

Zusammen mit Gefangenen der deutschen und ungarischen Armee kam ich in ein Lager. Ich wandte mich an den erstbesten Offizier und versuchte, ihm mit Händen und Füßen zu erklären, daß ich ein Holocaustüberlebender sei und so schwach, daß ich mich kaum auf den Beinen halten könnte. »Jude?« fragte der Offizier. »Ich auch. Die Uhr, dawaj.«

Dann verfrachteten sie uns, ja, kaum zu glauben, auch uns, die Naziopfer, nach Weißrußland, um uns als Kriegsgefangene das sozialistische Vaterland aufbauen zu lassen. Die Kriegsverbrecher versteckten sich in ihren Wohnungen in Budapest, während die anständigen Menschen nach Weißrußland marschierten und an Typhus eingingen.

Wenn es auch wieder ein Marsch in die Gefangenschaft war, so trug dieser Marsch doch andere Züge. Unsere ukrainischen Bewacher sangen und machten Witze, teilten ihr Essen mit uns und ließen uns sogar ihre fürchterlichen Zigaretten rauchen, die aus Zeitungspapier und Unkraut gedreht wurden. Nachdem wir einige Tage lang von einem zerstörten Dorf zum nächsten marschiert waren, brachte man uns in ein verfallenes Haus zum Ausruhen. Wir sanken auf den Boden und streckten unsere schmerzenden Beine aus. Was aber machte Ferike, als der Wächter dann wieder zum Aufbruch blies? Er tat so, als halte er, mit dem Kinn auf der Brust, ein Nickerchen. Alle standen auf und gingen hinaus, nur er blieb schlafend sitzen. Falls man mich entdecken sollte, sagte ich mir, dann werde ich völlig überrascht aus dem Schlaf hochschrecken. Meine Abwesenheit wurde aber nicht bemerkt. Der Gefangenenmarsch setzte sich in Bewegung, und ich schlich mich in die entgegengesetzte Richtung davon, nach Hause.

Ich weiß, in Filmen sieht man weitaus raffiniertere Arten der Flucht, aber das Schicksal macht eben manchmal solch einfache Späßchen, auch wenn es um Menschenleben geht.

Ich traf später einmal einen Freund, der das Lager in Weißrußland überlebt hat. Er erzählte mir, daß fast alle Zwangsarbeiter erfroren sind oder an Krankheiten elend zugrunde gingen. In meinem schlechten körperlichen Zustand, mit nur fünfunddreißig Kilo Lebendgewicht, hätte ich kaum eine Chance gehabt. An meiner Stelle mußte ein anderer sterben, ein unglücklicher polnischer Bauer, den man an der Grenze aufs Geratewohl geschnappt und in den Trupp gesteckt hatte, damit die Zahl der Häftlinge wieder komplett war.

Eines ist wahr, aus rassistischen Gründen starb man bei den Kommunisten nicht. Es war ihnen ziemlich gleichgültig, wen sie erledigten, Hauptsache, die Rechnung stimmte.

Mein jüdischer Freund, der zurückgekommen war, hatte im Lager mit einigen SS-Leuten und ihren ukrainischen Komplizen zusammengearbeitet. Bei der ersten Gelegenheit verließ er Ungarn und gründete in Hongkong eine neue Existenz.

Jaron: Was halten Sie von Juden, die sich nach dem Zusammenbruch des Naziregimes in Deutschland niedergelassen haben?

Ich beurteile sie lediglich nach ihrem Verhältnis zum Staat Israel. Ich kenne zum Beispiel einen jüdischen Millionär, der einige Jahre in Israel gelebt und sogar in der Armee gedient hat. Seine Eltern waren Berliner gewesen, die vor Hitler fliehen konnten und nach dem Krieg wieder nach Deutschland zurückkamen. Auf meine Frage nach seiner kulturellen und nationalen Identität antwortete er mir: »Ich bin Deutscher mosaischer Religion«, und er fühlte sich als Europäer, der im Orient, Israel eingeschlossen, nicht zu Hause sei. Diese Einstellung muß man natürlich respektieren. Für mich ist dieser Mann in diesem Sinne ein deutscher Staatsbürger.

Ich halte es aber für die Pflicht jedes Menschen, gleichgültig, ob er jüdischer oder deutscher Abstammung ist, dieses winzige, bedrohte und erschöpfte Israel zu unterstützen, das sich nicht nur gegen seine übermächtigen Feinde, sondern auch gegen seine fragwürdigen Freunde zur Wehr setzen muß. Manchmal bedaure ich, daß ich Jude bin, denn als Nichtjude könnte ich den israelischen Existenzkampf viel überzeugender unterstützen. Ich spreche keinem Menschen das Recht ab, auch keinem Deutschen, der einmal ein Israeli war, gegen das Robbensterben zu demonstrieren oder für den Erhalt der Regenwälder Gelder zu spenden, während er das Schicksal des jüdischen Staates ignoriert. Das ist sein gutes Recht. Es ist aber auch mein gutes Recht, einen solchen Deutschen mosaischer Religion nicht zu mögen.

Vom zionistischen Standpunkt aus ist es gleichgültig, ob ein Jude in Berlin lebt oder in Los Angeles. Wer die Wahl hat zwischen einer Existenz als Multimillionär in Frankfurt oder als Kellner in Haifa, wird nicht lange zögern. Schließlich ist Israel vor allem ein Zufluchtsort für verfolgte Juden. Und warum sollte Dustin Hoffman, der sich in Beverly Hills doch recht wohl zu fühlen scheint, Zuflucht in Tel Aviv oder Jerusalem suchen?

Ein dauerndes Ärgernis für mich ist allerdings der geniale jüdische Humorist Woody Allen. Sein Erfolg beruht ja nicht zuletzt darauf, daß er in seinen Filmen den Juden präsentiert, wie ihn der eingefleischte Antisemit gerne sieht, klein, häßlich, neurotisch und voll Selbstmitleid. Und Woody hat nichts Besseres zu tun, als von seinem Domizil in einem feudalen New Yorker Wolkenkratzer aus Zeitungsanzeigen gegen die israelische Besetzung des Gaza-Streifens zu schalten. Woody Allen hat sicher eine ungewöhnliche Begabung, aber mit dieser Begabung allein hätte er es nicht so weit gebracht. Er schlägt verborgene Saiten an im amerikanischen Zuschauer, ähnlich wie Philip Roth, der in seinem Bestseller »Portnoys Beschwerden« den onanierenden Portnoy, dessen neurotische Mutter und seinen an chronischer Verstopfung leidenden Vater präsentiert.

Das Beispiel macht Schule, der Erfolg findet rasch Nachahmer bei anderen jüdischen Künstlern, die aus der pathologischen Reaktion bewußter oder unbewußter Antisemiten Profit schlagen. »Die Lieferanten« nenne ich diese Schriftsteller oder Journalisten, denn sie liefern den Stoff, aus dem der neue Antisemitismus gemacht wird. Sie werden dafür mit Spitzenhonoraren und internationalem Ansehen belohnt und können sich noch dazu liberal und pazifistisch nennen.

Jaron: Kann denn von einer neuen antisemitischen Welle wirklich die Rede sein?

Ich bin überzeugt davon. Und ich sage dies nicht als Betroffener, denn ich persönlich habe kaum darunter zu leiden. Für meine Leser bin ich ja in erster Linie Humorist und erst in zweiter jüdischer Humorist. Ich bin mir dessen durchaus bewußt, daß ich eine Ausnahme bin, ein »Vorzeige-Israeli« sozusagen. Aber ich fürchte, der Antisemitismus ist in der westlichen Welt heute verbreiteter als in der Nazizeit. Damals verfolgten uns zwar die Nationalsozialisten und deren Mitläufer, der Rest der Menschheit jedoch stand zumindest vom Verstand her auf unserer Seite.

Heute aber wird Israel, von wenigen Ausnahmen abgesehen, in den Medien auf der ganzen Welt kritisiert und verleumdet. Die Einschaltquoten geben eine klare Aussage darüber, was das Publikum lieber sieht, Woody Allen oder die Piloten der israelischen Luftwaffe. Auch hat noch kein Journalist außerhalb Israels einen Vergleich angestellt, der zeigt, wie oft

Israel im Weltsicherheitsrat verurteilt wird, im Gegensatz zu den arabischen Aggressoren, die niemals zur Rechenschaft gezogen werden. Die einzigen Ausnahmen waren der wohl nicht zu ignorierende Angriff des Irak im Golfkrieg und Gaddhafis libysche Luftpiraten.

Jaron: Auch Ihnen hat man vorgeworfen, Ihr Erfolg käme nicht zuletzt daher, daß Sie in Ihren Büchern und Filmen komische jüdische Typen darstellen.

Was auch immer daran sein mag, ein wesentlicher Unterschied ist der, daß ich Israels komische Einwohner liebenswert darstelle und sie im heutigen Europa, vor allem natürlich in Deutschland, sympathisch gemacht habe. Unzählige Touristen kamen wegen meiner Bücher in unser Land, und sie kamen nicht, um jämmerliche Juden zu sehen, sondern um den Israeli kennenzulernen, der so ist wie du und ich. Viele Deutsche und Österreicher haben Israel aus Neugier besucht und sind als gute Freunde geschieden. Und ich habe an diesem Prozeß der Annäherung und der Versöhnung meinen aktiven Anteil.

Ich verteidige das heutige Deutschland mit derselben Offenheit, mit der ich mich für Israel einsetze, wenn in den internationalen Medien das ganze deutsche Volk wegen einer Handvoll rechtsradikaler Verrückter und verirrter Jugendlicher an den Pranger gestellt wird.

Die Deutschen haben in gewisser Weise ein ähnliches Schicksal wie die Juden, sie sind unbeliebt in der Welt, und es wird jede Gelegenheit im Westen wahrgenommen, das Vorurteil zu bestätigen. Wir Juden wissen ja, wie es ist, von den Medien verfolgt zu werden, wir leben damit seit 2000, genauer gesagt, seit 1993 Jahren.

Es ist eine Binsenweisheit, daß, von der Kreuzigung Jesu von Nazareth angefangen, in der Geschichte immer die Juden als die Schuldigen übriggeblieben sind. Nicht, daß die römischen Legionäre die Nägel in seine Hände geschlagen haben, wird im Unterricht gelehrt, sondern, daß die Juden den Sohn des Herrn kreuzigten. Und diese bewährte Tradition hält sich bis heute und bestimmt sogar die journalistische Diktion. In Frankreich werden Terroristen »ausgewiesen«, in Israel »deportiert«; in Indien »forderten Zusammenstöße mit der Polizei 170 Opfer«, in Jerusalem fand ein »Massaker an 17 Arabern« statt.

Meine Verletzbarkeit in diesem Punkt darf nicht als übertriebener Chauvinismus ausgelegt werden. Was die politische Lage im Nahen Osten betrifft, kann man mir weder religiöse noch ideologische Motive unterstellen. Mir geht es einzig und allein um die Sicherheit für den Staat, in dem die Überlebenden des Holocaust Zuflucht gefunden haben. Ich glaube nicht, daß sich unser Anspruch auf dieses Land auf ein göttliches Gebot stützt oder daß der Staat Israel der Weg ist, den wir für die Ankunft des Messias ebnen.

Wenn ich glauben könnte, daß wir innerhalb der Grenzen von 1967 völlig sicher sind, dann wäre auch ich dafür, einen großen Teil der besetzten Gebiete zurückzugeben, sowohl auf der Westbank als auch in der Hölle namens Gaza-Streifen. Ich zweifle aber nicht daran, daß die arabischen Staaten diese Gebiete umgehend als Sprungbrett mißbrauchen werden, uns endgültig zu vernichten.

Sollte es aber jemandem gelingen, meine Befürchtungen zu entkräften, würde ich sogar freudig einem Abzug Israels zustimmen.

Jaron: Sind Sie jemals einer Partei beigetreten?

Mit meiner politischen Einstellung müßte ich heute eine der Parteien der Mitte wählen. In Israel wird die Politik jedoch von der militärischen Situation überschattet, und deswegen bin ich im Einklang nur mit mir selbst und flirte mit keiner Partei und streite mich auch mit keiner.

Um so weniger, als ich ein prägendes Erlebnis nach dem Sechs-Tage-Krieg hatte. Ich besuchte damals einen meiner Kollegen von »Maariv«, der Panzergrenadier war und im Kampf um die Golan-Höhen ein Bein verloren hatte. Ich durchschritt die Gänge des Militärhospitals und sah die vielen Verwundeten, diese prachtvollen jungen Kerle, deren Glieder amputiert worden waren und die nun kraftlos im Bett lagen oder auf Krücken herumhumpelten. Ich sah auch ihre Mütter, Frauen und Freundinnen, die verzweifelt lächelten, um ihnen Mut zu machen.

Einige Monate später begegneten mir dann in der Nähe meines Hauses mehrere Männer in Rollstühlen, denn wir wohnen in der Nähe des Sportzentrums, in dem die Kriegsinvaliden trainieren, um ein wenig Lebensfreude zu tanken und die Glieder zu kräftigen, die ihnen noch geblieben sind. Als ich das Areal einmal betrat, beobachtete ich, wie die Blinden mit einem klingelnden Ball Basketball spielten und die Beinamputierten und Einarmigen mit einem Kran in den

Pool herabgelassen wurden, und dieser Anblick brach mir das Herz.

Diese Erinnerungen begleiten mich seit damals. Ich denke an meine beiden Söhne, die während ihres Armeedienstes in der gleichen Gefahr waren, an das Glück, daß sie bisher verschont geblieben sind, und ich fürchte mich vor Kampfhandlungen, die uns vielleicht noch bevorstehen.

Ich denke über den Krieg und seine Gefahren wie jeder Israeli und sicher mit nicht weniger Schmerz als unsere Pazifisten. Was uns unterscheidet, nein, was uns trennt, ist meine Überzeugung, daß wir kämpfen müssen, daß wir uns verteidigen und wehren müssen, daß dies der Preis ist dafür, daß es meinem Enkel nicht so ergeht wie seinem Opa Hoffmann Ferike. Das Beispiel der jugoslawischen Tragödie bestätigt nur, daß die Weltöffentlichkeit nach einigen halbherzigen Protesten auch über unseren Untergang sehr rasch zur Tagesordnung übergehen würde mit dem scheinheiligen Kommentar: »Na ja, die Israelis konnten aufgrund ihrer grausamen Besatzungspolitik wirklich nichts anderes erwarten.«

Jaron: Kann schon sein. Doch nicht darin liegt die Wurzel der Kontroversen. Glauben Sie denn wirklich, daß es Israel hilft, wenn Ihr Sohn Amir, der Physiker, während seiner 42 Tage Reservedienst pro Jahr steinewerfenden Kindern in Gaza nachläuft?

Nein, es schadet Israel. Aber es schadet auch den Palästinensern, die ihre Kinder zu etwas Besserem als zum Steinewerfen erziehen sollten. Es wird erst dann Frieden zwischen unseren beiden Völkern geben können, wenn die Palästinenser, von der arabischen Welt seit den fünfziger Jahren finanziert, aufgehetzt und ausgenutzt, endlich einsehen, daß ihre Mission in unserer Region nicht darin besteht, uns ins Meer zu treiben. Eines Tages wird es soweit sein, vielleicht sogar schon bald. Bis dahin jedoch dürfen wir keinen Zollbreit nachgeben, müssen unsere Soldaten steinewerfenden Kindern in Gaza nachlaufen, Terroristen ausweisen und Provokateure im Zaum halten, so, als wären wir genauso stark und entschlossen wie unsere Feinde.

Als ich vor 44 Jahren nach Israel gekommen bin, haben Mut und militärische Überlegenheit unser Schicksal gelenkt. Inzwischen ist ein weiteres Kampfmittel zum Einsatz gekommen: die Wunderwaffe PR. In unserem Jahrhundert ist »Public Relations« ein Zauberwort geworden, das Türen öffnen und Berge versetzen kann. Heutzutage kostet Saudi-Arabien ein Bombenanschlag in Jerusalem einen Pappenstiel, während die positive Berichterstattung darüber Milliarden verschlingt. Es ist lediglich eine Frage des Ölpreises.

Wenn die Weltöffentlichkeit davon zu überzeugen ist, daß Israel Goliath ist, die 21 arabischen Staaten hingegen der kleine David sind, dann kann auch jede andere irrwitzige Lüge verbreitet und jede Greueltat verheimlicht werden. Die Gerechtigkeit ist eine Frage des Geldes geworden, und die Moral ist in den Preislisten der PR-Agenturen in der 15th Avenue nachzulesen. Vor zwei Jahrtausenden wurde die Welt von den römischen Legionen beherrscht, heute beherrscht sie der CNN, The World's News-Leader.

Saddam Hussein weiß das längst. Es war seine schlaue Entscheidung, im Golfkrieg den CNN-Korrespondenten Peter Arnett exklusiv aus Bagdad berichten zu lassen. Aus ähnlichen Gründen hängten die Engländer vor etwa 50 Jahren ihren »Lord Wau-Wau«, der auf Goebbels Ätherwellen gegen sie hetzte, während die Amerikaner ihren großen Dichter Ezra Pound, der Propaganda für Mussolini sendete, ins Gefängnis steckten.

Jaron: Der CNN-Korrespondent sendete keine Propaganda. Er übermittelte aus dem Irak, was sein Berichterstatter mit eigenen Augen sah.

Es geht um den feinen Unterschied. CNN strahlte aus, was die Iraker ihn gütigerweise sehen ließen. Hätte der Golfkrieg noch länger gedauert und wären noch mehr Bilder von toten irakischen Kindern über die amerikanischen Bildschirme geflimmert, hätte Präsident Bush auf Druck der Liberalen in den wehklagenden Medien die Bombardements einstellen müssen. Es ist nicht auszuschließen, daß es sich genauso abspielte. Vielleicht waren die CNN-Berichte aus Bagdad tatsächlich mitschuldig an der vorzeitigen Einstellung der Kämpfe und am ärgerlichen Machterhalt des irakischen Diktators.

Wie auch immer, der Nahe Osten ist ein Pulverfaß, und hier würde jeder Prophet versagen. Ich sehe jedoch einen sehr langsamen Prozeß, eine sehr unauffällige Entwicklung. Im Laufe der vierjährigen blutigen Intifada haben wir die Disziplin und das Durchsetzungsvermögen der Palästinenser schätzen gelernt. Vielleicht sind auch die Palästinenser beeindruckt von der Standhaftigkeit, die wir in unserem verzweifelten Kampf gegen die halbe Welt an den Tag legen. Ich schließe also nicht aus, daß nach einigen Jahren »friedlicher Koexistenz«, auch »Autonomie« genannt, beide Seiten eine israelisch-jordanisch-palästinensische Föderation anstreben werden. Darin sehe ich die ideale politische Lösung, aber bis zu ihrer Verwirklichung muß unser Mißtrauen wach bleiben.

Jaron: Was wird uns denn den Frieden bringen?

Die Siedlungen. Es gibt für die Araber gar keinen anderen Grund, sich auf einen Kompromiß einzulassen. Das gilt in erster Linie für die PLO-Führung in Tunis. Unsere 21 Nachbarstaaten besiedeln ein Gebiet, das doppelt so groß ist wie Europa. Warum sollten sie sich dann überhaupt darauf einlassen, mit uns Frieden zu schließen? Sie können in aller Ruhe ihre Ölmilliarden in die Aufrüstung investieren, sich bis zu den Zähnen bewaffnen und abwarten, bis unsere Wirtschaft in diesem ungleichen Rüstungswettbewerb zusammenbricht und unsere Nerven wegen des ferngesteuerten täglichen Terrors nicht mehr mitmachen.

Die Zeit, die Dritte Welt und der Ölbedarf Europas arbeiten gemeinsam für die Araber. Wozu sollten sie also irgendeine Friedensbereitschaft signalisieren? Sie haben nichts zu verlieren. Einzig und allein die Siedlungen, die Angst der Araber davor, daß die Zahl der Juden auf der Westbank trotz aller Probleme Israels stetig zunimmt, ihre Sorge, daß ihnen ihr Sprungbrett zur Vernichtung des jüdischen Staates genommen wird, sind unsere Garanten im Kampf um den Frieden. Den verhaßten bärtigen Siedlern, die mit ihren jämmerlichen Wohnwagen dorthin ziehen, wo die Juden ermordet werden, gebührt ganz allein die

Palme. Sie allein haben die Syrer und Palästinenser an den Verhandlungstisch in Madrid gebracht, nicht etwa der ehemalige US-Außenminister Baker, der diese Siedlungen das Hindernis für den Frieden nannte.

Jaron: Sie sind ein erstaunlich versierter Polemiker, Ephraim. Hat man denn noch nie versucht, Ihren politischen Wert auszunutzen?

Man hat es probiert, aber ohne Erfolg. Ich habe von jeher versucht, mich von der Politik fernzuhalten und habe auch ungern mit Politikern zu tun. Zweimal bin ich meinen Prinzipien untreu geworden. Das erste Mal für Schimon Peres, der seit der Staatsgründung eine Reihe wichtiger politischer Ämter innehatte. Er lud mich in den sechziger Jahren immer wieder zu Gesprächen unter vier Augen ein, und mir machten diese Gespräche Spaß, denn er ist ein brillanter Redner und ein kultivierter Gesprächspartner. Eines Tages stand er ohne jede Vorankündigung mit Mosche Dajan vor meiner Tür. Sie boten mir den Chefredakteursposten einer neuen Tageszeitung an, die beide herausgeben würden. Ich lehnte dankend ab und versuchte ihnen klarzumachen, daß ich mich an keine Partei so eng binden wolle.

Vor dem Sechs-Tage-Krieg, in den Tagen, als der ägyptische Präsident Gamal 'Abd el-Nasser die Vernichtung Israels offiziell verkündete, bat mich Peres zu einem Treffen in das benachbarte Haus Mosche Dajans. Die beiden Politiker erzählten mir von den Ängsten des alten Mannes Ben Gurion, der in dem bevorstehenden Krieg eine noch größere Gefahr für uns sah, als es der Unabhängigkeitskrieg 1948 gewesen war. Dajan war ganz anderer Meinung. Er hatte soeben unsere Truppen im Negev inspiziert und war überzeugt davon, daß wir die arabischen Armeen schlagen würden. Das Charisma Dajans war so überzeugend, daß ich einige Artikel über ihn schrieb und dadurch nicht unwesentlich dazu beitrug, daß er unser neuer Verteidigungsminister wurde.

Die Beziehung zu meinem Nachbarn Dajan – ich vermeide absichtlich das Wort Freundschaft, denn er war kein Mann, der Freunde hatte –, diese Beziehung vertiefte sich mit der Zeit. Er vertraute mir sogar ein streng gehütetes Geheimnis an. Sein befremdendes Benehmen in Gesellschaft, sein plötzliches Aufbrechen war nicht, wie man annahm, Arroganz, sondern war auf die unvermutet auftretenden heftigen Schmerzen in dem Loch hinter seiner berühmten schwarzen Augenklappe zurückzuführen.

So ungern Dajan Freundschaft mit Männern einging, so sehr liebte er die Frauen. Der weltberühmte Soldat war der größte Frauenheld im Nahen Osten. Er pfiff auf jede gesellschaftliche Konvention, aber er prahlte auch nie mit seinen Eroberungen. Einmal führte ein betrogener Ehemann, ein hoher Offizier, Beschwerde gegen Dajan bei Premier Ben Gurion, der als Puritaner galt. Der greise Staatschef gab ihm allerdings eine überraschende Antwort: »Schon König David hat Bathseba verführt.«

Eines Tages mußte ich Dajan aus einer Regierungssitzung in Jerusalem holen, weil die schöne Romy Schneider ihn kennenlernen wollte. Die Begegnung war aber für beide enttäuschend, da sie zu hohe Erwartungen ineinander gesetzt hatten.

Als ich Romy Schneider kennenlernte, war sie in der glücklichsten Zeit ihres Lebens, am Beginn ihrer Ehe mit dem Regisseur Harry Meyen. Sie hatte aber, jedenfalls für mich, im Privatleben nicht den bezaubernden Reiz, den sie auf der Leinwand ausstrahlte. Wir trafen uns mehrmals, gemeinsam mit unseren Ehepartnern, und ich war überrascht, wie still und unterwürfig sich dieser verwöhnte Weltstar ihrem neuen, hübschen Gatten gegenüber benahm, bis sie von einer Minute zur anderen einen hysterischen Ausbruch hatte und wie ein völlig anderer Mensch wirkte.

Harry Meyen begegnete ich viele Jahre später noch einmal in Hamburg. Er war bereits geschieden von Romy und nur mehr ein Schatten seiner selbst, halb blind, krank und betrunken. Er hat sich bald darauf das Leben genommen.

Zurück zur Politik. Noch einmal hat man mir ein politisches Amt angeboten. Kurz nach dem Jom-Kippur-Krieg hielt ich mich gerade in dem Tiroler Städtchen Brixen im Schloß meines Verlegers auf und schrieb mein Buch »Kein Applaus für Podmanitzki« über das interessanteste Irrenhaus der Welt, das Theater. Da rief plötzlich Golda Meir an. Sie bot mir das Amt des stellvertretenden Ministers für Information und die Intendanz der Fernseh- und Radioanstalten an.

Mit Golda hatte ich eine Rechnung offen, denn als Sekretärin der Arbeiterpartei hatte sie Mosche Dajan den Weg in die Regierung verbaut, und ich hatte sie in meinen Artikeln hart angegriffen. Später, als sie Regierungschefin geworden war, stellte ich fest, daß ich sie völlig falsch eingeschätzt hatte. Ich erkannte, daß diese schrullige alte Dame eine sehr kluge Frau und eine echte Patriotin war. Sie hatte eine Eigenschaft, die man bei Politikern sehr selten findet: Sie hörte zu, wenn andere mit ihr sprachen. Ich schämte mich also nicht lange und schrieb einen Entschuldigungsartikel. Als wir uns kurz darauf zufällig über den Weg liefen, trat sie auf mich zu und umarmte mich wortlos. Und nun verlangte sie von mir, eine verantwortungsvolle Aufgabe zu übernehmen in einem Amt, das ich in der Zeitung regelmäßig kritisiert hatte.

Ich bat sie um einen Tag Bedenkzeit, was jedoch nur eine Geste der Höflichkeit war, denn ich hatte niemals vorgehabt, zu akzeptieren. Ich erklärte ihr, daß ich die Reaktion der Presse fürchten würde. Ich prophezeite ihr Schlagzeilen wie »Golda, das war ein schlechter Scherz!«, »Hofnarr in der Regierung?«, »Welche Witze erzählt Ephraim jetzt?«. Als Verfasser einer Kolumne in »Maariv« sei ich noch in der Lage zurückzuschlagen, als Staatsbeamter jedoch wäre ich zum Schweigen und zu einem weiteren Magengeschwür verdammt.

Jaron: Hat Golda gelacht?

Sie hat von Natur aus nicht viel gelacht, und nach dem Grauen des Jom-Kippur-Krieges habe ich sie bis an ihr Lebensende nicht einmal mehr lächeln sehen. Sie gab mir recht und wünschte mir alles Gute.

Jaron: Sie haben vorhin angedeutet, daß Glück in Ihrem Leben eine wichtige Rolle gespielt hat.

Das ist ohne Zweifel so. Mein schriftstellerischer Erfolg zum Beispiel kam vom richtigen Timing. Nach dem Zweiten Weltkrieg galten die Juden als Menschen besonderer Art, als Träger einer geheimnisvollen historischen Mission, versehen mit dem Heiligenschein des Märtyrertums. Da trat ich an die Öffentlichkeit und beschrieb uns Israelis, wie wir wirklich sind, nicht als Opfer, Pioniere und Kämpfer, sondern als ganz normale Menschen. Menschen wie du und ich, geplagt von den kleinen Sorgen des Alltags, von der Bürokratie, die wie Unkraut aus dem Boden schießt, und vom Tel Aviver Klempner, der sich nur dadurch vom Messias unterscheidet, daß der Messias vielleicht doch noch kommt. Das war eine große Überraschung, die bei meinen deutschen Lesern sicherlich auch ein Gefühl der Erleichterung erzeugte und uns sympathisch machte.

Jaron: 1952 haben Sie sich aber gegen kulturelle Beziehungen zu Deutschland ausgesprochen.

Ja, das war sieben Jahre nach Kriegsende. Ich war damals dagegen, in Israel deutschsprachige Filme zu zeigen. Aber auch damals wohnten bereits zwei Seelen in meiner Brust, ich schwankte zwischen Gefühl und Verstand. Der Verstand argumentierte, daß Deutsch ja auch die Sprache Goethes, Heines, Herzls und Kafkas war, es also unlogisch wäre, diese traditionsreiche Sprache abzulehnen. »Hier geht es nicht um Logik«, antwortete das Herz, »die Logik ist in Auschwitz verbrannt.«

Jaron: In der Zwischenzeit hat sich Ihre Logik offenbar wieder erholt.

Das ist nicht eine Frage der Logik, sondern der Heilkraft der Zeit. Bedenken Sie doch, ein heute 60jähriger Deutscher war in der Nazizeit noch ein Kind. Er kann also gar nicht zur Verantwortung gezogen werden.

Jaron: Es gibt Israelis, die reisen nur nach Deutschland, wenn es ihr Beruf erfordert, niemals aber als Touristen.

Israelis, die so denken, müßten ganz Europa von ihren Reiseplänen streichen. Glauben Sie etwa, die Slowaken oder Ungarn waren besser als die Deutschen? Die Slowaken sperrten jüdische Jungfrauen in Soldaten-Bordelle, und die Ungarn schossen Zehntausende von Juden in das eisige Wasser der Donau. In meinem Lager galt es als eines der größten Vergnügen, einen Juden nach dem anderen in die Latrinen zu werfen. Hat die rumänische »Eiserne Garde« nicht massenweise Juden umgebracht? Und die Polen waren wohl völlig unschuldig daran, daß ihr Land als günstigster Platz für Vernichtungslager ausersehen wurde, nicht zu reden von den kollaborierenden französischen Polizeichefs und den guten Holländern, aus deren Reihen sich 110 000 freiwillig zu den Sturmtrupps der SS gemeldet haben. Wer in diesem Punkt ehrlich zu sich selbst ist, wird in Europa wohl kaum ein Fleckchen finden, das er guten Gewissens betreten kann.

Jaron: Fahren wir also lieber fort in Ihrer Biographie. Wann kam Ihr Durchbruch in Amerika?

Das war Ende der fünfziger Jahre in New York. Damals übersetzte das ungarische Sprachtalent Jochanan Goldmann eine Sammlung meiner in »Maariv« veröffentlichten Humoresken ins Englische, und die rumänischen Setzer in einer der wenigen Druckereien Israels mit englischen Buchstaben machten daraus ein primitives kleines Buch, das »Drehn Sie sich um, Frau Lot« genannt wurde. Meine Frau Sara, die mit einer gehörigen Portion israelischer Chuzpe ausgestattet ist, fand die Pariser Adresse des berühmten amerikanischen Humoristen Art Buchwald heraus und schickte ihm trotz meines heftigen Protestes heimlich ein Exemplar. Was die Beste vor meinem heiligen Zorn rettete, war ein Telegramm von Buchwald, das bereits zwei Tage später eintraf und dessen Text später auf der Rückseite der amerikanischen Ausgabe zu lesen war: »Ich freue mich, den zweitbesten Humoristen der Welt kennenzulernen.«

Art war damals bereits sehr bekannt, nicht zuletzt dank seiner spritzigen Kolumne in der »Herald Tribune«. Auf seine Empfehlung, dem Ergebnis der Zivilcourage der besten Ehefrau von allen, beschloß der bekannte amerikanische Verleger Simon Bessie, mein Buch zu veröffentlichen. Und so spuckten eines schönen Tages im Jahr 1959 die Druckmaschinen des respektablen New Yorker Verlagshauses »Atheneum« »Drehn Sie sich um, Frau Lot« aus, das sich gemeinsam mit 180 anderen an diesem Tag in den USA erschienenen Büchern aufmachte, die Gunst der amerikanischen Leser zu gewinnen.

In den Vereinigten Staaten führt der Weg zum Erfolg

über eine Reihe meinungsbildender Faktoren, an deren Spitze unangefochten der Redakteur der Literaturbeilage der »New York Times« steht. Gemeinsam mit seinem Team hat dieser Mann die Macht, einem Buch ewiges Leben zu verschaffen oder aber es auf Nimmerwiedersehen in der Versenkung verschwinden zu lassen.

Ich stelle mir das so vor: An dem Morgen, als mein Buch in der Redaktion eintraf, saß der Literaturredakteur vor dem riesigen Bücherberg, der sich auf seinem Schreibtisch türmte, trank eine Tasse Kaffee, kratzte sich am Kopf und begann mit der flüchtigen Sichtung des Haufens. Dann stieß er völlig unabsichtlich und rein zufällig auf die Humoreskensammlung eines unbekannten israelischen Autors. So kam es vielleicht, daß »Look Back, Mrs. Lot« von der »New York Times« zum »Buch des Monats« gewählt wurde, begleitet von einer traumhaften Kritik, die den Autor neben Scholem Alejchem und Mark Twain stellte.

Dieses unvorhergesehene Ereignis ließ eine Welle von Telegrammen von Verlegern und Theaterproduzenten über mich hereinbrechen, die sich um den Witzbold aus dem Heiligen Land rissen. Ich war damals 35 Jahre alt, also eigentlich kein Kind mehr, dennoch konnte ich nicht recht begreifen, was mit mir geschah. Mein Englisch war recht mäßig, ich war viel zu faul, all die langen Briefe zu lesen, und die Telegramme mit den verlockenden Angeboten flogen zusammengeknüllt in den Papierkorb. Ich hielt das Füllhorn Fortunas in Händen und wußte nicht, was ich damit anfangen sollte. Teddy Kollek, der heutige Bürgermeister von Jerusalem, schrieb in einem Glückwunschtelegramm aus New York, ich sei gerade dabei, Amerika zu erobern. Ich staunte nur.

Dennoch fühle ich eigentlich auch heute noch kein Bedauern darüber, daß ich damals nicht anders reagierte. Es wird zwar oft behauptet, daß ein Werk auf jeden Fall seinen Weg machen würde, wenn nicht zu Lebzeiten des Künstlers, dann eben nach seinem Tod, wenn nicht in dieser, dann in den kommenden Generationen. Wer aber die Sintflut von Büchern kennt, die tagtäglich über den internationalen Markt hereinbricht, kann über soviel Naivität nur lachen. Die Illusion, daß ein Talent alle Hindernisse überwindet, dient nur dazu, einen Künstler davon abzuhalten, sich aufzuhängen. Nicht ohne Grund fürchtete ich also, daß mein amerikanischer Durchbruch nur unglaubliches Schwein gewesen war. Vielleicht war das der Grund dafür, daß ich auf die verlockenden Angebote nicht reagiert hatte.

Mein erstes Buch erschien in mehreren Auflagen, ihm folgten acht weitere amerikanische Ausgaben. Die nächsten zwei erhielten noch hervorragende Kritiken, zu Bestsellern aber wurde keines. Ich war zu »europäisch«. Auch mein Theaterstück »Unfair to Goliath«, das ich Off-Broadway selbst inszenierte, wurde nach drei flauen Monaten abgesetzt. Der Theaterkritiker der »New York Times«, auch er eine Persönlichkeit von gottähnlichem Einfluß, hatte es als »nette kleine Aufführung« bezeichnet. Dieses Lob gleicht einem seidenen Strick, an dem es sich gut baumeln läßt, denn in Amerika gibt es kein brutaleres Schimpfwort als das Adjektiv »klein«.

Ich hatte gehofft, daß die Juden in New York, immerhin zweieinhalb Millionen, scharenweise in meine Aufführung strömen würden, und damit rechnete auch der Produzent. »Ein Prozent genügt mir«, meinte er, »einer von 100 Juden.« Zur Premiere kamen ganze sieben, drei von ihnen mit Freikarten. Zwei gingen in der Pause.

Wer in New York auf das jüdische Publikum baut, der baut auf Sand. Es will von israelischen Künstlern nichts wissen. Auch »Anatevka« haben die amerikanischen Juden erst besucht, als es bei den »Gojim« zu einem überwältigenden Erfolg geworden war. Mit dieser Haltung wollen sie beweisen, wie assimiliert sie sind und daß sie, Gott behüte, nichts mit Israel zu tun haben.

Meinen Büchern erging es, wie gesagt, nicht besser. Als mein sechstes Manuskript bei »Atheneum« eintraf, erklärte mir der Verleger Simon Bessie sein Grundprinzip: Wenn von fünf Büchern eines Autors nicht wenigstens eins zum Bestseller wird, gibt es kein sechstes mehr. Ich fragte Mister Bessie, was geschähe, wenn ausgerechnet mein sechstes Buch den Durchbruch schaffen sollte. Er meinte, es täte ihm leid, aber er vertraue der Statistik.

Mit mir gemeinsam mußte sich noch ein anderer Schriftsteller den Gesetzen der Statistik beugen. Busineß ist eben Busineß. Auch mein rundlicher Kollege mit Zigarre im Mund erhielt eine Abfuhr. Sein Name war Mario Puzo, sein sechstes Buch hieß »Der Pate« und hat einem anderen Verlag ohne Vertrauen in die Statistik bis heute 200 Millionen Dollar eingebracht.

Mir ist dann in Deutschland ähnliches passiert. Der Fischer Verlag hatte schon zwei meiner von Max Brod übersetzten Stücke verlegt. Als »Frau Lot« in Amerika zum »Buch des Monats« gewählt worden war, glaubte ich fest daran, daß der Verlag sich auf diesen Leckerbissen stürzen und das Buch umgehend ins Deutsche übersetzen würde. »Sähen wir auch nur die kleinste Chance für einen Erfolg Ihres Buches beim deutschen

Leser, würden wir Ihrem Vorschlag gerne zustimmen. Wir sehen aber keinerlei Aussichten«, versicherte mir der Lektor bei Fischer, ein ausgewiesener Experte für Publikumsgeschmack.

20 Jahre später wurde »Drehn Sie sich um, Frau Lot« vom Deutschen Taschenbuch Verlag als »Goldenes Taschenbuch« prämiert. Das Buch »ohne die geringsten Erfolgsaussichten«, das der Langen Müller Verlag in deutscher Erstveröffentlichung herausbrachte, haben allein in deutscher Sprache bis heute eine Million neunhunderttausend Leser gekauft.

Auch zu dieser schwindelerregenden Zahl kam ich ganz ohne mein Zutun, nur durch eine Verkettung blinder Zufälle. Der erste Zufall ereignete sich, als eines schönes Tages ein österreichischer Professor namens Friedrich Torberg die Wohnung seines Nachbarn in Wien betrat. Torberg selig war seinerzeit eine der bedeutendsten Autoritäten in der deutschen Literatur, ein Meister der Sprache und ein hervorragender Übersetzer. Sein Nachbar, der bekannte Liedermacher Gerhard Bronner, zeigte ihm »Drehn Sie sich um, Frau Lot«, das er in New York erstanden hatte. Torberg blätterte in dem Buch und erklärte sofort, er wolle es übersetzen. Bronner entgegnete, genau das habe auch er vorgehabt, und er hätte es schließlich entdeckt. Sie beschlossen, eine Münze zu werfen, und Torberg gewann. Ich füge hinzu, glücklicherweise.

Torbergs Brief las ich, wieder rein zufällig, als meine damalige Schwiegermutter Mizzi bei uns zu Gast war und hörte, wie ich seinen Namen nannte. »Der Mann ist ein ausgezeichneter Schriftsteller«, sagte die gebürtige Wienerin. Also gab ich Torberg eine Zusage, einzig und allein auf den Geschmack meiner Schwiegermutter vertrauend.

So kam die Lawine ins Rollen, an deren Ende ein weiteres Wunder wartete. Ohne die Anwesenheit meiner Schwiegermutter hätte ich Torberg wahrscheinlich nicht geantwortet. Wäre Torberg nicht ein so brillanter Übersetzer gewesen, wäre mein Start nicht so kometenhaft verlaufen. Aber es kam noch besser. Torberg schuldete einem Verleger Geld, und um diese Schulden zu begleichen, legte er ihm mein Manuskript vor. Dieser Verleger stellte sich bei der Betreuung des Buches nicht sehr geschickt an. Kurze Zeit später verliebte er sich in seine Sekretärin und verkaufte sein Unternehmen an einen jungen Anwalt aus dem Sudetenland namens Dr. Herbert Fleissner. Dieser hingegen stellte sich sehr geschickt an, machte sich binnen kürzester Zeit mit den Geheimnissen des Verlagswesens vertraut, stieg später in den renommierten Ullstein Verlag ein und wurde im Laufe der Jahre nicht nur mein Freund, sondern auch zu einem der größten Verleger Europas.

Dr. Fleissner führte geradezu revolutionäre Vermarktungsmethoden ein, und wenn es heute in Deutschland kaum ein Kind gibt, das mein Gesicht nicht kennt, dann ist das unter anderem der Tatsache zu verdanken, daß Fleissner als einer der ersten für seine Bücher und Autoren auf Litfaßsäulen Reklame machte. Mein Einstieg in den deutschsprachigen Handel wurde aber auch wesentlich erleichtert durch den Erfolg meines Films »Der Blaumilchkanal«, der auch heute noch mit meinem Namen assoziiert wird.

Aber ich möchte mehr über den Mann erzählen, der mich mit seinem Engagement und seinem Können zu einem der Lieblingsautoren des deutschsprachigen Lesepublikums gemacht hat. Mein »Sprachrohr« und väterlicher Freund Torberg verkörpert die jüdische

Tragödie, die sich in der ersten Hälfte des 20. Jahrhunderts zwischen Exil und Identitätssuche abspielte. Wie viele andere Virtuosen der deutschen Sprache wurde auch er in der Tschechoslowakei geboren.

Er war noch ein Kind, als seine Eltern mit ihm nach Wien übersiedelten, wo er sehr schnell als Journalist, Theaterkritiker und Schriftsteller Karriere machte. In jungen Jahren wurde er durch seinen Roman »Der Schüler Gerber« bekannt, der das bittere Schicksal eines jüdischen Jungen in Österreich schildert. Dieses visionäre Buch hat auch mich in jungen Jahren beeindruckt, wenn ich auch den Namen seines Schöpfers vergessen hatte.

Das ist nichts Ungewöhnliches, denn von allen schaffenden Künstlern bleiben die Namen der Schriftsteller am wenigsten haften. Jeder kennt zum Beispiel den Titel des Weltbestsellers »Vom Winde verweht«, nur wenige aber haben den Namen der Autorin präsent. Und wer kennt schon die Namen von Drehbuchautoren oder von Librettisten großer Opern, während Humphrey Bogart, Puccini und Pavarotti dauerhafte Begriffe geworden sind. Die Sklaven der Schreibtische sind natürlich weniger attraktiv, aber »Der blaue Engel« wurde eben nicht von Marlene Dietrich geschrieben.

Torbergs Schicksal bestätigt diese Erfahrung. Als er wie Tausende andere jüdische Intellektuelle in Europa seine Heimat und seine Muttersprache innerhalb weniger Stunden aufgeben mußte, um nicht verbrannt zu werden, geriet sein Name in Vergessenheit. Kurz vor dem »Anschluß« floh Torberg aus Wien über Prag und Zürich nach Paris und von dort nach Hollywood.

Die Traumfabrik meinte es aber gut mit ihm, und er wurde schon nach kurzer Zeit wie manch anderer schreibender Emigrant in den »Paramount«-Studios beschäftigt. Dort saß der angesehene Literat Friedrich Torberg in einem winzigen Zimmerchen, dessen Einrichtung aus einem Waschbecken, einem eisernen Schränkchen, einem Tisch und einer Schreibmaschine bestand. Fast zehn Jahre lang verbrachte Torberg in quälender Einsamkeit und schrieb Tag für Tag eine neue »Story«, welche die Länge einer Schreibmaschinenseite nicht überschreiten durfte. Niemals erhielt er irgendeine Reaktion auf seine Texte, kein Lob, keine Kritik, er wußte nicht einmal, ob sie überhaupt gelesen wurden. An jedem Monatsende jedoch, pünktlich um fünf Uhr nachmittags, betrat ein Bote das Zimmer und legte ihm einen Umschlag mit dem Gehalt auf den Tisch. Das war sein einziger Kontakt mit der »Paramount«. Fast zehn Jahre lang.

In den Kämmerchen nebenan arbeiteten seine Kollegen, darunter der ungarische Flüchtling Lengyel Menyhért. Auch er ratterte Hunderte von Seiten herunter, die dann in irgendeiner Form in die Drehbücher eingearbeitet wurden. Eines Tages hörte Lengyel, daß die »Paramount« einen Film mit Greta Garbo drehte, dessen Titel ihm bekannt vorkam. Es handelte sich um »Ninotschka«, eine der bezauberndsten Komödien der Filmgeschichte. Im Nachspann war dann auch in der endlos langen Namensliste für zwei Sekunden der Hinweis zu lesen, daß sich das Drehbuch auf die Geschichte eines gewissen M. Lengyel stützte. Niemand hatte sich die Mühe gemacht, ihn darüber zu informieren oder ihn gar zur Premiere einzuladen. Er war ja nur ein jämmerlicher Emigrant, der seinem Arbeitgeber zu tiefster Dankbarkeit verpflichtet sein mußte.

Ich erzähle dies alles, um begreiflich zu machen,

warum ich später so fanatisch Hebräisch lernte. Es gibt aber aus jenen Tagen auch eine »lustige« Geschichte, die mir Torberg erzählt hat. Eines schönen Tages kam ein Bote in das kleine Zimmer eines der schreibenden Sklaven und beorderte ihn zum Direktor. Der Mann hatte seinen Chef bisher noch nicht zu Gesicht bekommen. Er zitterte vor Angst, man würde ihn entlassen. Mit letzter Kraft schleppte er sich zum Büro des Allmächtigen. Als er zurückkam, fiel er auf seinen Stuhl und erzählte mit erleichtertem Aufatmen: »Nichts Schlimmes. Nur meine alte Mutter ist gestorben.«

Das war die Welt der Emigranten in Amerika. Torberg war sehr unglücklich drüben, und obwohl er die englische Sprache erstaunlich gut beherrschte, konnte er sich nicht an die amerikanische Mentalität gewöhnen. So rasch wie möglich kehrte er nach dem Krieg in seine Heimat zurück, wo er vergeblich nach der alten Wiener Atmosphäre suchte, die für immer verschwunden war.

Als deutschsprachiger Schriftsteller fand er sich aber auch in Israel nicht zurecht. Sein Testament gibt Aufschluß über den Zwiespalt, der lebenslang in ihm war. Er verfügte, falls sich Österreich dazu bereit erklärte, ihm ein Staatsbegräbnis auszurichten, wolle er in Wien beerdigt werden. Für den anderen Fall wollte er in Jerusalem begraben werden. So gab er den Österreichern eine letzte Gelegenheit, ihn als einen der ihren anzuerkennen. Österreich nutzte diese Chance. Ich habe bei seinem Staatsbegräbnis geweint wie ein kleines Kind.

Obwohl wir in gewisser Weise voneinander abhängig waren, war unsere Beziehung nicht unkompliziert. Wir machten uns gegenseitig das Leben schwer, doch ein großes Foto von ihm hängt noch heute über meinem Schreibtisch. Unsere Meinungsverschiedenheiten bezogen sich meistens auf Feinheiten in der Übersetzung. Je besser mein Deutsch wurde, um so heftiger wurden die Diskussionen. »Mein Sohn«, so nannte er mich, »der Ruhm gehört ganz allein dir. Wage es also nicht, mir bei der Übersetzung dreinzureden, denn mein Deutsch ist makellos.«

Einmal gab er sogar zu, sich bei der Übersetzung nicht immer streng an das Original zu halten, erklärte mir aber mit Takt und Diplomatie, er schreibe »genau das, was du eigentlich hättest schreiben wollen«. Um den endlosen Diskussionen aus dem Weg zu gehen, fügte ich hin und wieder heimlich in seiner Handschrift Korrekturen ein, in der Hoffnung, er werde es nicht bemerken. Es entging ihm jedoch niemals, und er hat mich dann mit endlos langen Briefen gequält, die ich mit der gleichen haarspalterischen Besessenheit beantwortete.

Wenn man diese Briefe heute nachliest, wird klar, daß Humor eine exakte Wissenschaft ist und die Humoristen erschreckend ernsthafte Menschen sind.

Torberg ist durch die Übersetzungen meiner Bücher zunächst nicht reich geworden. Schon deshalb nicht, weil er einer aristokratischen Verschwendungssucht frönte. Er hatte fast sein ganzes Leben lang Schulden beim Finanzamt. Als er jedoch mein zehntes Buch übersetzt hatte, konnte er meinem Verleger einen neuen Vertrag einreden, der ihm eine höhere Beteiligung an den Verkäufen sicherte. Die Summen reichten aus, seine finanziellen Nöte zu beenden. Er hat mir diese Tatsache sein Leben lang übelgenommen. Wer steht schon gern in eines anderen Menschen Schuld.

Jaron: Wie können Sie eigentlich die Qualität der Übersetzungen in jenen Ländern überprüfen, deren Sprache Sie nicht beherrschen?

Gar nicht, und das macht mich sehr froh. Ich habe nämlich das Korrekturlesen ziemlich satt, zu dem mich meine krankhafte Perfektion treibt. Mein Leben wäre ein endloser Alptraum, beherrschte ich mehr als vier Sprachen. Allerdings führt meine Unkenntnis manchmal zu Überraschungen. So erkundigte sich kürzlich ein Freund argentinischer Abstammung, warum ich so häufig den Namen Abarbanel benutze. Da ich den Namen noch niemals gehört hatte, ging ich der Sache nach und fand heraus, daß mein Übersetzer im fernen Buenos Aires offenbar einen Todfeind dieses Namens hat, vielleicht einen Lehrer, der ihn bei einer Prüfung hatte durchfallen lassen, oder einen lästigen Steuerbeamten. Und so schreibt mein Übersetzer regelmäßig, wenn von einem besonders dummen Menschen die Rede ist: »... ein Idiot wie Alfonso Garcia Abarbanel«. Hätte ich mich darüber beschwert, hätte er sicherlich mit Torbergscher Diplomatie bemerkt: »Würden Sie Abarbanel kennen, hätten Sie das gleiche geschrieben.«

Jaron: In Buenos Aires ist ja alles sehr amüsant, aber ich würde Sie nun gerne fragen, ob die israelische Realität Sie überhaupt noch interessiert?

Mit Ausnahme meiner Familie gibt es nichts, was mich mehr interessiert als das Schicksal meines Landes. Vielleicht verfolge ich nicht immer im Detail das tagesaktuelle Geschehen in Israel.

Andererseits kann ich das Gesamtbild aus der Ferne besser erfassen. Betrachtet man seine Hand durch ein Vergrößerungsglas, dann sieht man ja nicht die schöne, glatte Oberfläche der Haut, sondern rissige, behaarte Hügel mit riesigen Schweißtropfen, eigentlich ein recht unappetitlicher Anblick. Israel ohne Vergrößerungsglas läßt mich die ewigen Streitigkeiten unserer Funktionäre, die Widrigkeiten der Bürokratie und die Schlägereien auf der Fußballtribüne vergessen. Statt dessen sehe ich aus der Entfernung ein kleines heroisches Volk, das trotz seines rastlosen Existenzkampfes eigentlich ein recht normales und freies Leben führt. Und so entsteht dann das wahre Bild, ungetrübt durch die vergänglichen Ärgernisse, die unbedeutenden Alltagsquerelen.

Jaron: Im Hinblick auf Ihren Bummel durch die Welt bietet sich eine weitere Frage an. Wie kontrollieren Sie den riesigen Apparat, der mit der Vermarktung Ihrer Werke verbunden ist? Haben Sie einen Manager, dem Sie vertrauen?

Die Beziehungen zwischen Autor und Verleger oder Dramatiker und Theaterdirektor sind höchst sensibel. Legte ich meine Interessen in die Hände von Managern, würden meine Aktien schnell sinken. Aber vielleicht bin ich auch aufgrund meiner Introvertiertheit und meiner krankhaften Pedanterie nicht bereit, die Verantwortung für irgendeinen Bereich meines Lebens jemand anderem zu überlassen.

Das beweist eine Geschichte, die ich erzählen möchte. Man sagt, daß der weltberühmte Tevje aus dem Film »Anatevka« und frühere Partner in meiner

Kabarettbühne »Grüne Zwiebel«, der Schauspieler Chaim Topol und ich die gleiche künstlerische Besessenheit haben. Vielleicht sind wir uns tatsächlich in den Jahren unserer tiefen Freundschaft ein wenig ähnlich geworden. Geht man der Sache jedoch auf den Grund, bleibt von der Ähnlichkeit nicht viel übrig. Als ich zum Beispiel mit ihm nach Amerika flog, um der Jury bei den internationalen Filmfestspielen in San Francisco unseren Film »Sallach Shabati« vorzuführen, schlief mein Star im Flugzeug ein. Mitten im Flug öffnete er schläfrig die Augen und murmelte: »Ephraim, ich glaube, ich habe meinen Paß und mein ganzes Geld verloren. Weck mich bitte auf, wenn wir angekommen sind.« Mir gefror das Blut in den Adern, und meine Magennerven signalisierten mir eine Katastrophe, während mein Freund Chaimke friedlich neben mir im Sessel hing und in himmlischer Ruhe schnarchte.

Ein anderer Freund, der mächtige Hollywood-Produzent Menachem Golan, dritter Partner in unserem »Sallach«-Projekt, besitzt dieselbe beneidenswerte Sorglosigkeit. Wenn Menachem erführe, die Aktien seiner Filmgesellschaft seien an der New Yorker Börse ins Bodenlose gefallen und sein Kino-Imperium stünde kurz vor dem wirtschaftlichen Zusammenbruch, würde er lässig nach ein paar belegten Broten greifen und von seiner neuen Produktion zu schwärmen beginnen.

Ich fragte ihn kürzlich, wie er mit seinen Milliarden Dollar Bankschulden noch schlafen könne. »Ich schlafe ausgezeichnet«, antwortete Menachem, »die Banker schlafen schlecht.« Ich an seiner Stelle müßte mit einem Nervenzusammenbruch eingeliefert werden. Für Chaimke und Menachem sind Katastrophen nichts als unbedeutende Stolpersteine auf dem Weg in die Ewigkeit.

Überflüssig, hinzuzufügen, daß wir nach unserer Ankunft in San Francisco am Flughafen bereits mit den verlorenen Dokumenten erwartet wurden. Chaim steckte sie wie selbstverständlich in die Tasche und murmelte auf hebräisch »Oh, vielen Dank«, so als wäre dieser Paß sein Hund, der nur eben mal Gassi gegangen war. Mein Paß wäre mit Sicherheit nicht mehr aufgetaucht, da alle Pässe wissen, daß sie mich damit dem Selbstmord nahebringen. Ich bin eben ein Neurotiker, während Menachem und Chaim kerngesunde Geschöpfe sind. So können sie sich auch Managern anvertrauen, die ihnen das Dach über dem Kopf anzünden, denn sie schlafen auch in den rauchenden Trümmern noch seelenruhig weiter. Bei mir wäre das unmöglich.

Jaron: Ist Ihnen denn nicht schade um die Zeit, die Sie in die wirtschaftliche Seite Ihrer Arbeit investieren? Allein die Unterschiede im Urheberrecht der einzelnen Länder erfordern doch eigentlich einen Juristen.

Auf diesem Gebiet kenne ich mich eigentlich recht gut aus. In den westlichen Ländern ähneln sich die Gesetze im wesentlichen, während sie in Osteuropa und in der Dritten Welt ohnehin keine besondere Bedeutung haben. Die Bulgaren zum Beispiel haben den Begriff Copyright bis heute nicht zur Kenntnis genommen. Statt Honorarzahlungen gibt es dort Ordensverleihungen. Die Polen zahlen in Dollar, und zwar nach einem inflationären Kurs. So habe ich kürzlich für 100 000 verkaufte Bücher ganze 250 Dollar kassiert. In der Türkei sind meine Bücher Bestseller, aber kurioserweise sind dort die Neuerscheinungen laut Impressum immer zehn Jahre alt. Die türkischen Gesetze sehen nämlich vor, daß die Urheberrechte eines Schriftstellers nach zehn Jahren automatisch erlöschen.

Die roten Chinesen haben es erst gar nicht für nötig befunden, mir mitzuteilen, daß sie mein Buch über die moderne Kunst herausgebracht haben. Ich erfuhr davon, als mir ein höflicher Sinologe, Professor an der Dortmunder Universität, zu seinem Erscheinen gratulierte.

Die Ungarn hingegen bezahlen brav, sogar ohne zu jammern. Auch die japanischen Verleger zahlen, aber sie leiden dabei Höllenqualen. Sie sind geniale Verkäufer, diese Japaner, aber lausige Kunden. Die Amerikaner können das bestätigen. Das Geheimnis des japanischen Wirtschaftswunders liegt nach meiner Meinung allein in den schwachen japanischen Gewerkschaften. Ich sage das nicht etwa, weil ich in Japan ein Mißerfolg wäre. Im Gegenteil, mein fünftes Buch wurde sogar ein Bestseller. Ich bin zwar überzeugt davon, daß die Japaner meinen Humor nicht verstehen, aber soll ich deswegen mit 110 Millionen Japanern debattieren?

Meine Bücher sind auch in Koreanisch, Philippinisch, Slowenisch, Grusinisch, in Esperanto, der Blindensprache Louis Brailles und in Friesisch erschienen, das nur von 400 000 Menschen gesprochen wird.

Ich wundere mich immer wieder über diese Erfolge. Wenn ich mir vorstelle, daß ein Junge und ein Mädchen in einem koreanischen Kirschgarten sitzen und die Geschichte über meinen rothaarigen Amir aus

Afeka lesen, dann muß ich daran denken, daß mein Urgroßvater ein Wunderrabbi war.

Ein besonderes Kapitel in der Geschichte meiner Übersetzungen wurde im Ostblock geschrieben. In jedem Staat mußte ich eine andere Strategie anwenden. Das sowjetische Embargo gegen Israel seit 1967 war auch für meine Bücher ein großes Hindernis. So war in den Jahren vor Glasnost und Perestroika Titos Jugoslawien der einzige Ostblockstaat, in dem meine Bücher erschienen. Mein erstes Buch, das vom Verlag »Znanje« in Serbokroatisch herausgebracht wurde, war »Wie unfair, David«, meine Sammlung von Geschichten über Israels Todeskampf während und nach dem Sechs-Tage-Krieg.

Allein die Tatsache, daß ein israelischer Autor veröffentlicht wurde, war eine Provokation für den Genossen Breschnew, ganz zu schweigen von Titel und Thema. Mit dem Schneid der jugoslawischen Verleger war es jedoch endgültig vorbei, als die Verkaufszahlen meines Buches die der gleichzeitig erschienenen Memoiren Titos überflügelten. Aber mein Buch war schließlich eine antisowjetische Maßnahme der jugoslawischen Verleger und so wurde die Bestsellerliste, wie es ja auch in Deutschland gehandhabt wird, nach Belletristik und Sachbuch getrennt, und Tito und ich führten Kopf an Kopf die Verkaufslisten an.

Ich habe meinen Autorkollegen nicht mehr kennengelernt. Als Sara und ich nach Titos Tod auf Einladung des jugoslawischen Schriftstellerverbandes nach Zagreb reisten, holte man uns mit einem klapprigen Auto vom Flughafen ab. In dieser siegreichen Periode des Sozialismus betrug die monatliche Benzinzuteilung 40 Liter, und so hatte der Schriftstellerverband viel Geld für uns auf dem Schwarzmarkt ausgeben müssen.

Unterwegs flüsterte mir einer der Begleiter ins Ohr: »Sehen Sie aus dem Fenster.« Wir fuhren fast eine halbe Stunde lang an grünen Feldern, Gärten, Wäldern, Jagdrevieren und Palästen vorbei, und dann stieß mich mein Kollege zum zweiten Mal an: »Hier erst endet der Grundbesitz der Familie Tito.« Der volksnahe sozialistische Regent hatte Paläste und Jagdreviere gesammelt wie andere Leute Briefmarken.

Das war meine Begegnung mit Marschall Titos sinkendem Imperium. Ich habe aber in meinem langen Leben eine Reihe von Persönlichkeiten getroffen, die mich tief beeindruckt haben. Einer davon war Charlie Chaplin.

In hohem Alter wurde ihm endlich der Oscar verliehen, wenn auch nicht für einen seiner Filme, so doch für sein Lebenswerk. Chaplins Ehrung bildet eine Ausnahme in der Geschichte des Oscars. Verfolgt man nämlich die Entscheidungen der Jury, muß man zu dem Schluß gelangen, daß der Zusammenhang zwischen diesem weltweit berühmtesten Filmpreis und der künstlerischen Leistung ein reiner Zufall ist. Chaplin, der Hollywood den Rücken gekehrt hatte lebte damals in der Schweiz und kam per Schiff von der Alten in die Neue Welt, da er Angst vor dem Fliegen hatte. Beim Verlassen Europas war sein Kopf noch ganz klar, aber während der langen Schiffsreise muß er wohl einen rapiden Verfall erlitten haben, denn in Amerika kam er als gebrechlicher alter Mann an.

Vor der Preisverleihung gab der Schauspieler Walter Matthau ihm zu Ehren eine Party, zu der Topol und ich eingeladen waren. Schließlich war mein Film »Schlaf gut, Wachtmeister« in diesem Jahr für den Oscar nominiert worden und Topol für »Anatevka«.

Der große Charlie war gerührt: »Wie schön«, flüsterte er, »man erinnert sich noch an mich.« Bevor ich auf ihn zuging, warnte mich Oona, seine junge Frau, ich solle ihn nicht beim Wort nehmen.

»Das ist der israelische Kandidat«, stellte sie mich vor, und der Maestro antwortete: »Ja, ja, ich habe geweint, als die Juden verfolgt wurden.« Danach setzte sich Groucho Marx zu uns, und Chaplin hüllte sich verlegen in seinen Pelzmantel. Auch Groucho war nicht mehr der Jüngste, sein Scharfsinn aber war der alte, und auch seine berüchtigte Schlagfertigkeit hatte er nicht verloren. »Meine Konkubine«, stellte er mir eine junge, bildhübsche Dame vor, die ihm wohl seine alten Knochen wärmte.

In einer Ecke entdeckte ich Danny Kaye, einen guten Freund Chaimkes. Ich betrachtete diesen Mann, der schweigend mit einem Glas in der Hand dastand, und fragte mich, warum zum Teufel ein Künstler, der die ganze Menschheit zum Lachen bringt, so ein trauriges Gesicht macht. Während ich sinnierte, trat Danny Kaye auf mich zu und fragte: »Wie geht's, trauriger Mann?«

An der Party nahm auch der Regisseur der Oscar-Verleihung teil, dem der schlechte körperliche Zustand Chaplins große Sorgen bereitete. Das Fernsehpublikum erwartet schließlich vom Gewinner, daß er die Bühne betritt, die gepuderten Wangen der Zeremonienmeisterin küßt, spontan einige sorgfältig vorbereitete Dankesworte zum besten gibt und dann leichten Fußes wieder in den Saal hinabsteigt, alles mit amerikanischer Professionalität bis ins kleinste Detail durchinszeniert.

Das Problem wurde dann so gelöst. Zwei Saalordner trugen den Greis auf ihren Armen bis hinter den gesenkten Vorhang. Bei seiner kurzen Dankesrede war Chaplin zu Tränen gerührt. Wir auch. Ich werde nie vergessen, wie der kleine alte Mann in der Mitte der riesigen Bühne stand und wie sein schneeweißes Haar und sein aufgedunsenes Gesicht, rosig wie das eines Babys, im Scheinwerferlicht glänzten. Sein müdes Gehirn ahnte vielleicht, daß hier etwas zu seinen Ehren stattfand, und er fühlte die Zuneigung der vielen Menschen im Saal, aber, wie so viele andere wichtige Dinge im Leben, kam auch diese Würdigung zu spät.

Der Mozart der Filmwelt, der alles, was wir, seine Schüler, erfinden können, in seinen Filmen längst verwirklicht hatte, dieses Genie des Humors hatte einen schweren Fehler begangen. Er war alt geworden.

Große Leute müssen rechtzeitig sterben.

Jaron: Sie haben sicherlich auch europäische Spitzenpolitiker kennengelernt. Und wenn Sie Woody Allen verabscheuen, dann müssen Sie auch mit Bruno Kreisky eine Rechnung offen gehabt haben.

Kreisky, Friede seiner Seele, und ich waren einmal Brüder. Ja, Bruno und meine Wenigkeit waren beide Mitglieder des ehrwürdigen Aachener Ritterordens »Wider den tierischen Ernst«, der während einer feierlichen Zeremonie jeden neuen Ritter dazu verpflichtet, seine Ritter-Brüder zu duzen und mit Vornamen anzureden.

Im Jahre 1975, als sich meine Popularität auf einem Höhepunkt befand, schickte mir Kreisky ein Flugzeug und die Aufforderung, in seinem Kanzler-Palast zu einer Audienz zu erscheinen. Ich flog also in einer Boeing als einziger Passagier nach Wien.

Bevor ich ins Allerheiligste eingelassen wurde, machte mich der Protokollchef darauf aufmerksam, daß mein Gastgeber mit »Herr Kanzler« anzureden sei. Ich sagte ihm, das könne ich keinesfalls, denn ich würde damit den Eid brechen, den wir als Ordensbrüder geleistet hatten. Ich müsse leider »Bruno« zu ihm sagen. Der Beamte wurde blaß und beschwor mich, das zu unterlassen. Wir einigten uns schließlich auf den Kompromiß, ich würde ihn schlicht »Herr Doktor« nennen. Dadurch konnte ein internationaler Zwischenfall vermieden werden.

Das Treffen an sich war recht amüsant. Wir haben uns ausgiebig über den Zionismus unterhalten, an den er nicht glaubte, über den Sozialismus, den ich ablehnte, sowie über seine jüdische Abstammung, die für ihn völlig bedeutungslos war. Er sagte halb scherzend, halb im Ernst: »Das Gespräch mit Ihnen war sehr interessant, Herr Kishon, obwohl ich Sie nur zu PR-Zwecken hergebeten habe.«

War das nun ein Kompliment? Ich nahm es als sarkastische Bemerkung von der Art, wie ich sie schätze.

Ich denke, wir sind auch deshalb gut miteinander ausgekommen, weil wir demselben Kulturkreis angehören, der ehemaligen österreichisch-ungarischen Monarchie. Ich erkannte jedoch damals schon den Zwiespalt, in dem dieser begabte Mann steckte, und der deutlich wurde, als in Israel die verhaßte nationale Likud-Partei ans Ruder kam. Kreisky ließ sich danach zu Beschimpfungen hinreißen, die sich wirklich nur ein Jude erlauben kann, der unter allen Umständen sein Judentum verleugnen will. Ministerpräsident Menachem Begin nannte er einen »Kleinkrämer«, und die kämpfenden Israelis verspottete er mit der dummen Bemerkung, es sei keine Kunst, ein guter Soldat zu sein, denn »töten könne schließlich jeder«.

Das Magazin »Spiegel« verfolgte den jüdischen Hahnenkampf mit Vergnügen und bat mich um eine persönliche Reaktion. Ich richtete in meinem Artikel einen offenen Brief an Kreisky, den ich mit der Feststellung begann, einige meiner besten Freunde seien Kanzler, und fortsetzte: »Bruno, du träumst davon, daß dich eine blonde Fee auf die Stirne küßt und dir zuflüstert, ab sofort seist du kein Jude mehr, sondern ein reinrassiger Sozialist. Aber, mein lieber Bruno, auch für die blonden Feen bist und bleibst du einer von uns.«

Nach diesem Artikel waren wir natürlich geschiedene Leute. Für meinen Teil war ich mehr enttäuscht als böse.

Jaron: Können Sie unterscheiden, wer Ihre Nähe nur sucht, weil Sie ihm nutzen können, und wer ein echter Freund ist?

Das ist ganz einfach zu beantworten: Es gibt keinen Unterschied. Jeder sucht die Nähe eines anderen Menschen doch nur, um irgendeinen direkten oder indirekten Nutzen daraus zu ziehen. Das liegt in der Natur der zwischenmenschlichen Beziehungen, und wer sich mit dieser Erkenntnis wappnet, erspart sich im Leben so manche Enttäuschung.

Es gibt natürlich lebenslange Freundschaften, es sind die, die schon in der Kindheit oder Jugend geschlossen wurden. Ich habe jedoch die Freunde meiner Kindheit, mit denen ich Fußball gespielt oder im

Fluß geangelt habe, verloren. Dieser Verlust ist nie mehr wettzumachen, denn später, wenn die Persönlichkeit bereits entwickelt ist, sind diese Freunde wie ein Teil vom eigenen Ich. Die Liebe zu den Jugendfreunden ist also auch ein wenig die Liebe zu sich selbst. Beziehungen, die sich im späteren Leben ergeben, beruhen auf anderen Motiven. Für Bekanntschaften, die sich dann auch Freundschaft nennen, kenne ich in unserer Gesellschaft eigentlich keine anderen Motive als wirtschaftliche und soziale, vielleicht auch intellektuelle Interessen.

Den Begriff wahre Freundschaft definiere ich so: Ein Freund ist ein Mensch, der mich gern hat und sich über meinen Mißerfolg trotzdem nicht freut. Ich meine dies nicht humoristisch. Einem Freund gegenüber keine Schadenfreude zu empfinden, vor allem, wenn er den gleichen Beruf ausübt, ist ein Ausdruck besonderer Zuneigung.

Ich kann das so deutlich aussprechen, denn ich bin in einem Alter, in dem man es sich leisten kann, die Wahrheit zu sagen und die Folgen zu tragen. Dies ist einer der Gründe, für die es sich lohnt, reich zu werden. Mit Geld kann man heutzutage vieles erreichen, wenn es auch einige Auserwählte gibt, deren Gewissen man nicht mit Geld kaufen kann, sondern nur mit sehr viel Geld.

Diese zynische Lebensweisheit stammt natürlich aus Amerika, und ich habe sie am eigenen Leib erfahren.

Nach dem Erfolg meiner Filme »Sallach« und »Schlaf gut, Wachtmeister« schnellten Ferikes Aktien in Hollywood blitzartig in die Höhe. Der Produzent der bekannten Western-Serie »Bonanza« schlug mir daher vor, eine Serie von 24 Einstundensendungen zu schreiben, deren Held mein Wachtmeister sein sollte. Ich überlegte, daß ich mich zu diesem Zweck ja in Amerika niederlassen müßte, was mir gar nicht zusagte.

Bevor ich jedoch ein einziges Wort erwidern konnte, argumentierte der Produzent: »Eine halbe Million Dollar.«

Ich war ehrlich entrüstet, aber erwiderte: »Sie verstehen nicht, daß es mir nicht ums Geld geht.«

»Aber natürlich verstehe ich das. Was halten Sie von 800 000 Dollar?«

»Tut mir leid.«

»Eine Million.«

Diese Szene persifliert zwar den Materialismus der amerikanischen Filmindustrie, aber in diesem Augenblick war mir wirklich nicht zum Spaßen zumute. Tatsache ist jedoch, daß ich nicht in Hollywood geblieben bin. Am Ende unseres Gesprächs verstieg ich mich sogar zu der kühnen Behauptung, daß Hollywood zwar mein innig ersehntes Lebensziel sei, mein schwacher Charakter mir jedoch im Wege stehe: »Es zieht mich nach Israel zurück«, sagte ich, »weil nur dort das große Geld zu machen ist.«

Die Geschichte erschien dann genau so, wie sie sich abgespielt hat, als Vorwort im Buch »Ein Nekrolog für den Humor« meines verstorbenen Freundes, des bekannten ungarisch-britischen Humoristen George Mikes.

Heute bin ich froh, daß jener Produzent mir nicht zwei Millionen geboten hat. Ich weiß nicht, ob ich dann noch so schlagfertig gewesen wäre. Ich bereue es allerdings nicht, einem so bedeutenden Produzenten und einem so verführerischen Angebot einen Korb gegeben zu haben, denn die Millionen Leser und

Zuschauer, die mir die Treue halten, geben mir mehr Freude und Sicherheit als irgendein milliardenschwerer Produzent. Sie, die vielen Anhänger, sind ganz einfach mein Schutzschild gegen das Vergessenwerden und haben mich ein klein wenig unsterblich gemacht. Auch wenn mich die Kritiker weiterhin totschweigen, meine literarische Leiche wäre heute schon zu groß, um begraben zu werden.

Und wenn mir mein deutscher Verleger eines Tages sagen wird: »Tut uns schrecklich leid. Herr Kishon, aber nach Ihren Werken besteht keine Nachfrage mehr«, dann werde ich meine Bücher nicht mehr ins Deutsche übertragen und mich erleichtert zur Ruhe setzen.

Jaron: Sie schreiben Deutsch?

Nach dem frühen Tod Friedrich Torbergs blieb mir zunächst keine Wahl, und aus meinen Büchern habe ich doch etwas Deutsch gelernt. Ich brauche aber Hilfe, viel Hilfe, vor allem in stilistischen Fragen. Zum Glück konnte ich vor einigen Jahren solche Helferinnen finden wie Ursula, eine begabte junge israelische Frau, die sowohl Deutsch als auch Hebräisch ausgezeichnet beherrscht, und meine gute Freundin aus Österreich Brigitte, Verlagsleiterin von Ullstein Langen Müller. Brigitte ist es, die mich gerne lobt: »Ihre deutsche Formulierung, Herr Kishon, ist brillant, aber man sagt es leider ganz anders.«

Deutsch schreibe ich also im Schweiße meines Angesichts, Hebräisch schreibe ich problemlos und mit Vergnügen. Ungarisch muß ich nicht schreiben, meine Muttersprache schreibt sich von selbst.

Jaron: Das ist ein guter Anlaß, endlich nach Budapest zurückzukehren. In Ihrer Lebensgeschichte schreiben wir jetzt 1945. Es ist einige Wochen nach Kriegsende. Sie sind aus Ihrem Versteck in Ihre alte Wohnung zurückgekehrt.

Ja, aber wir kehrten in ein leeres Haus zurück. Der gute alte Antisemitismus hatte im Krieg auch recht lukrative wirtschaftliche Aspekte. Gab der Hausmeister einer netten jüdischen Nachbarin zum Beispiel den Rat: »Sollten Sie, gnädige Frau, noch Schmuck besitzen, dann vertrauen Sie ihn mir ruhig an. Ich werde ihn für Sie verstecken, damit er nicht in die Hände der Polizisten fällt, die Sie jetzt gleich verhaften werden«, so empfand er vielleicht tatsächlich Mitleid. Später jedoch, als der Schmuck in seiner Matratze Staub angesetzt hatte, hoffte er, daß diese nette Nachbarin nicht zurückkäme, eigentlich war sie auch gar nicht so nett gewesen, und vielleicht war es auch ganz richtig, daß man sie verhaftet hatte.

Wir aber kamen zurück. Die Hoffmanns kamen zurück, als einzige der ganzen weitverzweigten Familie, außer einer meiner Tanten, die dann als Trostpreis von den ukrainischen Soldaten vergewaltigt wurde. Das sind die letzten Zuckungen vor der Erlösung, dachten wir. Trotz allem, was war, jetzt beginnt ein neues, schönes Leben, das Leben, das wir verpaßt haben.

So versprachen es uns schließlich auch die Russen auf den Plakaten an den Häuserwänden, von denen Väterchen Stalin gütig herabblickte: »Unser höchster Wert ist der Mensch selbst« und »Die Fabrik ist dein, du arbeitest für dich selbst« und immer wieder »Das Friedenslager ist allmächtig«. Das mußte ganz einfach die Wahrheit sein, überzeugten wir uns selbst. Denn wenn die Nazis die Kommunisten verabscheut hatten, dann war das doch der sicherste Beweis dafür, daß der Kommunismus die großartigste Erfindung der Menschheitsgeschichte sein mußte.

So habe ich die Vergangenheit in meinem Herzen begraben und meinen ehemaligen Schulfreunden verziehen, die mich bei einsetzender Gefahr nur allzu schnell im Stich gelassen hatten. Pista zum Beispiel, ein hochgewachsener, schlanker junger Mann, war unser Nachbar gewesen und hatte mich noch lange Zeit wie einen Menschen behandelt und sich erst aus dem Staub gemacht hat, als der gelbe Stern meine Brust zierte. Nach dem Einmarsch der Russen traf ich Pista wieder. Er nahm mich in die Arme, und unsere beiden Herzen schlugen in stummer Lüge, denn es fiel kein einziges Wort über die Jahre meiner Abwesenheit, kein Wort über sein feiges Benehmen, so als würde das Leben genau da fortgesetzt, wo es so jäh unterbrochen worden war.

Wenn ich sage, es habe einige Leute gegeben, die mich fast wie einen Menschen behandelten, dann kommt mir der Abschlußball meiner Schule in den Sinn. Der Ball fand vor der deutschen Besatzung Ende 1942 statt, und ich hatte mich fein herausgeputzt, endlich in langen Hosen, die meine Streichholzbeinchen versteckten. Es herrschte großer Jubel, denn zum ersten Mal hatten wir uns von der Moraldiktatur unserer prüden Lehrer befreit und konnten in aller Öffentlichkeit mit jungen Mädchen zusammentreffen.

Zuvor hatte ich erst zweimal die Gelegenheit gehabt, mich mit einem Mädchen zu unterhalten, und während einer unvergeßlichen Periode hatte ich auch einen weiblichen kleinen Finger berührt, der zu Erika, dem Friseurlehrling, gehört hatte. Drei Stunden pflegte ich an der Straßenecke zu warten, bis sie den Boden des Salons gekehrt hatte, und als Dank für meine unerschöpfliche Geduld hängte sie hin und wieder ihren kleinen Finger in meinen.

Oh, war dieser Sex gut.

Und nun, beim Abschlußball, war eine ganze Schar von kichernden jungen Mädchen in greifbare Nähe gerückt, darunter eine, gertenschlank und athletisch, die allen Naturgesetzen zufolge sofort meine Aufmerksamkeit auf sich zog. Sie kam auf mich zu und sagte, sie habe gehört, ich sei der beste Schüler, und ich war furchtbar verlegen. Das attraktive Mädchen erlöste mich aus dieser peinlichen Lage, indem sie mich kurzerhand auf die Tanzfläche schleppte. Wir tanzten Slow-Fox, wobei wir uns sogar ein wenig aneinanderschmiegten, denn beim Tanzen ist das schließlich erlaubt. Zuletzt nahm ich meinen ganzen Mut zusammen und bat sie, fast ohne zu Stottern, um ein Wiedersehen.

Wir trafen uns also in einer kleinen Konditorei, nippten an einem süßen Getränk, naschten Kuchen und sprachen uns aus. Sie war ein Jahr jünger als ich und wollte Eiskunstläuferin werden. Sie brachte die erotischen Phantasien des kleinen Ferike in Wallung, der wie ein Buch redete, aber nur eines im Sinne hatte: Wie könnte er an ihren kleinen Finger gelangen? Der Traum schien wahr zu werden, als sie mich zum Eislaufplatz einlud, um sie tanzen zu sehen. Ich nahm mit Freuden an. Kurz bevor wir uns trennten, fragte ich sie noch mit gesenktem Kopf, ob sie denn wüßte, daß ich Jude sei. »Das wußte ich nicht«, antwortete sie, »aber es spielt keinerlei Rolle.«

Am nächsten Tag ging ich zum Eislaufplatz und

stellte mich unter die Zuschauer. In der Erinnerung vergleiche ich mein damaliges Erlebnis mit dem wunderschönen Film »Rampenlicht« von Chaplin. Wie jener alte Mann, der zusieht, wie seine blutjunge Geliebte Ballett tanzt, stand ich da, verliebt bis über meine beiden roten Ohren, und beobachtete, wie mein Traummädchen über das Eis glitt, sprang, perfekte Drehungen in der Luft vollführte und wie eine Frühlingsfee wieder landete. Ich wollte ihr zuwinken, aber meine Hand gefror und blieb in der Hosentasche stecken. Ich ging nach Hause und sah sie nie mehr wieder.

Als sie mir in der Konditorei versichert hatte, mein Judentum spiele für sie keinerlei Rolle, war der Kontakt zwischen Juden und Ariern ja bereits gesetzlich untersagt, und die Stimme Hitlers röhrte bereits bis nach Budapest. Ich konnte meiner Frühlingsfee nicht glauben, so sehr ich es auch wollte. Ich gehörte schon zu den Ausgestoßenen, ich konnte die Grenze zu den »normalen« Menschen nicht mehr überwinden. Damals begann für mich die grenzenlose Einsamkeit, in die wir allmählich gestoßen wurden.

Kehren wir zurück in die Realität der herbeigesehnten kommunistischen Ordnung in Ungarn. In Budapest war bald nach dem Krieg eine stalinistische Regierung gebildet worden, und in dieser unruhigen Zeit überließen sich manche Juden ganz und gar der Rache an ihren Nazihenkern. Sie traten der Geheimpolizei bei, was ihnen die Abrechnung mit den Schurken erleichterte. Ich begnügte mich mit der Rolle des Beobachters und wurde unter anderem Zeuge des Prozesses gegen Baron Lászlo Endre, den Schwiegersohn Horthys, der die ungarischen Juden eifrig an Eichmann ausgeliefert hatte.

Ich sah auch zu, wie der brutale Kommandant meines Arbeitslagers gehängt wurde. Aus nur zehn Meter Entfernung beobachtete ich, wie sich der Boden unter seinen Füßen auftat. Zuvor hatte ich ihn um Gnade winseln und jammern hören, er habe sein ganzes Leben lang für die Gerechtigkeit gekämpft. Er starb mit dem Satz »Es lebe das ungarische Christenvolk« auf den Lippen. Nicht einmal der Strick um seinen Hals hatte seinen Judenhaß zügeln können.

Eines Tages suchte mich mein frischgebackener slowakischer Schwager auf. Er und meine Schwester wollten in seine Heimat zurückkehren. Er war sehr aufgeregt, denn er hatte mir etwas anzuvertrauen, das mich zu einem Nationalhelden machen würde. Es war nichts Geringeres als die geheime Mitgliederliste der »Pfeilkreuzler«, der Naziorganisation, die bis 1945 in Ungarn blutigen Terror ausgeübt hatte, ein vollständiges Verzeichnis all ihrer Namen und Adressen. Nach dieser Liste hatte mein Schwager gesucht und sie in einem der zerstörten Häuser gefunden. »Nimm sie und übergib sie der Geheimpolizei«, forderte er mich auf.

Bewaffnet mit dieser dicken Liste, dem Traum eines jeden Geheimagenten, machte ich mich auf den Weg in die Kommandantur des Sicherheitsdienstes, die in dem ehemaligen Gestapo-Hauptquartier residierte: »Ich, Hoffmann Ferenc, übergebe hiermit den Genossen Material von äußerster Wichtigkeit.«

Es folgten Telefonate, hektische Beweisaufnahmen, »warten Sie bitte, wiederholen Sie Ihren Namen«, das Durcheinander einer kommunistischen Bürokratie in einem besetzten Naziland. Schließlich wurde ich in den dritten Stock geschickt, zum Kommandanten der Abteilung für innere Sicherheit oder Republikschutz oder Volksfeindbekämpfung, wie sich diese Abteilung damals eben nannte. Dort saß ein nicht mehr ganz junger Mann mit einer eindrucksvollen Glatze, die von einem spärlichen Haarkranz umrundet wurde.

»Genosse, ich übergebe Ihnen die Mitgliederliste der ›Pfeilkreuzler‹.«

»Wie war Ihr Name?«

»Hoffmann Ferenc.«

»Jude?«

»Ja, Genosse.«

»Holocaustüberlebender?«

»Ja, Genosse, meine Familie und ich waren verfolgte Juden. Sie können sich denken, welche Genugtuung es für mich bedeutet, diese Liste in Ihre Hände legen zu können.«

Er nahm die Liste an sich, sah mich an und sagte dann leise: »Mein Sohn, verlasse dieses Gebäude auf der Stelle. Dreh dich nicht einmal mehr um – lauf!«

In totaler Verwirrung folgte ich seiner Aufforderung und eilte nach Hause. Erst viel später begriff ich, daß er mir das Leben gerettet hatte. Jeder, der die Sowjetkommandantur betrat, wurde verhaftet und verschwand auf Nimmerwiedersehen. Die Kommissare Stalins machten sich nicht die Mühe, im Heuhaufen nach Stecknadeln zu suchen, sondern sie steckten kurzerhand den ganzen Haufen in Brand. Für sie galt die Faustregel, wer freiwillig Kontakt zum Geheimdienst aufnimmt, ist entweder ein Nazi, der seine Vergangenheit vertuschen will, oder ein niederträchtiger zionistischer Agent. In jedem Fall lautete die Anordnung, sofort verhaften und der Kriminalpolizei in Moskau übergeben.

Ähnlich war es ja auch dem polnischen Bauern ergangen, der an meiner Stelle in den Trupp der

Zwangsarbeiter gesteckt wurde, und auf diese Weise erfüllte sich das Schicksal des schwedischen Konsuls Raoul Wallenberg, des legendären Retters der Ghettojuden. Dieser edle Diplomat verteilte, ohne seine Regierung zu informieren, sogenannte »Schutzpässe« unter den Juden, die abtransportiert werden sollten, und machte sie auf diese Weise zu schwedischen Staatsbürgern.

Nach dem Krieg stattete Wallenberg im KGB-Hauptquartier einen Höflichkeitsbesuch ab und ward nicht mehr gesehen. Alle Versuche der schwedischen Regierung, ihn zu befreien, scheiterten. Er ist irgendwo in einem Gulag verschwunden. Die sozialistischen Menschenfreunde, die von den Plakaten so eindrucksvoll auf uns herabblickten, waren nur an den Idealen interessiert. Mit Menschen konnten sie sich nicht auch noch abgeben.

Ich war damals 21 Jahre alt und sah aus wie 15. Es war an der Zeit, meine Zukunft zu planen. Ich hatte zwar eine Handelsschule mit Auszeichnung abgeschlossen, aber in der kommunistischen Wirtschaft konnte ich mich damit ungefähr so gut ernähren wie ein Fischer in der Sahara. Dank der Rassenlehre hatte ich jedoch auch eine Ausbildung zum Goldschmied absolviert und besaß sogar ein staatliches Dokument, das mich als »Meister« auswies. So beschloß ich, den Schönen Künsten treu zu bleiben, und ich inskribierte mich an der Kunstakademie. Aufgrund meiner Vorkenntnisse kam ich gleich ins dritte Semester, und schon nach drei Jahren war ich diplomierter Lehrer für Metallbildhauerei. Meine Abschlußarbeit, ein silbernes Tablett im chinesischen Stil, wird heute noch in der Akademie ausgestellt.

Meine Frau Chawa nutzte inzwischen die Nachkriegswirren und verdiente Geld mit dem Straßenverkauf von Bürsten. Von irgend etwas mußten wir ja leben. Danach studierte sie an der Universität Chemie, während ich zu arbeiten begann. Mein Schwiegervater hatte uns eine Wohnung im schönsten Teil Budas gemietet, und in einem Zimmer richtete ich eine Werkstatt ein. Es gab Geld, es gab Liebe, es gab Hoffnung. Mein Traum war es, ein neuer Benvenuto Cellini zu werden, jener venezianische Bildhauer, der Goethe und Berlioz begeistert hatte. Cellini war Hofkünstler von Cosimo I. de' Medici gewesen, ich hingegen wurde der Hofkünstler des kommunistischen Regimes. Ich will damit nur andeuten, daß ich unter anderem die Auszeichnungen anfertigte, mit denen die Regierung Künstler für ihre Kunst oder ihre marxistische Standfestigkeit auszeichnete. Ich glaube, daß meine Werke auch in diesen Tagen noch die Auserwählten des derzeitigen ungarischen Regimes schmücken.

Es ist vielleicht schwer nachzuvollziehen, daß ich einst die filigrane Goldschmiedekunst beherrschte, aber auch heute schmiede ich noch manchmal etwas für die beste Ehefrau von allen. Ab und zu braucht sie handfeste Beweise dafür, daß ihr Mann die Wahrheit spricht.

Mein Weg in die Schriftstellerei war dennoch vorgezeichnet, und daran ist Tante Anna schuld. Eines Tages machte sie mich auf den landesweiten Wettbewerb aufmerksam, zu dem die Literaturzeitschrift »Welt« aufrief. Die Zeitschrift hatte eine hohe Auflage, und der ausgeschriebene Preis war dementsprechend attraktiv. Ich wehrte Tante Anna jedoch ab, ich hätte meine schriftstellerischen Ambitionen längst aufgegeben, und in meiner Schublade befände sich absolut nichts, was wert wäre, gedruckt zu werden. Meine Tante war jedoch aus hartnäckigem Holz geschnitzt und bestand darauf, mein Manuskript über die Glatzköpfe einzureichen, das ich in meinem Kellerversteck hingekritzelt hatte.

Tante Anna war die Schwester meiner Mutter. Sie war Schreibkraft in einer Bank und berühmt für ihre Schnelligkeit auf der Schreibmaschine. Wie meine Mutter, die ihren Chef zum Mann nahm, ehelichte auch meine Tante den Herrn Direktor. Diese Duplizität der Fälle ist gar nicht so erstaunlich, denn Direktoren nehmen häufig ihre Sekretärinnen zur Frau, in der trügerischen Hoffnung, Gehorsam und Treue im Büro würden auch die heimische Atmosphäre prägen. Meine Tante Anna konnte übrigens der Vernichtung dank der weisen Voraussicht der Eltern ihres Mannes entgehen. Sie waren noch vor seiner Geburt zum Christentum übergetreten. Meine resolute Tante entzifferte also mein Manuskript, tippte es ab und schickte es ohne mein Wissen an die Zeitschrift.

Nach einigen Wochen klingelte das Telefon, ich hatte den ersten Preis gewonnen.

Mein preisgekrönter Roman wurde dennoch niemals veröffentlicht. Erst kurz nach der Juryentscheidung fiel den Beteiligten ein, daß der damalige Diktator Rákosi Mátyás so kahl war wie eine polierte Billardkugel. Mein Roman verschwand also wieder in irgendeiner Schublade. Zuvor hatte er mir aber noch die Türen zu »Ludas Matyi« geöffnet, einer satirischen Zeitschrift, die nach einem Volkshelden, einer Art ungarischem Till Eulenspiegel, benannt war und die sich größter Beliebtheit und einer hohen Auflage erfreute.

Hin und wieder schrieb ich einen Beitrag für diese

Zeitschrift, mehr der Ehre als des Honorars wegen. Mit dem Gewinn aus dem Literaturpreisausschreiben erstand ich mein erstes Motorrad, und aus dem kleinen Flirt wurde ein lebenslanges Verhältnis. Es war ein österreichischer »Puch«, schwarz und leise, den ich in regelmäßigen Abständen auseinandernahm und wieder zusammensetzte.

Nach einer 15jährigen Romanze mit Motorrädern stieg ich dann auf vier Räder um, aber heimlich blieb ich meiner Jugendliebe treu. Sie hat neue Nahrung bekommen, seit die japanischen Schönheiten den Weltmarkt erobert haben. Allerdings wage ich nicht mehr, auf diese neuen Feuerstühle aufzusteigen, ich sehe nur zu, so wie einst die greisen Männer der schönen Susanna im Bade zugesehen haben.

Meine Hauptbeschäftigung fand ich damals in der Goldschmiedekunst. Inzwischen nannte ich auch eine voll funktionstüchtige Werkstatt mein eigen. Da erhielt ich Ende 1945 das Angebot, in die Redaktion von »Ludas Matyi« einzutreten und übersprang so mit einem Satz mehrere Sprossen auf der sozialen Leiter der kommunistischen Gesellschaft.

Die Vergünstigungen, die plötzlich wie ein warmer Regen auf mich herunterrieselten, machten mich zu einem angesehenen Mitglied der herrschenden Klasse. Ich erhielt größere Lebensmittelrationen, einen Ausweis, mit dem ich alle öffentlichen Verkehrsmittel kostenlos benutzen konnte, ich wurde von lästigen Steuern befreit und hatte Zugang zu Plätzen, von denen die normalen Sterblichen, die diesem neuen Adel nicht angehörten, nur träumen konnten.

Ich war ebenso naiv und leichtgläubig wie alle anderen, und nichts ließ mich an meinen Wohltätern zweifeln. Außerdem ist es gar nicht so leicht, eine großzügige Ration Butter und Mehl zurückzuweisen, wenn dafür nur eine winzige Kleinigkeit verlangt wird, nämlich die Wahrheit zu verschweigen. Was ist schon dabei, beruhigte ich mich. Wenn mich keiner danach fragt, muß ich die Wahrheit ja nicht herausschreien.

Das Angriffsziel von »Ludas Matyi« war die infame schwarze Reaktion, kurz und gut alles, was von der Parteilinie abwich. Was diese Parteilinie ist, wußte man.

Wer meint, Intellektuelle in einer Diktatur erhalten ständig genaue Anweisungen von oben, der hat keine Ahnung, was wahre Unterdrückung ist. Jeder Schriftsteller weiß ganz genau, was von ihm erwartet wird. Nur in Ausnahmefällen erhält er auf unscheinbaren kleinen Zettelchen freundschaftliche Ratschläge, worüber er schreiben und wovon er lieber die Finger lassen soll. In dieser telepathisch geführten Disziplin können jedoch durchaus Fehler passieren, und dann rollen die Köpfe.

Mindestens einmal wäre beinahe auch meiner gerollt. Damals hatte man mir bereits die ehrenvolle und lästige Aufgabe übertragen, den Text zu der regelmäßig erscheinenden Titelkarikatur zu verfassen. Diese Zeichnung hatte die Funktion eines Leitartikels, hier wurden die wichtigsten politischen Ereignisse kommentiert und die Feinde der Arbeiterklasse angeprangert, die zu keiner dialektischen Denkungsweise fähig sind. Wobei es so einfach ist, dialektisch zu denken, man hört ganz einfach auf zu denken, das ist alles.

Mein Untergang drohte in einer Woche, in der absolut nichts los war. Totale politische Windstille herrschte. Der Zeichner fand nichts, was seinen Pinsel anregte, und deshalb legte er mir eine hübsche, jedoch ziemlich lahme Karikatur vor, auf der eine orientalische Szene aus »Tausendundeiner Nacht« zu sehen war. Der Titel, den ich schließlich fand, war mindestens so lahm wie die Zeichnung selbst: »Pufti, hier kommt der Mufti!« »Pufti« heißt auf deutsch ungefähr »hoppla«.

Kurz vor Redaktionsschluß klingelte das Telefon, der verantwortliche Redakteur lauschte, nickte ein paarmal heftig mit dem Kopf und erklärte dann feierlich: »Soeben teilt mir die Zentrale mit, daß in zwei Tagen der jugoslawische Präsident Marschall Tito in Budapest eintreffen wird. Die Redaktionsmitglieder sind angehalten, den Respekt und die Liebe zum Ausdruck zu bringen, die das freie ungarische Volk für diesen altgedienten Kämpfer um die Verwirklichung des Sozialismus empfindet.« So drückte man sich damals aus, und wehe, man ließ dabei auch nur die Andeutung eines Lächelns erkennen, denn keiner wußte, wer von den Kollegen der obligate Denunziant war.

Entsprechend der Sachlage ließ ich mir aus dem Archiv Fotografien des Genossen Tito besorgen, auf denen er besonders eindrucksvoll und feierlich wirkte. Das war nicht weiter schwierig, denn der Marschall war ein stattlicher Mann, der auch noch mit 90 Jahren eine beeindruckende Haarpracht aufweisen konnte, die schwarz war wie die infame Reaktion oder wie ein einschlägiges Tönungsshampoo. All dies ereignete sich lange vor dem Ausschluß Jugoslawiens aus der Komintern, und Tito galt damals noch als der unsterbliche Held des Friedenslagers. Ich wählte ein Bild aus, setzte es rechts oben auf die erste Seite, schrieb darüber »Herzlich willkommen, geliebter Marschall Tito« und fuhr mit meinem getreuen Motorrad zufrieden nach Hause.

Am nächsten Morgen in der Redaktion erwarteten mich schweigende Kollegen, deren Gesichtsfarbe sich kaum von den weißgetünchten Wänden unterschied. Stumm überreichte man mir die neue Ausgabe. Der Satz »Herzlich willkommen, geliebter Marschall Tito« krönte zwar das Foto, aber unter dem Bild der lebenden Legende war die Zeile »Pufti, hier kommt der Mufti!« stehengeblieben.

In diesen Zeiten des stalinistischen Terrors gab es keinerlei Zweifel, daß mein Schicksal besiegelt war. Die Frage war nur, ob ich allein in den Folterkellern landen würde oder die gesamte Redaktion. Der Chefredakteur, auch er so blaß wie ein Leichentuch, quälte sich auf seinem Stuhl, wies uns an, uns nicht von der Stelle zu rühren, und fuhr zu einem Gespräch mit Mátyás Rákosi. Wir warteten auf die Ausführung des Todesurteils.

Unser Chefredakteur war der Schriftsteller Gábor Andor. Daß er überhaupt zu Rákosi vorgelassen wurde, verdankte er der Tatsache, daß er Kommunist der ersten Stunde war. Er gehörte zu jenen, die vor dem Untergang der Béla-Kun-Regierung von Ungarn nach Rußland geflohen waren und 40 Jahre später mit Hilfe der Bajonette der Roten Armee in Ungarn wieder die Macht übernommen haben.

Die Stunden kamen uns wie Tage vor. Endlich kehrte Gabor zurück und erklärte, wir seien noch einmal mit einem blauen Auge davongekommen. Rákosi hatte sich entschlossen, die Entschuldigung seines guten Freundes anzunehmen. Wäre der Erste Sekretär an diesem Morgen mit dem linken Fuß aufgestanden, hätte Ferike die sibirischen Gulags persönlich kennengelernt.

Zwar durchschaute ich danach die Situation noch immer nicht ganz, aber ich wurde wachsamer. Das Prinzip, das Denken abzuschaffen, war die Voraussetzung für das Funktionieren des Kommunismus. Das wurde mir bereits bei meiner »Ersten-Mai-Feier« klar. Es war natürlich ein unvergeßlicher »Erster Mai«, wie jede kommunistische Veranstaltung unvergeßlich sein mußte. Das Regime brauchte diese Höhepunkte künstlicher Begeisterung, nicht anders als die großen Religionen. So ist es kein Zufall, daß die Kommunisten manche Anleihe bei der Katholischen Kirche gemacht haben.

Die öffentliche Selbstkritik ist zum Beispiel an die Stelle der Beichte getreten, während die gute alte heilige Inquisition bei den Stasi-Folterungen als Vorbild gedient hat. Die ausgeklügelten Methoden des Großinquisitors Torquemada wurden auch auf den Bereich des staatlichen Psychoterrors übertragen. Die Ketzer des bolschewistischen Glaubens wurden nicht Verräter oder Renegaten genannt, sondern stinkende Ratten aus der Kloake der Reaktion. Auch Ferike geriet in diesem Staat, den Orwell so visionär geschildert hat, unter den Einfluß der kommunistischen Psychokünstler, wie auch alle anderen so intelligenten und scharfsichtigen Kollegen in der Redaktion des »Ludas Matyi«.

Wir marschierten in Reih und Glied durch die Stadt, hielten Transparente hoch, brüllten, daß die eiserne Faust des Proletariats wisse, wo zugeschlagen werden muß, und jubelten dem Innenminister Lászlo Rajk zu, er sei das siegreiche Schwert des befreiten, glücklichen Volkes, bis er dann als dreckiger zionistischer Verräter aufgehängt wurde. Und wir marschierten natürlich aus freien Stücken, ganz ohne Zwang. Niemand mußte an den unvergleichlichen Paraden teilnehmen, »nur der, der wirklich will, Genossen«. Und, welch ein Wunder, wir alle wollten.

Flau im Magen wurde mir erst, als unser Redakteur Gabor aus Anlaß des 400 000sten verkauften Exemplars unserer Zeitung eine Feier ankündigte. Erfüllt von proletarischer Solidarität machte ich mich auf den Weg, auch die Drucker dazu einzuladen. »Nein«, hielt mich Gabor zurück, »Arbeiter stinken.«

Derartige Warnzeichen verdrängte ich rasch, da ich mich in der Redaktion eigentlich sehr wohl fühlte. Die Kollegen waren fast alle älter als ich, ich war der Benjamin und als solcher auch der erklärte Liebling aller. Mein geistiger Vater war der stellvertretende Chefredakteur Tabi Lászlo, ein erstaunlich scharfsinniger Humorist und Zyniker aus Überzeugung. Er war der Vernichtung auf ebenso absurde Weise entgangen wie ich bei meiner Flucht aus dem russischen Arbeitstrupp.

Im Jahre 1942 war Tabi mit anderer jüdischer Fracht in einem Eisenbahnwaggon in die Täler Rußlands unterwegs, als die nationalsozialistischen Bewacher einen Stopp veranlaßten. Tabi sollte aus einem nahegelegenen Dorf Wasser holen. Während er aber gerade beim Pumpen war, fuhr der Zug weiter, und er blieb mit dem Eimer in der Hand zurück. Sein Leben, so erzählte er, habe er diesem Eimer zu verdanken, denn solange er ihn in der Hand hielt, glaubte man, er habe gerade einen Auftrag erhalten.

Den halben Krieg habe er mit diesem Eimer in der Hand verbracht. Einige Zeit später traf er dann auf eine Einheit der wenigen ungarischen Soldaten, die die tödliche Niederlage am Don überlebt hatten und schloß sich unauffällig an. Mit ihnen besuchte er eine Kirche, um ein Dankgebet zu sprechen, und dort, bei Temperaturen weit unter dem Gefrierpunkt, fror ihm sein Fuß ab.

Was für eine Regie führte hier das Leben! Hunderte von Kilometern hatte dieser Mann auf durchgelaufenen Sohlen heil zurückgelegt, und bei der Gedenkmesse für diese Rettung verlor er seine Zehen. Das Schicksal hat, so scheint es, eine Vorliebe für schwarzen Humor.

Eine humoristische Begabung hilft im Leben immer weiter, besonders in Diktaturen. Der Humor, vor allem der jüdische, ist glücklicherweise recht widerstandsfähig. Auf dem Höhepunkt der Feierlichkeiten anläßlich des ersten Fünf-Jahres-Planes flüsterten wir uns in der Redaktion zu, daß »der Mangel an Toilettenpapier, der für das übernächste Jahr geplant sei, schon dieses Jahr erzielt werden konnte«. Und wenn in der Redaktion jemand stöhnte, ermahnten wir ihn: »Nicht politisch werden, Genosse!«

Ganz zu schweigen von dem Schabernack, den ich mit dem »führenden sozialistischen Humor« getrieben habe. Als aus der Zentrale die Anweisung kam, »Ludas Matyi« nicht mehr in sechs Farben zu drucken, weil »Krokodil«, die satirische Zeitschrift der Sowjetunion, in Vierfarbdruck erscheine, rächte ich mich mit der wöchentlichen Veröffentlichung der schrecklichen sowjetischen Witze aus dem »Krokodil«.

Der Unsinn war organischer Bestandteil des Regimes, obwohl jede auch noch so absurde Handlung ihre ideologische Rechtfertigung fand. Das war auch der Unterschied zwischen dem Kommunismus und dem organisierten Verbrechen. Während die Mafia klare Ziele und Regeln hat, ganz zu schweigen von den strengen Familiengesetzen der Cosa Nostra, war der Kommunismus ein einziges riesiges Durcheinander.

Wenn man dieses System als Außenstehender betrachtet, als Historiker oder Soziologe zum Beispiel, kann man vielleicht Gesetzmäßigkeiten entdecken. Steckte man jedoch, so wie ich, mittendrin, wußte man von heute auf morgen nicht, was opportun oder erlaubt ist, was Lebensgefahr oder Auszeichnung zur Folge hatte. Die despotischen Diktaturen erzeugen systematisch Todesangst, um die Menschen in Schach zu halten, und es finden sich immer Helfershelfer.

Meine Nachbarin, eine Leiterin der verbotenen sozialdemokratischen Partei, wurde eines Morgens um drei Uhr aus der Wohnung abgeholt. Man hat niemals wieder von ihr gehört, sie ist einfach verschwunden, spurlos. Erst nach einigen Monaten hat man ihren Verwandten kommentarlos ihre blutige Wäsche zugeschickt.

Uns, die Redakteure des »Ludas Matyi« aber, die Clowns unter den Journalisten, schützte Genosse Lenin höchstpersönlich. In einer seiner Schriften steht nämlich, daß jedes Amt mit Personen der Arbeiter- und Bauernklasse zu besetzen sei. Eine einzige Ausnahme gäbe es, fügte er hinzu. Humoristen gediehen nur in der verfluchten Bourgeoisie, daher muß man in diesen Bereichen provisorisch reaktionäre Elemente dulden.

Unser Chefredakteur war sich damals schon darüber im klaren, daß diese Ausnahmeregelung auf die Dauer keinen Bestand haben würde. Er warnte mich und empfahl mir dringend, Parteimitglied zu werden. Ich war damals kein Neuling mehr, die kommunistische Partei war mir bereits vertraut, denn jeder

Redakteur besuchte, freiwillig, versteht sich, einmal in der Woche das marxistisch-leninistisch-stalinistische Seminar, das die Genossin Klein leitete. Wir lernten Stalins Bibel, »Die Geschichte der kommunistischen Partei«, auswendig herunterzubeten, nur der Begriff »dialektischer Materialismus« machte uns ebenso zu schaffen wie die »materialistische Dialektik«. Ich habe das Rätsel bis heute nicht gelöst, nur darf ich es heute zugeben.

Gegen Ende einer dieser Lehrstunden schloß die Genossin Klein mit den Worten: »Genossen, heute sind wir in der Lehre der Genossen Lenin und Stalin ein gutes Stück vorangekommen. Wie spät ist es?«

Királyhegyi Pál, einer der ältesten Kollegen, erhob sich. Anfang der dreißiger Jahre war Pali nach Amerika ausgewandert, hatte Karriere in Hollywood gemacht und war dann schnell nach Ungarn zurückgekommen, um den »Auschwitz-Expreß« nicht zu verpassen, wie er sich ausdrückte. Er entkam den Krematorien, um in stalinistische Gefangenschaft zu geraten, und jetzt stand er also da und antwortete mit ernster Miene der Genossin Klein: »Genosse Lenin sagt, es ist halb sieben, Genossin Klein.«

Das ist absurder Humor, so absurd wie das Schicksal der ungarischen Juden und wie auch die folgende wahre Geschichte.

Man schrieb das Jahr 1942. In den weiten russischen Schneefeldern kamen sich zwei Kolonnen jüdischer Sklaven der ungarischen Armeen entgegen, mit zerlumpten, mit Zeitungspapier ausgestopften Kleidern und ausgefransten, mit Drähten umwickelten Schuhen. In der einen Kolonne humpelte der berühmte Kabarettist Halmi, in der anderen ein bekannter Journalist namens Goldmann. In den intellektuellen Kreisen Budapests war die Rivalität der beiden bekannt. Beim Näherkommen erkannten sie sich, und Goldmann, der halb tot war und keinen Zahn mehr im Mund hatte, wandte sich in aristokratischer Eleganz an den zerlumpten Kabarettisten und fragte: »Wo lassen Sie Ihre Anzüge fertigen, mein Lieber?« und stolperte weiter durch die Schneewüste in den sicheren Tod. Das ist die alte jüdische Version der Redensart »sich totlachen«.

Pali, der Lenin um halb sieben zitiert hat, ist zwei Wochen nach dem Vorfall spurlos verschwunden. Mit einem Menschen verschwand damals auch jede Erinnerung an ihn. Niemand fragte, wo man ihn hingebracht habe, wann er wiederkomme, was mit seiner Familie geschehen sei. Sein Stuhl verwaiste, sein Schreibtisch wurde geleert, sein Name wurde aus der Journalistenliste gestrichen. Nach einiger Zeit wußte niemand mehr, ob er tatsächlich gelebt oder ob einem das Gedächtnis einen Streich gespielt hatte. Vergessen war lebensrettend, man konnte nie wissen, was die Vergangenheit bringen würde.

Vor einigen Jahren erst hörte ich, welches Schicksal Pali erlitten hatte. Ich besuchte damals Ungarn und traf die beiden letzten Journalistenkollegen, die noch am Leben waren. Sie erzählten mir, man habe Pali in eine Kolchose gebracht, wo er »umgeschult« wurde. Er mußte schwerste körperliche Arbeit verrichten und, was noch schlimmer für ihn war, Tag für Tag endlose ideologische Predigten anhören.

Ich stellte damals auf Rat meines Chefredakteurs einen Antrag zur Aufnahme in die Partei und wurde in die Zentrale vorgeladen. Um meine bürgerliche Vergangenheit einigermaßen zu vertuschen, habe ich meinen Namen schnell von Hoffmann zu Kishont magyarisiert. Vor dem Genossen, der mich empfing, lag ein dicker Stoß Papier, und als ich mich setzte, blätterte er darin, um mir zu bedeuten, daß mein Leben wie ein offenes Buch vor ihm läge.

»Genosse Kishont, Sie wollen also zur Elite der Arbeiterklasse gehören.«

»Ja, das ist mein Traum, Genosse.«

»Wenn das so ist, so frage ich Sie, wozu Sie das verbotene kapitalistische Schundblatt ›Schweizer Illustrierte‹ mit nach Hause nehmen?«

»Wann hätte ich das getan, Genosse?«

Er wußte es ganz genau. Man hatte sogar beobachtet, daß ich in der Straßenbahn darin gelesen hatte. »Genosse Kishont, wie können Sie sich als Vertreter des ungarischen Arbeitervolkes einer derart niedrigen Tat schuldig machen?«

Ich antwortete: »Als Journalist, dessen Denkweise von sozialistischen Idealen geleitet wird, empfinde ich es als meine Pflicht, mich mit proletarischer Wachsamkeit über den Feind zu informieren. Wie können wir ihn bekämpfen, Genosse, wenn wir seine niederträchtigen Motive und seine schmutzigen Tricks nicht kennen? Deshalb, Genosse, nur deshalb habe ich dieses elende kapitalistische Drecksblatt aus der Redaktion mit nach Hause genommen, um den sozialistischen Kräften von morgen noch effektiver dienen zu können.«

Der Genosse brummte in sich hinein, dachte nach und teilte mir dann mit, mein Antrag werde zurückgestellt, da meine Solidarität mit der proletarischen Bewegung noch nicht voll entwickelt sei. Ich versprach, ich würde mir besondere Mühe bei meiner Selbsterziehung geben, um mich baldmöglichst würdig erweisen zu können, in die Elite der Arbeiterklasse aufgenommen zu werden. Danach salutierten wir mit erhobener Faust: »Freiheit«, denn »Freiheit« war der gebräuchlichste Gruß in diesem größten Gefängnis der Welt.

In die Partei wurde ich aber dann doch nicht mehr aufgenommen. Solange bis ich mir die erforderliche Menge proletarischer Hingebung angeeignet hatte, war ich nicht mehr in Ungarn. Während dieses Verhörs verspürte ich nämlich zum ersten Mal den unwiderstehlichen proletarischen Drang, das Freie Ungarn zu verlassen.

Eines Abends, nachdem wir wieder einmal gemeinsam den Psalm Stalins gesungen hatten, machte ich mich mit Redakteur Tabi auf den Heimweg. Auf der Margarethen-Brücke über der Donau blickte er vorsichtig um sich und flüsterte dann in mein Ohr: »Das Ganze ist zum Kotzen. Wenn ich in deinem Alter wäre, würde ich abhauen.«

Noch war ich nicht ganz entschlossen. Die Zeitung war gut zu mir, und meine Sketche wurden mit großem Erfolg auf den Kleinkunstbühnen aufgeführt. Nicht nur dank meines Talents, sondern weil ich fast der einzige Dramatiker war, der den kleinen Mann von der Straße zum Bühnenhelden machte. Später habe ich einige dieser Sketche übersetzt, und sie wurden von bekannten Komikern von Italien bis Amerika gespielt. 1949 aber waren nur die Bühnen Ungarns an mir interessiert, und eine Sammlung meiner Geschichten sollte als Buch erscheinen. Warum sollte ich dieses sichere und bequeme Leben gegen eine ganz und gar unsichere Zukunft eintauschen?

Dennoch hatte der Rat Tabis einen Nerv in mir berührt, vor allem, da auch ich zunehmend Widerwillen empfand. Was tat da der große Regisseur Schicksal? Ich erhielt wenige Tage später eine persönliche Einladung des Erziehungsministers. Er empfing mich äußerst wohlwollend, sparte nicht mit Lob und äußerte den Wunsch, ich möge das erste Musical in sozialistischem Geist verfassen. Vorsichtig erkundigte ich mich, ob Genosse Minister bereits ein Thema ins Auge gefaßt hätte. Er antwortete: »Schreiben Sie doch einfach ein Musical über die Führungsrolle des industriellen Proletariats.«

Ich sagte: »Genosse Révai«, so hieß er, »ich werde mich unverzüglich dieser hohen Aufgabe zuwenden. Freiheit!« und flüchtete aus seinem Büro, wild entschlossen, den Gruß endlich ernst zu nehmen.

Wohin aber sollten wir gehen. Israel war uns damals noch kein Begriff, sein Befreiungskampf schien auf einem fremden Stern stattzufinden. Ich hatte zwar gelesen, Israelis hätten fünf britische Kampfflugzeuge abgeschossen, und weiß noch, wie ich mich darüber wunderte, daß die Juden in Palästina mit Gewehren umgehen können. Ich wunderte mich, das war aber auch schon alles.

Da kam jedoch meine Schwester Agnes aus Karlsbad zu Besuch und berichtete von der Möglichkeit, nach Israel zu gehen. Die tschechoslowakische Regierung gestatte den Juden die Ausreise in den neuen jüdischen Staat. Agi und ihr Mann wollten diese Gelegenheit nutzen, und vielleicht könnten auch wir über die Tschechoslowakei legal in den Westen kommen. Dazu benötigten wir aber die Ausreisegenehmigung aus Ungarn, und dieses seltene Dokument wurde, wenn überhaupt, nur einem Ehepartner gegeben, um den anderen als Geisel zurückzubehalten.

Mein Zögern, eine Entscheidung zu treffen, führte wenige Wochen später zu einer filmreifen Szene. Ich hatte Agi unter vier Augen versprochen, wir würden mit ihr nach Israel auswandern, sie aber hatte vergessen, daß eine Ausreise aus Ungarn, anders als in der Tschechoslowakei, streng verboten war. Als sie uns aus Karlsbad telefonische Anweisungen geben wollte, mußte ich mich empört dagegen verwahren, und sie verstand die Welt nicht mehr. Zu ihrer größten Verzweiflung hörte sie mich protestieren, aus Angst, abgehört zu werden: »Das ist ein verabscheuungswürdiger Vorschlag, Genossin Schwester. Ich würde lieber sterben, als mein sozialistisches Vaterland zu verlassen!«, und je heftiger sie mich zur gemeinsamen Emigration überreden wollte, desto heftiger betonte ich mit zitternder Stimme meine unerschütterliche Treue zur Partei und zum arbeitenden Volk. Endlich legte sie resigniert auf, in der festen Überzeugung, daß ihr geliebter Bruder übergeschnappt sei.

Erst jetzt konnten Chawa und ich unsere Flucht vorbereiten. Wir verließen die Heimat des glorreichen Sozialismus nicht aus wirtschaftlicher Not wie viele andere, sondern aus seelischer Bedrängnis. Ich mußte Vaterland und Muttersprache, eine ausgezeichnete gesellschaftliche Stellung, ein recht ansehnliches Einkommen zurücklassen und ging in die Wüste, ins Ungewisse. Nur der Kommunismus machte so ein Wunder möglich.

Wir mußten jetzt den richtigen Fluchtweg finden. Reisen innerhalb des kommunistischen Blocks waren glücklicherweise noch erlaubt. So konnte man Ungarn zum Beispiel mit einer staatlich organisierten Gruppenreise verlassen. Wir erhielten also eine Ausreisegenehmigung, um in Prag eine Ausstellung zu besuchen. Unser gesamtes Hab und Gut ließen wir bei unseren besten Freunden zurück, die uns dafür einige

Dollar gaben, die sie versteckt hatten. Einen Tag vor der geplanten Abreise bekam Chawa jedoch vor Angst und Aufregung hohes Fieber, und wir mußten befürchten, sie würde die Reise nicht überstehen. Wir beschlossen, sie zu verschieben. Ich setzte mich mit dem staatlichen Amt für Tourismus in Verbindung und erkundigte mich nach neuen Terminen.

Am Telefon war ein verwirrtes junges Mädchen, dessen Piepsstimme ich mein Leben lang im Ohr behalten werde. Nein, sie wisse leider nicht, wann die nächste Gruppenfahrt stattfinde, wenn überhaupt, unsere Akte sei in einer Schublade eingesperrt, und den Schlüssel habe ihr Vorgesetzter, nein, leider habe sie keine Ahnung, wann er zurückkäme, es täte ihr fürchterlich leid.

Das Gestottere des Mädchens löste in mir starke Zweifel an der Möglichkeit aus, die Genehmigung ein zweites Mal zu bekommen. Wäre das Mädchen nicht so durcheinander gewesen, wäre ich heute ein pensionierter ungarischer Journalist, arm, unbekannt und verbittert. Ist es nicht eigentlich entmutigend, daß unsere lebenswichtigen Entscheidungen gar nicht von uns getroffen werden?

Wir nahmen also an der letzten und einzigen Gruppenreise teil, die per Bahn ins Ausland führte. Am nächsten Morgen suchten wir in Bratislava die jüdische Gemeinde auf und gaben an, nach Israel flüchten zu wollen. »Sind Sie denn überhaupt Jude?« fragte man mich aufgrund meines Aussehens. Man drückte mir ein Gebetbuch in die Hand, das ich verkehrt herum hielt, hatte ich doch noch selten hebräische Buchstaben gesehen. Auch der Tatbestand meiner Beschneidung brachte uns nicht weiter. Naziverbrecher versuchten damals, sich als Flüchtlinge auszugeben und ließen sich für diesen Zweck sogar beschneiden. Zum Glück erinnerte ich mich einiger Worte meines unverständlichen Bar-Mizwa-Textes.

Man teilte uns einen Mann namens Kovács zu, einen Angehörigen der »Flucht«, dieser bewundernswerten Geheimorganisation, die eine halbe Million Juden von Europa nach Israel schmuggeln konnte.

Ein paar Tage später brachte uns Kovács zum Bahnhof. Die Leute der »Flucht« hatten die slowakischen Gendarme bestochen, uns und ein paar andere junge Flüchtlinge in den Zug steigen zu lassen, nachdem sie uns selbstverständlich um unser Geld, unsere Uhren und unseren Schmuck erleichtert hatten.

Wir versteckten uns unter den Heuhaufen in einem Viehwaggon, und der Zug fuhr los. Das erste, was ich sah, als wir angekommen waren, war ein Plakat, auf dem Kardinal Mindszenty als Gefangenem brutal eine Spritze verpaßt wurde. Damals, auf dem Höhepunkt des Kalten Krieges, glaubte man im Westen, auf diese Weise entlocke der KGB seinen Opfern Geständnisse über nie verübte Verbrechen. Heute weiß man, daß planmäßiger Schlafentzug und Dunkelhaft dieselbe Wirkung erzielen. Jedenfalls begriffen wir, daß wir in Wien waren, in der Freiheit. Ich fiel auf die Knie, küßte das staubige Pflaster des Bahnsteigs und brach vor Freude und Erleichterung in Tränen aus.

Seltsamerweise träume ich heute nie von der Nazizeit, jedoch immer wieder davon, daß ich ins stalinistische Ungarn zurückkehre, mit dem Kopf gegen die Wand schlage und schreie: »Idiot, warum bist du zurückgekommen?« Dieser Traum verfolgt mich bis heute. In meinem anderen immer wiederkehrenden Alptraum schreibe ich eine Abiturarbeit in Mathematik und habe keine Ahnung, was Sinus und Kosinus sind.

Wir waren also in Wien, zusammen mit Tausenden jüdischen Flüchtlingen aus allen Teilen Europas. Es war die Zeit der großen Einwanderungswelle, der »Alija«. Eine Million Flüchtlinge sind damals zu den 600 000 Israelis hinzugekommen. Zunächst brachte man uns im Rothschild-Krankenhaus unter. Nach einigen Wochen kamen auch meine Schwiegereltern nach Wien, die als österreichische Staatsbürger Ungarn verlassen durften. Wir zogen in eine armselige Wohnung, die sie gemietet hatten.

Auf Umwegen stießen auch noch zwei gute Freunde zu uns. Lissi und Weiser György, ein Ingenieur, Gyuri genannt. Gemeinsam planten wir unsere Zukunft im jungen jüdischen Staat. Wir wollten eine Mechanikerwerkstatt gründen. Ich konnte ja in einer fremden Sprache nicht als Schriftsteller oder Journalist arbeiten, aber ich konnte schweißen, gravieren und als eingeschworener Motorradfan alles zerlegen und wieder zusammenbauen, was knattert und rattert.

Wien sah vier Jahre nach dem Krieg genauso aus, wie es in Orson Welles' Film »Der dritte Mann« zu sehen ist. Eine Insel, eingekreist von sowjetischen Panzern, unter der Kontrolle der vier Besatzungsmächte. Der Schwarzmarkt blühte in diesem Nachkriegschaos. Man konnte alles kaufen, von falschen Pässen bis Morphium, von Maschinen aus den Restbeständen der amerikanischen Armee bis zu bezahlten Killern. Das Geld, das mein Schwiegervater mitgebracht hatte, wechselte ich auf dem Schwarzmarkt in Dollar um, und wir kauften eine Drehbank und verschiedene Maschinen. Chawas Onkel, der in Amerika lebte, hatte uns 100 englische Pfund geschickt, und auch diese stattliche Summe investierten wir in technische Ausrüstungen.

28 Kishon-Verfilmung »Zieh den Stecker raus, das Wasser kocht«, 1986 mit Ursela Monn, Herbert Bötticher, Friedrich Karl Praetorius und Wolfgang Kieling. Regie Ephraim Kishon

29 Kishon inszeniert sein Shakespeare-Stück »Es war die Lerche«

30 Uraufführung der »Lerche« im Tel Aviver Nationaltheater Habima

31 Dreharbeiten zu »Schlaf gut Wachtmeister« mit Hauptdarsteller Shay K. Ofir

32 Weltstar und Freund Chaim Topol in »Sallach«

33 Dreimalig Golden Globe für Ephraim Kishon in Hollywood

35/36 Mit Freund und Ullstein Langen Müller Verleger Dr. Herbert Fleissner 1967 und 1992 ▷

34 Ehrendoktor für Philosophie in der Tel Aviver Universität 1991

37 Zweimalige Oscarnominierung für »Schlaf gut, Wachtmeister« (Foto) und »Sallach« ▷

CERTIFICATE OF NOMINATION FOR AWARD
"THE GARDEN OF THE FINZI-CONTINIS"
CERTIFICATE OF NOMINATION FOR AWARD
"DODES'KA DEN"
CERTIFICATE OF NOMINATION FOR AWARD
"THE EMIGRANTS"

38/39 Renana und Rafi im Militärdienst

40 Renana und »Schnurpel« (Schachar Rotkopf) nach der Hochzeit

41 »Die heilige Familie« von links nach rechts: Dr. Amir Kishon, Ehefrau Ronit, Sara, Ephraim, Renana Rotkopf, Dr. Rafael Kishon und Ehefrau Orit

42 Kishon flirtet »auf der Sesamstraße« mit Miss Piggy bei der Verleihung der »Goldenen Kamera«

43 Im hauseigenen Billardzimmer in Afeka

44 Bundeskanzler Dr. Helmut Kohl begrüßt Kishon auf der Frankfurter Buchmesse

45 Gert Fröbe und Kishon blödeln

46 Mit Hans Rosenthal in Berlin

47 Mit Maria Schell während der Dreharbeiten zum Kishon-Film »Der Trauschein«

48 Eine von unzähligen Signierstunden

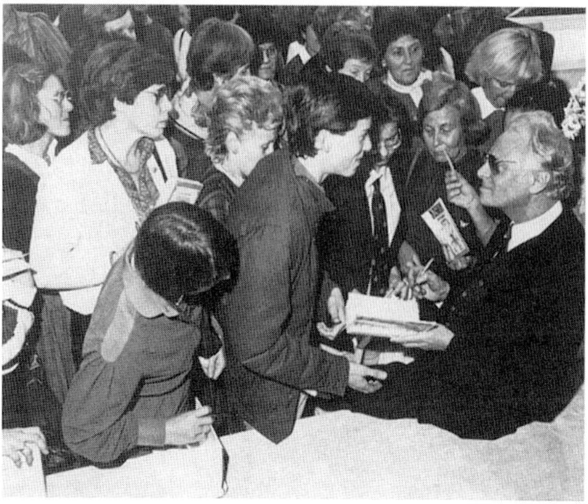

49 Kishons Freund und brillanter Übersetzer Prof. Friedrich Torberg

50 Mit Dr. Brigitte Sinhuber-Harenberg, der Redakteurin von Kishons deutschen Übersetzungen nach Torbergs Tod 1979

51 Ein kleiner Ausschnitt aus Kishons fremdsprachigem Repertoire

52 Simultanspiel gegen Weltmeister Gari Kasparow

53 Ein lebenslänglicher Schachspieler

54 Signierstunde in Prag 1991, auch ohne Stuhl

Während dieser Vorbereitungen für eine ungewisse Zukunft ließ sich Lissi von einem polnischen Schwindler eine »Maschine zur elektronischen Knopfherstellung« andrehen, samt einer Unmenge dazugehörigem Rohmaterial, mit dem wir den gesamten Nahen Osten mindestens zehn Jahre lang mit Knöpfen hätten versorgen können, wenn die Produktion jedes Knopfes nicht dreieinhalb Minuten gedauert hätte. Um es kurz zu machen, wir verpackten unsere Vorräte sorgfältig in einem Container, der innerhalb des nächsten halben Jahres in Israel ankommen sollte.

Nach einigen Monaten, vier oder fünf waren es wohl, kam die Stunde unserer Einwanderung. Man packte uns auf einen Lastwagen, jeder hatte sein kleines Köfferchen dabei, und in der Fahrerkabine saß unser Kommandant, ausgerüstet mit einer Kiste Wodka. Wir verließen Wien und näherten uns dem russischen Sektor. Da uns die Reiseroute unbekannt war, hatten wir Angst, wieder in die Hände unserer »Befreier« zu fallen. Wir wurden jedoch aufs angenehmste überrascht. Jedesmal, wenn wir an einem Kontrollpunkt vorbeikamen, warf unser Fahrer in hohem Bogen eine Flasche Wodka aus dem Fenster, und wir fuhren unbehelligt weiter. Als auch die letzte Flasche die rettende Kiste verlassen hatte, waren wir in Italien angekommen.

Im Hafen von Bari erwartete uns das klapprige Flüchtlingsschiff »Galiläa«. 3000 Menschen wurden in dieses Wrack mit vielen Entschuldigungen hineingezwängt. Wir fühlten uns wie Hühner, die in einem großen Käfig zum Markt gebracht werden und die in zwölf verschiedenen Sprachen gackern und nichts gemein haben als die Angst und die Hoffnung. Als wir uns den Ufern der Heimat näherten, ich sage jetzt schon Heimat, wurden süße Orangen verteilt, und eine Gruppe von Mädchen forderte uns zu einem Volkstanz auf, der uns rumänisch zu sein schien, sich aber bald als unser Nationaltanz, die »Hora«, herausstellte. Mitte Mai 1949, als die letzten Schüsse des Befreiungskrieges verklungen waren, erreichten wir Israel.

Die Geschichte, wie ich von einem unbekannten Beamten im Hafen von Haifa meinen neuen Namen erhielt, habe ich in meinen Büchern erzählt. Er fragte mich auf jiddisch: »Wie heißt du?«, ich antwortete: »Kishont«, er notierte »Kishon«. »Vorname?« »Ferenc.«

»Gibt es nicht«, murmelte der Beamte und schrieb Ephraim.

Das war also geklärt.

Vom Hafen fuhren wir direkt in das Lager »Tor zur Heimat«, eine riesige Siedlung aus Wellblechbaracken, auf die die Sonne unbarmherzig herunterknallte. Meine beiden Freunde wurden sofort eingezogen, ich war vom Wehrdienst befreit, da ich verheiratet war.

Chawa und ich kamen in eine Baracke, die wir uns mit einer elfköpfigen marokkanischen Familie teilten. Das Geschrei der lieben Kleinen war ohrenbetäubend, gleichgültig ob sie von ihrem Vater verprügelt oder liebkost wurden. Chawa, die ein wenig Französisch sprach, fragte den Manne, was er von Beruf sei. »Lokomotivführer«, antwortete er. In dem Bemühen, die Konversation voranzutreiben, fragte Chawa. welche Strecken er in Marokko befahren habe. Herr Sa'adja sagte, er sei noch niemals Lokomotive gefahren, aber es sei ein sehr schöner Beruf.

Nachdem wir das Lager verlassen hatten, verschwanden Sa'adja und seine Familie aus meinem Gedächtnis. Einige Jahre später erwachte er jedoch auf meinem Schreibtisch zu neuem Leben als Sallach Shabati, der Nationalheld meines Theaterstücks, meines Films und meines Musicals. Seinen Beruf habe ich mir erlaubt zu ändern. Mein Bühnenheld Sallach ist nun kein Lokomotivführer mehr, sondern ein Schuster, der noch niemals eine Leiste zu Gesicht bekommen hat.

Ich war sehr neugierig, wie das Zusammentreffen mit Menschen so unterschiedlicher Kulturen, wie sie in diesem Lager lebten, auf mich wirken würde. Aber es gab kein Zusammentreffen. Ich konnte mich mit niemandem unterhalten, denn die einzige Sprache, die ich in meiner neuen Heimat verstand, war die der Vögel. Es gab da, wenige Schritte von mir entfernt, einen kleinen zwölfjährigen marokkanischen Jungen, für den ich mich sicherlich interessiert hätte, da er noch eine Rolle in meinem Leben spielen sollte. Dieser Junge war Zeev Revach, der mit der Familie seines Vaters, einem Rabbiner, nach Israel gekommen war. 40 Jahre später würde er als Titelheld meines Musicals »Sallach« auf der Bühne des Nationaltheaters stehen. Ein Anlaß, zu wiederholen, daß das Leben ein großer Regisseur und gar kein so übler Humorist sein kann.

Jaron: Wie denken Sie über das Verhältnis zwischen den europäischen Juden und den Juden aus den arabischen Ländern?

Ich werde versuchen, diese Frage so aufrichtig wie möglich zu beantworten. Mein Verhältnis zu dieser Problematik ist widersprüchlich. Als ich nach Israel kam und zum ersten Mal in meinem Leben mit der orientalischen Kultur konfrontiert wurde, war ich enttäuscht. Ich hatte das Gefühl, daß das kulturelle Niveau der orientalischen Juden unter unserem steht. Ich betone, »ich fühlte«, nicht »ich dachte«, denn ich schämte mich meiner Gefühle.

Ich versuchte, dieser Selbstkritik in meiner literarischen Arbeit Gestalt zu geben. So schrieb ich das Theaterstück »Schwarz auf Weiß« für das Nationaltheater. Hier habe ich das Verhältnis zwischen den ethnischen Gruppen in meinem Land mit dem der weißen und der grauen Mäuse verglichen, wobei die aus Europa stammenden weißen glauben, der Hausherr habe sie nach seinem Bildnis geschaffen, während die grauen Mäuse an die Katze und sonst an gar nichts glauben. Das Stück wurde mit viel Phantasie inszeniert und seither auf vielen Bühnen, auch im Westen, aufgeführt. Ob seine soziale Botschaft wirklich angekommen ist, wage ich zu bezweifeln.

Ich bemühte mich ehrlich darum, die grauen Mäuse zu verstehen, fürchtete aber, ich würde nach der Einwanderungswelle aus den arabischen Staaten mit der Monotonie der orientalischen Musik leben müssen. Ich hatte Angst vor dieser fremden Kultur, deren Sprache mir unverständlich war. Erst langsam begriff ich, daß meine Angst unbegründet war. Nicht nur, weil ich die Talente orientalischer Juden schätzen lernte, mit denen ich mich anfreundete, oder weil ich herausfand, daß man Orientalen zu Europäern umerziehen kann, sondern weil ich plötzlich erkannte, so als trete ich aus der Dunkelheit ins Licht, daß die Existenz meines Landes den orientalischen Juden zu verdanken ist. Hatte ich zunächst befürchtet, das europäische Erbe würde ausgelöscht, so begriff ich plötzlich, daß Israel ohne sie nicht überleben kann.

Es ist die richtige Einstellung zur Heimat, welche die Bedeutung der orientalischen Juden aus den islamischen Ländern für Israel ausmacht, eine Vaterlandsliebe ohne Zweifel und ohne Komplexe. Sie können ihren Feind noch hassen, so wie jeder normale Mensch sich gegen all jene zur Wehr setzen sollte, die ihm an den Kragen wollen. In der Menschenmenge, die in Tel Aviv gegen unseren Krieg mit der PLO im Libanon demonstrierte, waren fast keine orientalischen Juden zu sehen, und das war kein Zufall.

Ich möchte aber in diesem Punkt nicht mißverstanden werden. Ich respektiere Menschen aus anderen Kulturen, auch gerade weil ich um deren Anderssein weiß. Für mich ist Rassismus eine unverzeihliche Sünde, und dazu gehört auch der Haß auf die eigene Rasse.

Ich meine jenen Selbsthaß, der die linken Intellektuellen in Israel befallen hat, die übrigens fast ausschließlich europäische Juden sind. Ich habe mir häufig Gedanken über diese Form des jüdischen Antisemitismus gemacht. Vielleicht hat die 2000jährige Verfolgung die Juden davon überzeugt, die Stiefkinder Gottes zu sein, die ewigen Opfer, und diese bittere Überzeugung wird inzwischen als Erbteil von Generation zu Generation weitergegeben und veranlaßt einige intellektuelle Juden im Ausland und die »Schöngeister« in Israel, unser Land unaufhörlich zu verleumden.

***Jaron:** Sie sprechen von den Intellektuellen wie ein polnischer Antisemit von den Juden. Wenn es in seinem Land keine jüdischen Intellektuellen mehr gibt, dann nennt er eben die Intellektuellen Juden.*

Ich habe nichts gegen die Intellektuellen, ich hasse aber den Selbsthaß. Ich beneide sogar die Palästinenser um ihren Fanatismus in der kompromißlosen Durchsetzung ihrer Sache.

Ich will damit sagen, daß wir Holocaustüberlebenden keine netten Schöngeister sein sollten, daß uns die Opfer aus unseren Reihen mehr am Herzen liegen müssen als die Mörder der Terrororganisationen, ganz egal, was ihre Motivation auch gewesen sein mag. Ich gebe zu, kein Liberaler zu sein, sondern ein Mensch, der auch nach Einbruch der Dunkelheit noch gerne auf den Straßen spazierengeht und nicht unbedingt der Meinung ist, daß seine Kinder Drogen nehmen müssen, weil das eben der Preis für die Demokratie sei, da man Drogenhändler nicht lebenslänglich einsperren darf.

Ein Anti-Liberaler wie ich behauptet, daß wir ins Land unserer Väter zurückgekehrt sind, um die Probleme des verfolgten jüdischen Volkes zu lösen, nicht die der 21 arabischen Staaten.

Und ich persönlich glaube, daß die liberale Linie von Präsident Jimmy Carter eine Weltkatastrophe verursacht hat, und daß sogar noch unsere Enkel unter den Ergebnissen seiner »Menschenrechtspolitik« leiden werden, nachdem mit seiner verständnisvollen Hilfe der grausame persische Schah durch den humanen Ajatollah Khomeini ersetzt wurde.

Ich verfolge nach wie vor das gleiche Ziel wie die liberalen Kräfte in Israel, den Frieden mit unseren

Nachbarn. Diese möchten ihn durch einen Siedlungsstopp erreichen, ich durch die Drohung, weitere Siedlungen zu errichten. Der einzige Unterschied ist also die Methode. Und eines darf nicht vergessen werden, wir befinden uns noch immer im Kriegszustand mit der Mehrheit der arabischen Staaten.

Doch ich möchte in meiner Lebensgeschichte fortfahren. 1950 nahm ich in Israel zunächst nur wahr, was mich persönlich betraf. Zu viele Eindrücke brachen über uns herein, die ich gar nicht auf einmal verarbeiten konnte. Es war zu heiß im Übergangslager, wir hatten nichts zu tun, wir waren stumm und taub, wir schliefen auf zerlumpten Matratzen, und auf die körperliche Hygiene zu achten, stellte ein ziemliches Problem dar, da die öffentlichen Duschen weit entfernt lagen und Seife Mangelware war. Das schlimmste jedoch war die Ungewißheit. Wann würden wir hier herauskommen, wo sollten wir hingehen?

Manchmal überfiel mich die Sehnsucht nach dem ruhigen Leben, das ich hinter mir gelassen hatte, obwohl mir klar war, daß kein Weg zurückführt. Bereits aus Italien hatte ich an die Kollegen in der Redaktion eine Karte geschrieben: »Viele Grüße an die freien Ungarn vom freien Kishont«, ganz im Sinne der makabren kommunistischen Ironie, den Unterdrückerstaat stets mit dem Adjektiv »frei« zu schmücken.

Noch in Wien hatte mir ein Bekannter, der Ungarn kurze Zeit nach mir verlassen hatte, eine Nachricht überbracht. Chefredakteur Gábor hatte sich persönlich dafür verbürgt, daß ich straffrei ausginge, sollte ich die zionistischen Dummheiten bleibenlassen und in die kommunistische Heimat zurückkehren.

In Israel ging inzwischen das Lagerleben seinen monotonen Gang, bis eines Tages ein braungebrannter schlaksiger Bursche auftauchte, mit einem blauen Hemd und Sandalen an den Füßen. Er suchte einen gewissen Hoffmann. »Freunde aus Budapest haben mich gebeten, euch in meinen Kibbuz zu bringen.« Kibbuz, was ist das? »Der Kibbuz ist ein israelisches Kollektiv«, erklärte der forsche junge Mann. »Ich muß aber zuerst mit dem Sekretariat sprechen.« Einige Tage später rollte ein Pferdekarren vor, der aus dem Kibbuz »Kfar Hachores« bei Nazareth kam.

Unsere Habseligkeiten hatten wir rasch in zwei kleinen Rucksäcken verstaut. Der Karren führte uns einen steilen und steinigen Berg hinauf, auf dessen Gipfel ein grüner Fleck zu sehen war, einige Baracken und ein Gebäude, »das Kibbuzhotel, eine unserer wichtigsten Einnahmequellen«, wie unser Begleiter erklärte. Es wurde uns ein kleines Zimmer in einer der Baracken zugewiesen, mit einem Bett und einigen Orangenkisten, die als Schränke dienten. Mit einem Schlag hatte sich unser Lebensstandard also gewaltig verbessert.

Am nächsten Tag wurde ich zum Kibbuzsekretär gerufen. Glücklicherweise sprach er Ungarisch, denn in diesem Kibbuz lebten fast ausschließlich Landsleute. Die Bewohner sprachen zwar inzwischen schon fließend Hebräisch, hatten sich aber unseren typischen Akzent bewahrt, der die Worte auf der ersten Silbe betont, so daß es wirkte wie ein ungarischer Film mit hebräischen Untertiteln. Da ich mich geraume Zeit in diesem Kibbuz aufhielt, hielt ich dies in meiner Einfalt für die korrekte hebräische Aussprache. Darum sage ich auch heute noch »Baaracken« statt »Baracken«.

Der Kibbuzsekretär fragte nach meinem Beruf, und ich versicherte ihm, daß ich als ausgebildeter Metallbildhauer in allen Bereichen der Schlosserei zu Hause wäre. Der Kibbuznik, so nennt man einen Kibbuzbewohner, fragte noch, ob ich auch etwas von Elektronik verstünde. In der unbesiegbaren ungarischen Armee hatte ich seinerzeit gelernt, daß es auf Fragen solcher Art nur eine Antwort gibt: »Ob ich etwas von Elektronik verstehe, fragen Sie? Mein lieber Freund, Thomas Edison kann bei mir Nachhilfeunterricht nehmen!« So machte man mich zum Stellvertreter des Chefelektrikers, der niemand anderer war als der braungebrannte junge Mann, der uns aus dem Wellblechlager geholt hatte.

Es war üblich, Neuankömmlingen den ersten Tag frei zu geben, um sie den Kibbuz kennenlernen zu lassen. Wir entdeckten das Wunder eines gemeinsamen Speisesaals, die Existenz von Oliven, Fallafel und Humus, das Kinderhaus, die Zitrusplantagen und das Gefühl der Zusammengehörigkeit, das das Leben in diesem jungen Kollektiv prägte. Schon seit langem waren Chawa und ich damals nicht mehr so glücklich gewesen wie im »Kfar Hachores«.

Meine scherzhaft gemeinte Bemerkung im Sekretariat: »Ich bin zwar ein ungarischer Schriftsteller, aber ein israelischer Elektriker«, wurde noch am selben Abend sehr ernsthaft auf die Probe gestellt. Während des gemeinsamen Essens stürzte der Kibbuzsekretär auf mich zu und bat mich umgehend ins Hotel. Der Generator sei ausgefallen, und es wäre stockfinster. Der Chefelektriker hatte sich bereits erfolglos durch den Kabelsalat gekämpft. Vielleicht kannst du helfen?

Es war erst mein zweiter Tag im Kibbuz, und schon würde ich als Hochstapler entlarvt werden. Verzweifelt näherte ich mich dem Riesending im Keller des Hotels, das von einem Benzinmotor angetrieben wurde. Ich stand vor einem komplizierten Schaltbrett, von dem ein Gewirr von Drähten herunterbaumelte, und hatte keine Ahnung, was ich tun sollte, außer die Knöpfe an meinem Kibbuzhemd zu zählen und um eine Neuauflage des biblischen Wunders zu beten.

Doch wieder sprang der große Regisseur ein und stand auf meiner Seite.

Während ich mich planlos über die Kabel hermachte, fragte plötzlich jemand hinter meinem Rücken: »Hast du Probleme, mein Freund?« Es war einer der Hotelgäste, den der Stromausfall auf der Toilette überrascht hatte. »Ich müssen machen Lichte aus Generator«, antwortete ich mit meinen ersten Brocken Hebräisch. »Laß es mich versuchen«, schlug der Deus ex machina vor, »ich bin Elektroingenieur.«

Der Mann inspizierte einige Minuten das Schaltbrett und den Kabelsalat, griff einmal hierhin, einmal dorthin, und siehe da, es ward Licht. Ich küßte ihm die Hände und ging in den Speisesaal zurück, wo ich mich unter dem stürmischen Applaus der Anwesenden bescheiden zwischen den Tischen hindurchschlängelte und unter bewundernden Blicken der Mädchen Platz nahm. An jenem Abend entstand eine Legende. Wie ein Lauffeuer verbreitete es sich im Kibbuz: »Ein Elektrogenie befindet sich unter uns!«

Einige Monate war ich Elektriker, bis die Kibbuzniks allmählich an meinen Fachkenntnissen zu zweifeln begannen. Ich wurde dann in die Zitrushaine gesteckt, wo ich Gräben um Bäume aushob, Schläuche verlegte und mich mit Orangen vollstopfte. Das habe ich wohl ein wenig übertrieben, denn mein eingeschlafenes Magengeschwür meldete sich wieder, und ich mußte von den Zitrusfrüchten Abschied nehmen. Meine nächste Berufsstation war Pferdeknecht, aber auch an diesen Beruf gelangte ich durch Vorspiegelung falscher Tatsachen.

Ich behauptete nämlich, ein guter Reiter zu sein. Obwohl der einzige Sattel, in dem ich bisher gesessen hatte, der meines Schaukelpferdes im Kindergarten gewesen war. Die Pferde im Kibbuz haben das natürlich sofort erkannt, von einem Sturz zum anderen. Bei einem dieser Stürze brach ich mir zwei Rippen, aber nachdem ich diesen Schock überstanden hatte, entwickelte ich mich zu einem recht passablen Reiter. Bereits einige Monate später ritt ich ohne Sattel durch den Regen, so, als vereinte ich mich mit Mutter Natur. Ich wurde ein echter Pferdenarr, ein Freund dieser schönen Tiere.

Meine Hauptaufgabe als Pferdeknecht bestand darin, zur Wasserpumpe zu reiten, die einige Kilometer vom Kibbuz entfernt war. So galoppierte ich jeden Abend vergnügt auf meiner Stute Annabella über die hohen Berge. Dann holte uns jedoch der Fortschritt ein, die Pferde wurden aus dem Kibbuz entfernt, und meine Karriere im Stall war mit einem Schlag beendet.

In der Zwischenzeit stand jedoch bereits eine neue Karriere in Aussicht. Die Zeitung »Uj Kelet«, die in ungarischer Sprache erschien, hatte eine Geschichte von mir veröffentlicht und verlangte nach neuen. Ich schrieb über alles, was mir vor die Augen kam. Über die Knopfmaschine aus Wien, über meine Bekannten, die den Neueinwanderer loswerden wollten, über meine Erlebnisse als Elektriker und Stallbursche und von all den anderen Eindrücken, die in den letzten Jahren über mich wie eine Flutwelle hereingebrochen waren.

Ich weiß nicht, ob ich der erste war, der die Welt

eines Emigranten humoristisch dargestellt hat, niemand vor mir hatte jedoch soviel Erfolg damit. Nicht nur die ungarischen Einwanderer hatten Spaß an meinen Geschichten, inzwischen wurden sie auch von einem altgedienten Dichter ungarischer Abstammung ins Hebräische übersetzt und in einem Buch mit dem Titel »Der Neueinwanderer, der uns auf die Nerven geht« zusammengefaßt.

Dieses Buch fiel in die Hände des Gründers und Chefredakteurs der Tageszeitung »Maariv« und erregte auch seine Aufmerksamkeit. Kurz und gut, schon einige Monate nach meiner Ankunft in Israel näherte ich mich wieder meiner angestammten Profession. Erfolg hatte ich, weil ich die neuralgischen Punkte der Gesellschaft getroffen hatte und meine Geschichten auch bei den eifersüchtigen alteingesessenen Israelis ankamen.

Aber ich hatte noch eine berufliche Zwischenstation zu durchlaufen, die, so unwahrscheinlich es klingt, meinen schriftstellerischen Erfolg beschleunigte. Die Kibbuzgründer schrieben nämlich vor, daß jeder Kibbuznik, vom Professor bis zum Gärtner, auch Küchendienst und »sanitäre« Dienste verrichten mußte. So kam auch ich an die Reihe, die Latrinen zu säubern. Ich schrubbte die Toiletten, wusch die Becken mit Lysol aus und verbrannte das Klopapier in rostigen Fässern. Mein Dienst dauerte drei Tage, und danach trat wie üblich der Sozialausschuß zusammen, um über meine nächste Aufgabe zu beraten. »Wozu hättest du denn Lust?« fragte man mich. »Hühnerstall, Ackerbaut, oder möchtest du lieber ein Notnagel sein?« Unter Notnagel verstand man einen fest angestellten Gelegenheitsarbeiter, der immer da einspringt, wo gerade Not war. Ich nehme an, daß meine Antwort ein wenig überrascht hat, denn ich bat darum, auch weiterhin »Sanitär« zu bleiben. »Für wie lange denn?« fragte mich der Ausschuß, und ich antwortete: »Für immer.«

Ich hatte nämlich nachgerechnet, daß ich nur eine halbe Stunde brauchte, um die Klos blitzblank zu putzen, und in der verbleibenden Zeit konnte ich aus einem Grammatikbuch, das mir mein guter Nachbar geborgt hatte, Hebräisch lernen. Der Sozialausschuß zog sich zu einer außerordentlichen Beratung zurück und fragte noch einmal nach, ob ich bei meiner Dienstauffassung bliebe. »Ich bin ganz verrückt nach dieser Arbeit«, antwortete ich. »Seit meiner Jugend ist es mein heimlicher Wunsch, Latrinen zu putzen.« Und so unternahm ich auf dem Klosettsitz meine ersten zögernden Schritte in der hebräischen Sprache.

Jaron: Hat Sie der Kibbuz nicht an die verhaßte kommunistische Gesellschaft erinnert?

Man kann das auf gar keinen Fall vergleichen. Der Kibbuz ist ein bewundernswertes Projekt, das der positiven Verwirklichung des utopischen Kollektivs am nächsten kommt. Unser Philosoph Martin Buber hatte völlig recht, als er sagte, der Kibbuz sei beispielhaft in seinem Nicht-Versagen.

Ich selbst aber war für das Leben in einem Kollektiv nicht recht geeignet, das gebe ich zu. In jenen Jahren war die gesellschaftliche Gleichstellung dort oberstes Gesetz. Das ging so weit, daß ein Kibbuznik nichts besitzen durfte, nicht einmal das wertloseste Objekt wie einen Teekessel, wenn nicht auch alle anderen einen Teekessel ihr eigen nannten.

Einmal ging der Humorist mit mir durch, und ich

ergriff bei einer Mitgliederversammlung das Wort: »Das Gleichheitsprinzip«, schlug ich vor, »muß strenger gehandhabt werden. Da ich als einziger einen Schnupfen habe, schlage ich vor, daß sich alle Kibbuzmitglieder mit meinem Taschentuch die Nase putzen, damit die Bakterien kollektiv verteilt werden.«

Ich wurde von der Sekretärin scharf gerügt. Es gäbe Dinge, hieß es, über die scherze man nicht.

Dazu kam das Gerücht auf, Chawa und ich vergnügten uns abends beim Tanz mit den Hotelgästen. Keine Rede davon, denn nach meiner Arbeit half ich Chawa in der Hotelküche beim Abspülen, und wenn wir uns auch gewünscht hätten, das Tanzbein zu schwingen, unsere Beine hätten uns vor Müdigkeit nicht mehr gehorcht. Man wollte uns aber nicht glauben.

Wir paßten nicht in diese Gemeinschaft. Wenn wir dies auch bedauerten, so war die Trennung vom Kibbuz nur mehr eine Frage der Zeit. Ich war nicht mehr »Sanitär«, sondern festangestellter Geschirrspüler, und meine politischen Rechte waren mir auf zwölf Wochen entzogen worden. Meine Freunde Gyuri und Lissi hatten inzwischen ihren Militärdienst beendet und boten mir eine Partnerschaft in ihrer neu eröffneten Werkstatt an. Da griffen wir zu. Die Maschinen, die wir in Wien erstanden hatten, waren bereits in einem gemieteten Stall im Städtchen Pardes Hanna installiert, und jetzt mußten nur noch eine Wohnung und Auftraggeber gefunden werden. Das Wohnungsproblem lösten wir auf verblüffend einfache Art, wir wohnten unter freiem Himmel, auf einem nahegelegenen Acker. Mit den Aufträgen für die Fabrik war es schon etwas schwieriger. Hin und wieder reparierten wir ein altes Motorrad, aber davon kann man natürlich nicht satt werden.

Eines Tages kehrte Lissi strahlend aus Tel Aviv

zurück: »Es gibt Arbeit«, verkündete er. »Ein Mann mit Brille und sein bärtiger Freund, ich glaube, sie sind aus Rumänien, beauftragen uns mit der Herstellung einer Schaufel, ihr wißt schon, eine, mit der Maurer arbeiten.« Lissi war vor Freude ein wenig durcheinander, er meinte einen Spachtel.

Der »Mann mit Brille und sein bärtiger Freund« bestellten zunächst einen Probespachtel, und wir machten uns mit Begeisterung ans Werk. Lissi, unser Akquisiteur, stellte das Probeexemplar in der Stadt vor und konnte uns am Abend begeistert melden, daß wir eine Bestellung auf 2000 Spachtel in der Tasche hätten. Tag und Nacht schufteten der kräftige Lissi, Gyuri und meine Wenigkeit an der ganz und gar nicht hydraulischen Presse. Die Ware wurde termingemäß fertig, und wir strichen den Gewinn ein.

Noch am selben Abend, auf dem Acker, der unser Heim war, und ich kann diesem romantischen Bild auch noch den Mondschein hinzufügen, teilten meine beiden Partner mir verlegen mit, sie wollten sich von mir trennen. Die Werkstatt ernähre nur zwei Familien, und schließlich sei ich ja eigentlich Schriftsteller, ich käme doch auch ohne sie zurecht. »Laß uns als Freunde auseinandergehen.« Sie versprachen, mich auszuzahlen, was sie dann auch ganz korrekt taten.

Leider war die Spachtelproduktion das letzte große Projekt der Firma. Der Mann mit Brille und sein bärtiger Freund mußten nämlich sehr rasch feststellen, daß die Spachtel nur aus Blech waren und schon den ersten Kontakt mit der Wand nicht überlebten. Meine Expartner mußten das ganze Geld zurückzahlen. So leid mir das tat, muß ich rückblickend doch recht froh darüber sein, daß meine vielversprechende Schlosserlaufbahn schnell zu Ende ging.

Gyuri aber schaffte es trotzdem. In Pardes Hanna kann man auch heute noch seine erfolgreiche Fabrik sehen, über der das alte Schild prangt, auf das ich seinerzeit mit eigenen Händen »Daru« geschrieben habe. »Daru« ist ein Vogel und ein ungarischer Kran.

Das war der zweite Grund, warum ich heute froh bin. Vom Landleben hatten wir nämlich genug. Landschaft hat mir nie sehr viel bedeutet, Menschen haben mich immer wesentlich mehr interessiert. Meine Arbeitszimmer in Tel Aviv und Appenzell haben sogar etwas von einem Bunker, ohne Fenster und ohne atemberaubende Aussicht. Ich lebte monatelang in Buffalo, einige Meter von den Niagara-Fällen entfernt, und der verbitterte schwarze Portier in meinem Hotel beschäftigte mich bedeutend mehr als das Naturwunder nebenan.

Wir zogen also gen Tel Aviv. Dr. Marton, der Eigentümer von »Uj Kelet«, nahm mich in die Redaktion auf und zahlte mir sogar ein Gehalt, das zwar im Hinblick auf die Auflage der Zeitung nicht hoch war, mir armem Schlucker jedoch phantastisch erschien. In Israel gab es damals etwa eine viertel Million ungarische Leser, zumeist Neueinwanderer aus Transsilvanien. Viele von ihnen waren gebildete Leute, die aber kein Hebräisch konnten. Später mußte die Zeitung das gleiche Schicksal erleiden wie alle anderen Immigrantenblätter, deren historische Vermittlerrolle zwischen der etablierten und der importierten Kultur überflüssig wurde.

Mir wurde die Position des Nachtredakteurs übertragen. Dr. Marton hatte vorausgesetzt, mein Hebräisch reiche für Kontakte mit den diversen Informationsquellen aus. Er war ein bedeutender zionistischer Führer, in diesem Punkt aber irrte er.

Eines Nachts erhielt ich einen Anruf aus der Militärzensurbehörde der Armee. In militärischem Fachjargon und in einem atemberaubenden Tempo warf mir jemand eine Flut von Anordnungen an den Kopf. Noch bevor ich fragen konnte, ob er das Ganze auf Englisch wiederholen könnte, hatte er bereits aufgelegt. Am nächsten Morgen stellte sich heraus, daß wir durch die Veröffentlichung der Anzahl von Gewehren in einer Grenzsiedlung die Staatssicherheit gefährdet hatten. Dr. Marton legte mir tröstend den Arm um die Schulter und beschloß: »Mein Sohn, es wird Zeit, daß du ordentlich Hebräisch lernst und ein Schriftsteller wirst.«

Das ist einer der Gründe, warum ich Dr. Marton bis an mein Lebensende verehren werde. Ohne seinen gutgemeinten Rat und seinen Wunsch, mich loszuwerden, wäre ich sicherlich auf der Stelle getreten. Aber ebenso lange stehe ich in der Schuld meiner Lehrer in der Sprachenschule »Ulpan Ezion« in Jerusalem.

Was jetzt folgt, ist die Geschichte eines Mönchs. Ein ganzes Jahr lang lebte ich in totaler Askese in dieser Schule, in einem kleinen, nahezu leeren Zimmer vergraben. Ein Schrank, eine Kommode, ein Bett. Hätte ich gewußt, wie schwer mir das Erlernen des Hebräischen fallen würde, ich hätte es niemals versucht. Aber ich lernte ja nicht aus Vergnügen, sondern aus Verzweiflung. Ich hatte mitangesehen, wie meine ungarischen Journalistenkollegen, darunter hochbegabte Leute, die sich in Ungarn einen Namen gemacht hatten, dahinvegetierten wie Pflanzen ohne Wasser, wie sie darum bettelten, daß jemand ihre Werke ins Hebräische übersetzte. Und wenn die schlechte und zu teure Übersetzung dann endlich herauskam, interessierte sich keiner mehr dafür. Ich wollte dem

Schicksal des ewigen Immigranten entgehen. Und ich hatte bereits eine Ahnung davon, welch unaustauschbares Erlebnis es sein mußte, die Bibel im Urtext zu lesen.

Das Wollen aber war eines, das Können das andere. Es ist nahezu unmöglich, diese archaische Sprache zu erlernen, die Texte der Bibel, des Talmud, die hebräische Literatur zu verstehen, wenn man nicht mit ihr aufgewachsen ist. Aber wenn man von etwas besessen ist, dann erreicht man auch das entfernteste Ziel. Heute noch schreibe und lese ich das Hebräische aber sehr viel besser, als ich es spreche, da ich die Sprache aus Lehrbüchern und nicht im Kindergarten gelernt habe und ihre Melodie nicht in mir klingt. Erst wenn ich mich an den Schreibtisch setze, habe ich keinen ungarischen Akzent mehr.

Im übrigen ist die israelische Emigrantengesellschaft gegen alles Fremde, Andersklingende viel toleranter als jede andere. So wurde der ungarische Akzent mit der Zeit sogar mein Erkennungszeichen. Es geschieht schon mal, daß ich telefoniere, jemand Fremden an die Leitung bekomme, der auf mein »Hallo« sagt: »Sie sind falsch verbunden, Herr Kishon.«

Der Nachteil ist, daß meine Aussprache aus den Weiten der Pußta offenbar ansteckend wirkt. Menschen, mit denen ich zu tun habe, versuchen über kurz oder lang, mich nachzuahmen. Vielleicht meinen sie, mit einem Humoristen müsse man humorvoll umgehen. So muß ich mir die vielen Witze, die mir dauernd erzählt werden, auch noch in meinem eigenen Akzent anhören.

Der Unterschied zwischen meiner gesprochenen und meiner geschriebenen Sprache verursachte oft auch komische Folgen. Als mir Chefredakteur Dr. Karlebach das Angebot machte, dem kein israelischer Journalist hätte widerstehen können, nämlich eine tägliche Glosse in seiner Zeitung »Maariv« zu schreiben, antwortete ihm Ferike: »Pardon, nix verstehen, was du jetzt gesagen.« Dr. Karlebach nahm an, ich scherzte als Neueinwanderer mit der Sprache und brach in schallendes Gelächter aus. Ich lachte mit, aber bedeutend leiser.

Jaron: Ich kenne aber doch ein paar andere Schriftsteller, die nicht in ihrer Muttersprache schreiben, Joseph Conrad zum Beispiel, oder Arthur Koestler, Eugene Ionesco und Samuel Beckett.

Das ist nicht ganz richtig. Joseph Conrad zum Beispiel, ein literarisches und sprachliches Genie, schrieb sein erstes englisches Buch erst viele Jahre nach seinem Eintritt in die britische Handelsflotte. Der ungarische Jude Arthur Koestler sprach in seiner Kindheit Deutsch und hat erst Englisch geschrieben, nachdem er einige Jahre als Weltenbummler für eine britische Zeitung berichtet hatte. Der Dramatiker Ionesco sprach seit seiner Kindheit Französisch, wie alle rumänischen Intellektuellen, und Beckett war Französischlehrer und lebte viele Jahre in Paris.

All diese Schriftsteller bewegten sich also in der europäischen Sprachenfamilie mit ihren lateinischen Schriftzeichen. Neuhebräisch hingegen ist eine wiederbelebte semitische Sprache, die ohne Vokale geschrieben wird, so daß man die Aussprache und die Bedeutung der einzelnen Wörter erst aus dem Zusammenhang ersehen kann. Außerdem war keiner dieser großen Kollegen Humorist, und jeder hat selbst schon einmal erlebt, wie schwierig es ist, sogar einen einfachen Witz in einer fremden Sprache zu erzählen oder zu verstehen. Ich bin also kein Schriftsteller, der im europäischen Kulturraum von einer Sprache zur anderen wechselte, sondern ein Mensch, der 25 Jahre von links nach rechts geschrieben hat und die nächsten 25 Jahre von rechts nach links.

Dabei bin ich sicher auf neue Aspekte der hebräischen Sprache gestoßen. Viele Jahre lang bin ich durch die hebräische Sprache »gereist«, und wie jeder neugierige Tourist entdeckte ich Phänomene, die von den Eingeborenen gar nicht mehr wahrgenommen werden. Ich war wie ein Baby, das die Erwachsenen mit seinen drolligen Wortschöpfungen amüsiert. Ich gab vor, bei zweideutigen Begriffen immer den falschen zu verstehen, und einige meiner absurden Wortgeburten sind in den allgemeinen Sprachgebrauch eingegangen und können sogar im Wörterbuch nachgeschlagen werden.

In den siebziger Jahren habe ich zum Beispiel das Verb »gamsen« geprägt, nach dem berühmt-berüchtigten Theaterkritiker Dr. Gamsu, der meine Theaterstücke regelmäßig verrissen hat. So wurde ein neuer hebräischer Ausdruck aus Rache geboren. Heute steht in jedem Wörterbuch »gamsen« mit der Erläuterung »tödlicher Angriff von hinten«.

Und ich habe mein Motorrad nach dem Naziverbrecher Dr. Ernst Kaltenbrunner benannt. Es war wie der grausame Offizier ein österreichisches Erzeugnis und mindestens ebenso höllenschwarz. Es bereitete mir ein teuflisches Vergnügen, auf dem »Obersturmbannführer« umherzurasen und ihn nach meinem Willen durch die Kurven zu jagen. Meine Leser gewöhnten sich daran, über den »Doktor« zu lesen, und mit der

Zeit machte ich aus dem Motorradfahren dann das »doktoren«. Man kann in meinen Geschichten also Sätze lesen wie: »Ich doktorte nach Hause im Strafzetteltempo.«

Jaron: Mit welchem Rettungsring halten Sie sich in der neuen Sintflut der hebräischen Sprache über Wasser?

Mit meinen Augen. Ich glaube nicht, daß ich besonders sprachbegabt bin. Ich habe jedoch eine besondere Begabung für Mathematik und bin im glücklichen Besitz eines fotografischen Gedächtnisses. Mit diesen beiden Gottesgeschenken organisiere ich mein Leben.

Jede Einzelheit, angefangen von der Idee zu einem Feuilleton bis hin zur Telefonnummer meines Zahnarztes, notiere ich schon seit vielen Jahren in einem Büchlein. Ich brauche dann nur noch vor meinem geistigen Auge die Seite und die Form der Notiz abzurufen, und schon ist die Information wieder griffbereit, auch wenn ich sie bereits vor zehn Jahren notiert habe. Das Wörterbuch, das ich aus der Kibbuz-Bibliothek mitgehen ließ, habe ich in meinem einsamen Zimmer in der »Ulpan« auswendig gelernt. Vielleicht vergesse ich einmal das eine oder andere Wort, niemals jedoch seinen Platz im Wörterbuch.

In meinen 50 hebräischen Büchern wird man auch bei bestem Willen keinen einzigen grammatikalischen Fehler entdecken. In dieser Beziehung bin ich ebenso pedantisch wie meine palästinensische beste Ehefrau im Phonetischen, deren Naturbegabung als Konzertpianistin die Musik ist. Würde ich sie eines

Tages mit der Nachricht überraschen, ich hätte den Nóbel-Preis für Literatur gewonnen, würde sie todsicher antworten: »Nóbel? Nobél! Wie oft muß ich dir noch sagen, daß man Nobél sagt, mit der Betonung auf der letzten Silbe!«

Jaron: Machen Sie sich Hoffnungen auf einen Nóbel- oder Nobél-Preis?

Weder noch. Humoristen gewinnen keinen Nobel-Preis. Wenn man über etwas lacht, kann das nach Ansicht der Preisrichter keine Literatur sein. Leider lachen meine Leser über meine Geschichten, daher sind meine Chancen gleich null. Vielleicht werde ich mit 90 nominiert. Es kränkt mich nicht, ich habe einen ebenso wichtigen Preis errungen, die Fähigkeit, in einer vollkommen fremden Sprache schreiben zu können.

Fast wäre mir dieses Gottesgeschenk aber versagt geblieben. Eines Tages ereilte in der »Ulpan« auch mich das Schicksal jedes Israeli, und ich wurde zum Militär einberufen. Es half mir gar nichts, zu beteuern, ich sei mit Freuden bereit, mein Blut für das Vaterland zu vergießen, wenn man mich nur zuerst die Feinheiten der hebräischen Sprache ergründen ließe. Meine Rettung kam von unverhoffter Seite, ich wurde gewogen und für zu leicht befunden. Ich brachte bei einer Größe von 1,80 Metern weniger als 50 Kilo auf die Waage.

Als ich dann ein Jahr später trotz meines Fliegengewichts eingezogen werden sollte, war ich gerade 30 Jahre und zwei Tage alt. Diesen zwei Tagen habe ich es zu verdanken, daß ich in der »Ulpan« weiterlernen konnte, da bei uns 30 die Altersgrenze für die Wehrpflicht ist. Meinen Reservedienst absolvierte ich als Hausautor und Leiter des Armeetheater-Ensembles.

Als ich mein Hebräisch-Studium abgeschlossen hatte, legte ich sofort allen israelischen Zeitungen meine Feuilletons vor. Keiner biß an. Das Hebräisch sei ja in Ordnung, hieß es, aber der Humor, dieser Diaspora-Humor, der vertrage sich ganz einfach nicht mit dem lokalen Klima. So saß ich also wieder jede Nacht bis drei Uhr an meinem Schreibtisch in der Redaktion des »Uj Kelet« und fuhr anschließend deprimiert nach Hause in die Innenstadt von Tel Aviv, wo wir in einem kleinen Zimmer zur Untermiete wohnten.

Und da der große Regisseur Schicksal es eilig hatte, kamen eben damals Chawas Eltern nach Israel und kurz danach auch meine Eltern. Von meinem mageren Gehalt mußten nun drei Familien ernährt werden. Die Verzweiflung war groß und meine Niedergeschlagenheit mit Worten nicht zu beschreiben. Die unmenschliche Anstrengung schien umsonst gewesen zu sein. Auch wenn ich das Hebräische aus dem Effeff beherrschte, fürchtete ich, immer ein Eskimo im Lande Zions zu bleiben und nie einer ihrer Geschichtenerzähler zu werden.

Jaron: Wie haben die alteingesessenen Autoren Sie aufgenommen?

Sie nahmen mich durchaus freundlich auf. Es waren schließlich arrivierte Schriftsteller mit einem völlig anderen kulturellen Hintergrund, die an meinem Schicksal ungefähr so interessiert waren wie wir heute an den Einwanderern aus Rußland. Sie plauderten mit mir im Künstlercafé, umarmten mich, fragten: »Wie geht's Ephraim, was gibt's Neues, Ephraim?« Und spendeten mir damit mehr Trost, als ihnen bewußt war. Aber sie hatten es auch mit mir nicht schwer, denn mir waren die Anklage gegen die ganze Welt und die Minderwertigkeitsgefühle gegenüber den dort geborenen »Sabres« niemals ins Gesicht geschrieben. Ich lachte mit ihnen, bewahrte Haltung, gab vor, zufrieden zu sein und gehörte doch nie ganz dazu. Ich war und blieb immer ein wenig fremd in meinem Land.

Eine überraschende, positive Wendung trat ein, als eine neu gegründete, in leicht verständlichem Hebräisch geschriebene Zeitung für Neueinwanderer mir eine Chance gab. Sie veröffentlichte meine ersten hebräischen Satiren, von denen eine besondere Beachtung fand. Sie handelte von einem Irren, der aus der Anstalt entkommt und in der Hauptstraße in Tel Aviv einen riesigen Kanal gräbt. Statt ihn wieder einzusperren, begeistert sich die gesamte bürokratische Elite der Stadtverwaltung für sein verrücktes Projekt, für das sogar eine Rechtfertigung aus der Lehre des Zionismus gefunden wird.

Die Satire hieß »Der Blaumilchkanal«, und eine junge Journalistin entschied sich zu dem historischen Schritt, sie im israelischen Gewerkschaftsblatt zu veröffentlichen. Das Glück, das ich damals empfunden habe, läßt sich wohl nur mit dem eines Fußballers nach einem entscheidenden Tor in der Bundesliga vergleichen.

Jaron: Vielleicht verhelfen wir der biographischen Chronologie wieder einmal zu ihrem Recht. Wir befinden uns jetzt bereits in den fünfziger Jahren, und Ihre Eltern waren inzwischen auch israelische Bürger geworden.

So einfach war es nicht. Sie hatten ihre letzten Habseligkeiten Berufsschmugglern überlassen, die ihnen zusagten, sie dafür über die Grenze zur Tschechoslowakei zu bringen. Eine ganze Nacht lang marschierten sie in Richtung Grenze, in einer Gruppe von Flüchtlingen. Auch kleine Kinder waren mit dabei, die man mit Schlaftabletten betäubt hatte. Ähnliche Geschichten sind ja aus der sozialistischen Folklore hinlänglich bekannt.

Die Gruppe wurde jedoch im Morgengrauen vom Grenzschutz gefaßt und nach Ungarn zurückgebracht. Die Flüchtlinge wurden wider Erwarten nicht hingerichtet, sondern nur zurechtgewiesen. Vermutlich erwarteten die Herren im Kreml zu jener Zeit, in Israel würden die Kommunisten die Macht ergreifen. So erhielten etwas später 3000 ältere Juden die offizielle Erlaubnis, in aller Ruhe auszuwandern, und auch meine Eltern gehörten zu diesen Glückspilzen.

In Israel jedoch brach die Familienidylle endgültig zusammen. Meine Eltern trennten sich, und auch meine Schwester verließ ihren Slowaken, den sie bei Kriegsende geheiratet hatte. Sie hatten sich ja kaum gekannt, und ihre Heirat entstand aus dem Wunsch zweier junger Menschen, aus den Trümmern so rasch wie möglich Neues zu schaffen. Es ist ihnen nicht gelungen. Eine Zeitlang lebte Agi mit einem Gutsbesitzer zusammen, aber auch diese Beziehung war nicht von Dauer. Schließlich zog meine Mutter zu ihr, und mein Vater lebte mit uns in einer Eineinhalb-Zimmer-Wohnung in einem Vorort von Tel Aviv.

Der ehemalige Bankdirektor verdiente sich seinen Lebensunterhalt mit der Anwerbung von Abonnenten für »Uj Kelet«. In den Wohngebieten der ungarischen Einwanderer zog er von Haus zu Haus, und später verkaufte er auf diese Art auch mein erstes in Israel geschriebenes ungarisches Buch. Es hieß »Igge-Migge«, ein Titel, der sich über den ungarischen Akzent lustig macht. In einem Jahr verkaufte mein Vater nur 140 Exemplare. Diese Erinnerung schmerzt mich heute noch. Unser Leben ist ein einziges Zuspätkommen.

Jaron: Wieviel Zeit liegt zwischen der Sprachschule »Ulpan« und der Aufführung Ihres ersten Stücks im Nationaltheater »Habima«?

Etwa zwei Jahre. 1951 war ich in der »Ulpan«, und 1953 wurde »Der Schützling« aufgeführt. Ich habe dieses Stück bereits auf hebräisch geschrieben, und daß es überhaupt aufgeführt wurde, war wieder einmal ein Versehen. Ein Irrtum von Fried Miksa, dem gutmütigen Leiter der »Habima« in jenen Jahren, der die undankbare Aufgabe hatte, das berühmte, aus Moskau stammende Nationaltheater aus einer schweren finanziellen Krise zu holen.

Sein wirtschaftliches Know-how hatte sich Fried beim Finanzamt angeeignet, vom Theater hatte er jedoch keinen blassen Schimmer. Diese Ahnungslosigkeit investierte er in zahlreiche Auslandsreisen, die damals ein besonderer Leckerbissen waren. Der gute Miksa verpaßte keine Gelegenheit zu einer Reise, unter dem Vorwand, sich nach neuen Stücken umzusehen. Bei einem seiner Einkaufsbummel entdeckte er das Büchlein »Canasta. A New Play«. Auch nachdem die Dramaturgen des Theaters festgestellt hatten, daß es sich nicht um ein neues Stück, sondern um ein neues Kartenspiel handelte, schadete das Frieds Ansehen als begabtem Theaterleiter keineswegs.

Mein Stück, eine scharfe Satire über Beamtenkorruption, wurde zunächst von den Dramaturgen unter Vorsitz von Max Brod ohne jede Diskussion abgelehnt, aber Miksa entschied sich einstimmig dafür. Er war nämlich von der Geschichte des Kanalgräbers begeistert gewesen. Er hatte den »Blaumilchkanal« in der Zeitung gelesen und verwechselte ihn mit dem Stück »Der Schützling«, in das er gar nicht erst hineingesehen hatte. Da alle Angst vor ihm hatten und sogar Schauspieler von Rang und Namen zitternd vor der Tür seines Büros darauf warteten, zu einem Gespräch vorgelassen zu werden, wagte niemand, seinem Urteil zu widersprechen, »das Stück mit dem Kanal« sei einfach fabelhaft und müsse unbedingt gespielt werden.

Vor Beginn der Proben fand eine Pressekonferenz statt, in der Miksa darauf hinwies, daß zum ersten Mal in der Geschichte der »Habima« eine Komödie aufgeführt würde. Miksa erzählte vom Neueinwanderer aus Ungarn, der auf hebräisch schreibe, würdigte die nationale Aufgabe, die das Theater hier erfülle und ließ sich sogar breitschlagen, etwas vom Inhalt des Stücks zu verraten: »Ein Verrückter, der einen Tunnel gräbt.«

Im Jahre 1952 war die »Habima« noch immer stark von Moskau geprägt. Der altehrwürdige Schauspieler Bertonow fing mich einmal vor seiner Garderobentür ab und bat mich auf ein paar Minuten hinein. Ich mußte mir dann zweieinhalb Stunden Puschkin im russischen Original anhören.

Der gleichfalls aus Rußland stammende Bühnenportier war berüchtigt für seine leidenschaftliche Aversion gegen Telefonapparate. Wenn das Telefon läutete und einer der Schauspieler verlangt wurde, bellte er in den Apparat: »Sie ist nicht da!«, ganz egal, ob der Anruf für einen Er oder eine Sie bestimmt war und ob derjenige da war, und knallte den Hörer mit sibirischen Flüchen auf die Gabel.

Eines Morgens kam ich ins Theater, um wie üblich in einer der hinteren Reihen die Proben mitzuverfolgen, aber der Portier hielt mich bereits an der Pforte auf: »Du brauchst gar nicht erst hineinzugehen, dein Stück wurde abgesetzt.« Der Saal war tatsächlich dunkel, und eine Welt stürzte für mich ein.

Wie von Furien gehetzt lief ich zur Privatwohnung des Regisseurs. Ja, der Ausschuß, irgendein Ausschuß habe die letzten Proben gesehen und beschlossen, dieses dilettantische Stück habe es nicht verdient, auf der Bühne eines respektablen Theaters gespielt zu werden. »Bitte, sprich mit ihnen«, bettelte ich, »bitte, tu doch etwas.« Der Regisseur suchte Bertonow auf, gab zu, daß das Stück zwar wirklich nicht besonders gut sei, aber die Premiere stehe doch kurz bevor, und warum solle man diesen jungen Neueinwanderer derart entmutigen.

Bertonow hatte als ältester Schauspieler einen Sonderstatus. Er überlegte kurz und beschloß dann: »Na gut, woll'n wir mal nicht so sein. Eine geschlossene Aufführung, dem jungen Bühnenautor zuliebe.« Er stellte jedoch eine Bedingung: Vor Aufgehen des Vorhangs werde er das Publikum bitten, das Stück nicht allzu kritisch zu beurteilen, denn es gehe hier mehr um die Integration neuer Einwanderer als um Theater.

Die Proben gingen in Grabesstimmung zu Ende, und statt einer feierlichen Premiere gab es eine geschlossene Vorstellung für einige wohlwollende Freunde. Wie vereinbart trat Bertonow vor den Vorhang und gab im Namen der Direktion seiner Überzeugung Ausdruck, dies sei nur ein Anfang, und Ephraim Kishon werde schon noch bessere Stücke schreiben. Nach dieser herzlichen Empfehlung ging der Vorhang auf, und einer der größten Erfolge der israelischen Bühnengeschichte und der Aufstieg eines unbekannten jungen Autors nahmen ihren Anfang.

Die Balken bogen sich vor Gelächter und Applaus. 20mal mußte die Aufführung unterbrochen werden. Jede politische Anspielung löste freudigen und auch überraschten Jubel aus, denn zum ersten Mal machte sich jemand über die regierende Arbeiterpartei lustig, und das noch dazu auf der Bühne des Nationaltheaters. Dialoge im »Schützling« wie: »Welcher Partei gehören Sie an?« – »Ich gehöre keiner an, ich habe schon eine Wohnung«, waren in jenen Tagen eine Sensation. Es war insgesamt ein triumphaler Erfolg, vor allem, nachdem der Knessetpräsident unter Protest den Saal verlassen hatte, als der Held meines Stückes den Namen »David« benutzte und klar war, daß, Gott beschütze uns, Premierminister Ben Gurion gemeint war.

Ein Kuriosum besonderer Art ist, daß Jiddisch die erste Sprache war, in die meine Werke übersetzt wurden. Ich habe lange Zeit für die letzten großen jiddischen Komödianten Dschigan und Schumacher geschrieben. So etwas ist nur in Israel denkbar, ein ungarischer Humorist, dessen Hebräisch noch auf wackligen Beinen steht, wird von einem ehemaligen Talmud-Schüler, Schumacher, in die Sprache der

Väter übersetzt, von der er, der Autor, nicht die geringste Ahnung hat.

Das führte immer wieder zu komischen Situationen. Bei einer Aufführung saß ich in der ersten Reihe, hörte zwar, verstand aber nicht, was Dschigan mit seiner nasalen Stimme sagte und worüber das Publikum in schallendes Gelächter ausbrach. Neugierig wandte ich mich an meinen Nachbarn: »Entschuldigen Sie bitte, können Sie mir vielleicht erklären, worüber gerade gelacht wird?« Mein Nachbar antwortete, er könne es nicht erklären, wer Jiddisch nicht mit der Muttermilch aufgesogen habe, könne diesen besonderen Humor nicht verstehen. »Wie schade«, stellte ich fest, »da ich es doch geschrieben habe.«

Jaron: Wie lange hatten Sie Ihre tägliche Glosse in der Zeitung »Maariv«?

30 Jahre. 20 Jahre lang schrieb ich fünfmal in der Woche eine kurze Geschichte und eine längere für die Wochenendausgabe. Es war eine unglaubliche Belastung für mich, aber um für diese Zeitung arbeiten zu können, hätte ich wohl auch zwei Geschichten am Tag geschrieben, wenn man es von mir verlangt hätte.

Ich hatte es nicht leicht, mich durchzusetzen, denn anfangs rümpften die »Maariv«-Mitarbeiter und die Leser die Nase. »Was ist das für ein zweitklassiger ausländischer Humor!« Chefredakteur Dr. Karlebach stand jedoch felsenfest hinter mir und prophezeite, daß mein Name noch berühmt würde.

Nach einem halben Jahr trafen dann auch wirklich die ersten begeisterten Reaktionen ein, und meine Glossen machten mich zum meistgelesenen Journalisten der israelischen Presse und zum Träger der wichtigsten israelischen Journalistenauszeichnung, dem »Sokolow-Preis«.

Von der hohen Auszeichnung erfuhr ich, als ich mit einem aufgebrochenen Magengeschwür im Militärkrankenhaus von Buffalo lag. Man schrieb das Jahr 1958. Ich war damals Gast der amerikanischen Regierung. Der Schmerz über den endgültigen Abschied von meiner Jugendliebe Chawa hatte mich auf dieser weiten Reise über den Ozean begleitet. Darüber hinaus hatte es sich mein Gastgeber, der Chefredakteur der Lokalzeitung, in den Kopf gesetzt, mich in die Kunst des Baseballspielens einzuweisen, und das gab mir den Gnadenstoß.

Eines Morgens brach ich zusammen und konnte mich nur noch mit letzter Kraft zum Telefon schleppen. Der Arzt der jüdischen Gemeinde lieferte mich unter dem Namen Fritz Hoffmann ins Krankenhaus ein. »Es ist besser, Sie sind Deutscher«, erklärte er. Eine Woche lag ich auf der Intensivstation, und in Israel ging bereits das Gerücht um, ich hätte das Zeitliche gesegnet. Kurz bevor »Maariv« meinen Nachruf veröffentlichte, fand mein guter Freund Tommi jedoch unglückseligerweise heraus, daß ich am Leben war und beraubte mich der einmaligen Gelegenheit, in der israelischen Presse etwas Gutes über mich zu lesen.

Ich kehrte bald darauf gesund wieder nach Israel zurück und war froh, die Reise hinter mir zu haben. Ich reise ohnedies nicht gerne, ich komme nur gerne an. Wenn ich die Welt sehen möchte, dann kaufe ich mir Ansichtskarten. Ich hasse es, stundenlang einzupacken und dann am Förderband des Flughafens vergeblich auf den Koffer zu warten. Mein Problem ist jedoch, daß ich heute sehr viel reisen muß.

Diese Diskrepanz ist nicht die einzige in meinem Leben. Ich bin ein scheuer, introvertierter Mensch, eine Maus in meiner Schreibtischschublade, und ich habe es gerne, vor großem Publikum aufzutreten. Und von allen Menschen, die Arbeit verabscheuen, bin ich mit Sicherheit der fleißigste. Es fällt mir wahnsinnig schwer zu schreiben, ich quäle und korrigiere mich unzählige Male, ich habe eine regelrechte Allergie von einem halben Jahrhundert Schreiben, und doch tue ich nahezu nichts anderes. Ich träume von einem Leben ohne Verpflichtungen und nehme eine Verpflichtung nach der anderen auf mich. Ich liebe das Faulsein und arbeite ohne Unterlaß. Ich bin ein Mann der Gegensätze, gefangen im Netz meiner Erfolge.

Jaron: Glauben Sie, Sie hätten Ihr Publikum auch in einem Land erobern können, dessen Kultur homogener ist als die Israels?

Sicherlich nicht, obwohl das Glück ja nicht von der geographischen Lage abhängt. Ich bin jedoch von den Gesetzen des Humors abhängig, die wiederum eng mit den feinen Schwingungen der Sprache und der Kultur zusammenhängen. Ich kam in ein Land, das innerhalb eines Jahrzehnts seine Bevölkerungszahl verdreifachte, und obwohl die sozialen und politischen Strukturen grundsätzlich auch noch Jahre nach meiner Einreise die gleichen waren, vollzogen sich im Unterbewußtsein der Bevölkerung wesentliche Veränderungen. Daran war ich nicht unbeteiligt. Die Literatur, und vor allem die humoristische, ist ein empfindlicher Seismograph für den Stimmungswechsel von Menschen. Natürlich wird der Zahn der Zeit nicht alle meine Werke verschonen, ich hoffe aber, daß meine Enkel noch einen großen Teil meiner Geschichten und Theaterstücke in der Schule durchnehmen werden.

Jaron: Wie stehen Sie zu Ihrem Alter?

Das habe ich ja schon gesagt, ich verabscheue es. Ich arbeite 18 Stunden am Tag, schwimme täglich und sehe eigentlich passabel aus. Gerade deshalb stört mich die Anzahl meiner Jahre. Wenn ich heute ein Wrack wäre, so wie es sich eigentlich gehört, würde ich sehnsüchtig auf das Ende warten. Ich ärgere mich darüber, daß jetzt, da ich mich selbst erkannt und die Spielregeln des Lebens endlich verstanden habe, gerade jetzt der große Regisseur bald den Vorhang fallen lassen wird. Das ist nicht fair. Wie soll ich den dritten Akt in zehn Minuten spielen?

Ich verlange zumindest noch die Jahre, die mir Adolf weggenommen hat, jene fünf, sechs furchtbaren Jahre. Ich fühle mich wie ein Mensch, dem der Arzt die Hand auf die Schulter legt und sagt: »Mein Freund Sie haben noch ein Jahr zu leben«, um sich am nächsten Tag zu entschuldigen: »Mir ist ein peinlicher Fehler unterlaufen. Sie haben noch zwei Jahre.« Das Ausschlaggebende an dieser Geschichte ist nicht die verbleibende Zeit, sondern die Tatsache, daß die Hand des Arztes bereits auf meiner Schulter liegt.

Jaron: Leben Sie wirklich in dem Gefühl, jene Jahre versäumt zu haben?

Dieses Gefühl läßt mir keine Ruhe. Ich fühle mich von meinem Alter betrogen. Es geht hier nicht um Erfolg oder um Prestige, sondern um das watteähnliche Gefühl der Leere, das mich seit der Zeit im Keller und zwischen den Tomatensaftflaschen begleitet, eine unerklärliche innere Unruhe, die ich auch in Augenblicken höchsten Glücks nicht loswerde. Selbst als ich in Hollywood auf die Bühne trat, um meine Golden-Globe-Preise in Empfang zu nehmen, und die berühmtesten Filmstars mir applaudierten, konnte ich nur eines denken: Warum, zum Teufel, bin ich jetzt nicht glücklich, da ich doch auf Wolken schweben müßte? Warum kann ich mich nicht einfach freuen?

Audrey Hepburn und Clint Eastwood standen da und verkündeten: »And the winner is ...«, und dann folgte mein Name und der Israels. Alles, woran ich mich erinnern kann, ist die erstaunlich hohe, fast weibliche Stimme Eastwoods und daß mich ein schreckliches Sodbrennen plagte.

Ich bin wahrscheinlich der Inbegriff eines jüdischen Intellektuellen, und als solcher bin ich auch dann unzufrieden, wenn ich vor Freude Purzelbäume schlagen müßte. Immerzu überlege ich, denke nach, analysiere, und meine Gedanken plagen mich sogar im Schlaf. Meine einzige Rettung ist, daß ich über mich selbst lachen kann.

Ich bin also ein Neurotiker, der wie jeder kreative Mensch seine geistigen Fähigkeiten bis zum letzten ausschöpft und einen hohen persönlichen Preis dafür bezahlt. Aber ich bilde mir ein, auch ein »Profi« zu sein, wenn es um die Arbeit und um Termine geht. Die abenteuerlichen Stationen meiner Jugend machten einen erprobten Kämpfer aus mir, der sich in jeder Lebenslage zurechtfindet. Es ist wie bei den Tieren des Dschungels, für die andere Überlebensgesetze gelten. Ich kann eine sehr witzige Komödie auch schreiben, wenn mir gar nicht zum Lachen zumute ist, und ich reise und halte auch dann Vorträge, wenn mein seelisches Barometer auf dem Gefrierpunkt angelangt ist. Ich verstecke mich hinter keinem Feigenblatt und ruhe mich nicht auf meinen Lorbeeren aus. Ich führe mit kurzen Unterbrechungen einen zur Routine gewordenen Kampf, der erst beendet sein wird, wenn ich für immer die Augen schließe.

Meine kapriziösen Launen machen mich aber nicht zum Menschenfeind, sie legen nur die Grenzen meiner zwischenmenschlichen Bedürfnisse fest. Diese Grenzen umfassen meine Familie, meine Heimat und die wenigen edlen Menschen, die mir inmitten des Höllenfeuers die Hand gereicht haben.

Jaron: Wann sind Sie deprimiert?

Meistens morgens, wenn mein Sodbrennen die ganze Nacht in Aktion war.

Jaron: Wann sind Sie glücklich?

Morgens, wenn ich kein Sodbrennen habe. Aber ich spreche sicherlich vielen Menschen aus der Seele, denn nicht Aids, sondern die Depression ist die Krankheit unseres Jahrhunderts. Sie hat keine sichtbare Ursache und ist deshalb unheilbar. Ich selbst habe ihr einen verzweifelten Kampf angesagt. Ich lasse mich nie gehen, ich schimpfe mit dem dummen Ferike, zwinge mich zum Arbeiten, schlucke Tabletten, rufe alle meine Bekannten an, schwimme eine Runde, setze mich an meinen Schachcomputer und schalte von einem Fernsehkanal zum anderen. Ich versuche ganz einfach, die Depression zu ignorieren. Oft klappt es, selten nicht.

Auch Alkohol oder Drogen sind da keine Lösung. Früher genügten schon ein paar Tropfen Wodka, um mich von gewissen Hemmungen zu befreien, heute brauche ich das nicht mehr, da ich mich inzwischen von den meisten Hemmungen befreit habe, und von den anderen kann ich mich wohl nicht mehr befreien.

Ich habe in meinem ganzen Leben keine einzige Zigarette geraucht, ich weiß eigentlich selbst nicht warum. Auch meine drei Kinder rauchen nicht, nur die beste Ehefrau von allen raucht ein bis zwei Zigaretten, zwölfmal am Tag.

Vor einigen Jahren jedoch widerstand ich einer ungewöhnlichen Versuchung. Ich war mit dem weltbekannten Autor Arthur Koestler befreundet, der, im Gegensatz zu mir, jederzeit zu tollkühnen Experimenten bereit war. Wir trafen uns in seiner Wohnung im österreichischen Dorf Alpbach. Wir plauderten über die Jahre, die er als Pionier in Israel verbracht hatte, als er plötzlich das Thema wechselte und mich dazu überreden wollte, LSD zu probieren. Er sagte, diese Droge habe ihn Dinge sehen lassen, die er bisher nicht für möglich gehalten habe. Er behauptete sogar, sein literarisches Können habe durch die Droge neue, unbekannte Höhen erreicht. Ich lehnte höflich ab. Wenn er unrecht habe, wäre ich ein unnötiges Risiko eingegangen, und von Risiken, vor allem von unnötigen, hätte ich die Nase voll. Wehe mir aber, wenn Koestler recht hätte. Dann gäbe es tatsächlich eine Zauberformel für den Eintritt in die geheimnisvolle Welt des Unterbewußtseins, ein psychisches »Sesam, öffne dich!«, und ich sei mir nicht sicher, ob ich wirklich wissen wolle, was sich in den Tiefen meiner Seele so alles angesammelt hat. Mir reicht, was ich weiß, und auch das ist schon zuviel.

In dieser Spätphase meines Lebens möchte ich jedenfalls nur noch gesund und reich sein, wenn darin auch ein natürlicher Widerspruch liegt. Für meine Gesundheit unternehme ich viel. Ich schwimme täglich meine Runden, obwohl mich dieser Sport mindestens genauso langweilt wie das Lesen der Korrekturfahnen meiner Bücher. Im Wartezimmer eines Orthopäden zu sitzen ist jedoch auch nicht viel unterhaltsamer, also schwimme ich lieber, auch wenn ich keine Lust habe, auch wenn es regnet und auch wenn kein Wasser im Becken ist. Außerdem ernähre ich mich mit diversen kalorienarmen, cholesterinfreien und geschmacklosen Präparaten, und ich trinke, rauche und schlafe nicht.

Jaron: Waren Sie jemals in einem Bordell?

Ich muß schon sagen, Sie stellen recht erstaunliche Fragen. Sie gehören wohl zu den Männern, die oralen Sex mögen, das heißt beim Thema Liebe den Mund nicht halten können.

Was mich betrifft, so haben mich meine Freunde zu Gymnasialzeiten einmal in ein einschlägiges Etablissement in Budapest geschleppt. Ferike zitterte am ganzen Leib und ergriff noch vor der entscheidenden

Tat die Flucht. Jahre später besuchte ich im Ausland aus Neugierde einen Nachtclub. Ich stellte damals fest, daß ich mit einer Frau, für die ich keine starken Gefühle empfinde, sexuell absolut nichts anfangen kann.

Die Welt der Prostituierten aber hat mich immer fasziniert, und ich habe einige Stunden damit verbracht, mit der Welt der Damen des ältesten Gewerbes Bekanntschaft zu machen. Es fasziniert mich, wie sie sich an ihre Opfer heranmachen, welche uralten Tricks sie benutzen, wie sie die frustrierten »Herren der Schöpfung« umschmeicheln und ihnen das Gefühl vermitteln, sie seien etwas ganz Besonderes, und das alles so leicht, als knipse man eine Taschenlampe an.

Der wirtschaftliche Aspekt des Berufes hat mich dabei besonders beschäftigt. Ich erfuhr, daß eine Dienerin der Liebe von dem horrenden Preis, den ein Klient zum Beispiel für eine Flasche Sekt bezahlt, nur zehn Prozent erhält, eine recht kümmerliche Provision, auch wenn sie steuerfrei ist. Das sei keine Sache des Geschäfts, wurde ich belehrt. Wenn die Dame eine Viertelstunde investiere, um mit dem Klienten zu plaudern, dann sei es auch Ehrensache, daß dieser Sekt bestelle.

Mit einer Vertreterin dieses Gewerbes habe ich mich sogar angefreundet. Vor einigen Jahren fiel mir auf dem Münchner Presseball eine geschmackvoll gekleidete, hübsche junge Dame auf, die besonders graziös tanzte. Als sie meine bewundernden Blicke bemerkte, kam sie auf mich zu und sagte: »Ich habe den Eindruck, Sie möchten mit mir tanzen.« Ich lehnte natürlich nicht ab und tanzte mit ihr, obwohl ich nicht gerade ein Meister darin bin. Um meine Verlegenheit zu überspielen, versuchte ich es mit Konversation:

»Verzeihen Sie, mein Fräulein, darf ich fragen, was Sie von Beruf sind? Sind Sie Journalistin?«

»Nein«, antwortete die Dame während einer grandiosen Drehung, »ich bin Prostituierte.«

Da ich nicht ganz sicher war, wie man sich in einer derartigen Situation verhält, murmelte ich nur: »Oh, wie interessant.« Sie fragte mich, ob wir uns nicht gelegentlich treffen sollten. Ich entgegnete, wenn sie mich sehen wolle, müsse sie mich nach meinem Tarif von 100 Mark die Stunde bezahlen. Sie war einverstanden, und an einem der nächsten Abende trafen wir uns in einem kleinen Restaurant, aßen und plauderten, und dann warf ich einen Blick auf die Uhr und stellte fest, daß sie mir 150 Mark schuldete.

Sie zahlte anstandslos, und wir gingen ein faires Verhältnis ein. Wenn ich sie sehen wollte, zahlte ich. Rief sie mich aber zuerst an, war sie an der Reihe.

Sie heißt Uschi, ist eine sehr intelligente Frau, eine Arzttochter, und ich konnte einiges von ihr lernen. Erst dieser Tage erhielt ich einen Brief von ihr. Sie ist nach Australien ausgewandert, wo sie ihre Karriere zunächst mehr oder weniger erfolgreich fortsetzte, bis ihre Ersparnisse es ihr ermöglichten, ihre Memoiren zu schreiben. Ihr Manuskript ist in einem ungelenken Englisch geschrieben, es ist jedoch ebenso faszinierend wie seine Verfasserin. Ich habe es mit einer Empfehlung an meinen Verleger weitergegeben.

Jaron: Haben Sie zu dem Thema auch eine moralische Einstellung?

Natürlich. Im kollektiven Unterbewußtsein der westlichen Welt befinden sich die Juden und die Prostituierten etwa auf derselben Stufe unersättlicher Neugier. Es ist und bleibt ein großes Rätsel, warum gerade diese beiden Gruppen in der Weltgeschichte auf so besonderes Interesse und ebensolche Ablehnung stoßen. Nehmen wir zum Beispiel den Film. Seit Erfindung des Kinos gibt es ein erstaunliches Mißverhältnis zwischen der Behandlung dieser beiden Gruppen und dem Rest der Menschheit. In beiden Fällen geht es gewöhnlich um die Anwendung von psychischer und physischer Gewalt. Vielleicht empfinde ich deshalb auch ein Gefühl der Solidarität zu den Prostituierten.

Jaron: Unsere Rabbiner würden gegen Ihre Überlegungen heftig protestieren.

Die Weisen unter ihnen werden mir nicht böse sein. Solange sie sich nicht in ihrer Autorität bedroht fühlen, sind sie erstaunlich tolerant. Erst vor kurzem war ich bei einem bekannten Rabbiner zu Gast, dem Leiter eines großen Rabbiseminars in der Nähe von Tel Aviv. Während ich an dem Kuchen seiner Frau herumknabberte, fragte ich ihn nach dem Rätsel des Universums, das mir ja, wie schon erwähnt, keine Ruhe läßt. »Ehrwürdiger Rabbi«, eröffnete ich die Diskussion, »sagen Sie mir doch bitte, wozu das unendliche Universum geschaffen wurde, zu welchem Zweck, für wen, um Gottes willen?«

Jaron: Haben Sie eine Antwort erhalten?

Ja. In Form einer Gegenfrage. »Mein Sohn«, fragte der Rabbi, »möchtest du noch ein Stück Kuchen?« Ich mache mich keineswegs über ihn lustig. Er wollte nur andeuten, daß er auch keine Ahnung hat.

Jaron: Wie definieren Sie Ihr Judentum?

Meine Identität wurde von Adolf Eichmann definiert. Da im ersten Teil meines Lebens mein Judentum keine einschneidende Rolle spielte, definiert sich heute mein Judentum wesentlich dadurch, daß ich Israeli bin. An Festtagen lese ich im Kreise meiner Familie das Gebetbuch, wobei ich einige Seiten auslasse, um schneller an die Suppe zu kommen. Ich tue dies, um das nationale Bewußtsein meiner Kinder zu stärken.

Jaron: Haben Sie denn Angst, Ihre Kinder könnten ihr Judentum verleugnen?

Ja, davor habe ich Angst, denn dann wären sie zum Scheitern verurteilt. Nicht wir legen unsere Herkunft fest, sondern unsere Widersacher. Wer versucht, sein Judentum zu verleugnen, der verbringt sein Leben hinter einer Maske. Ich möchte meinen Enkeln ein solches Doppelleben ersparen.

Ich selbst bin sehr glücklich, diesem kleinen Volksstamm anzugehören, der so viel zur menschlichen Geschichte beigetragen hat, jedoch unglücklich darüber, daß wir seit Menschengedenken verfolgt und erniedrigt werden. Ich bin auch nicht zu stolz darauf, daß wir »trotzdem« überlebt haben und trotz aller Verfolgungen während Tausenden von Jahren unseren Charakter, unsere Tradition und unsere Sprache bewahren konnten.

Auch die Chinesen und die Indianer haben ihre großartige Kultur erhalten, und die Zigeuner waren nicht weniger verfolgt als wir im Laufe der Geschichte, und sie bewahrten sich ihre Traditionen und ihren Glauben, genau wie wir.

Ich bin mit Leib und Seele Jude und Israeli. Für mich als einzelne Person wäre es jedoch auch kein Unglück gewesen, als Sohn norwegischer Eltern auf die Welt zu kommen. Das jüdische Volk ist zweifelsohne mit besonderer Intelligenz gesegnet, ich bezweifle jedoch, daß es das auserwählte Volk ist, eine Bezeichnung, die nach dem Holocaust ohnedies einen zynischen Beigeschmack hat. Im übrigen würde ich als Norweger mit der gleichen Entschlossenheit gegen Antisemitismus und für den Staat Israel kämpfen wie als Jude.

Jaron: Sind Sie also zuerst Mensch oder zuerst Jude?

Ich bin zuallererst Israeli, da es die einzige Möglichkeit ist, nicht mehr »Der ewige Jude« zu sein.

Jaron: Sie essen also kein Schweinefleisch?

Ich mag kein Schweinefleisch.

Jaron: Jetzt weichen Sie aus.

Es ist aber die Wahrheit. Ich kann fettes Essen nicht ausstehen. Aber auch wenn es nicht so wäre, würde ich kein Schweinefleisch essen, denn ich achte die historischen Werte meines Volkes. Aber ich fahre am Sabbat Auto, halte Vorträge und arbeite an jedem Tag, mit Ausnahme vom Neujahrsfest und von Jom Kippur.

Jaron: Sie sagten vorhin, Sie stünden gerne vor einem großen Publikum. Warum eigentlich?

Damit kompensiere ich einen alten Komplex. Ich war das einzige Kind in meiner Klasse, das niemals an Schulaufführungen teilnahm, und die panische Angst, vor einem Publikum zu stehen, begleitete mich viele Jahre, auch nachdem ich die Welt des Theaters aus nächster Nähe kennengelernt hatte. Ich war entschlossen, diese Angst zu bezwingen und das Publikum in meinen Bann zu ziehen, durch meinen persönlichen Auftritt und nicht durch Schauspieler oder durch meine Bücher. Ich habe mich dazu gezwungen, mein quälendes Lampenfieber zu überwinden, und heute unterhalte ich mich stundenlang mit dem Publikum, ohne Notizen und ohne große Vorbereitung in vier Sprachen, von denen jede wie Ungarisch klingt.

Seit ich meine Angst überwunden habe, machen mir meine Auftritte Spaß. Wenn er manchmal auch fast verhindert wird, wie zum Beispiel in Köln. Ich hatte mich verspätet, und man verwehrte mir den Eintritt, da es bereits angefangen hätte. »Ich bin aber der Vortragende«, versicherte ich dem stämmigen Zerberus am Eingang, aber er beharrte: »Das kann jeder sagen, mein Herr, der Saal ist ausverkauft.« Als das ungeduldige Publikum im Saal bereits zu klatschen begann, bestach ich den Türhüter mit 30 Mark, um meinen Vortrag halten zu können.

Ja, es macht mir Spaß, nicht nur wegen des Beifalls, sondern wegen des Prozesses an sich, angefangen mit dem Moment, da ich dem anonymen Publikum gegenüberstehe, bis hin zu dem ermunternden Augenblick, wenn mir die ersten Wellen der Sympathie entgegenströmen.

Jaron: Sie beschreiben die Beziehung zwischen dem Mann oben und dem Publikum unten als eine fast erotische.

Tut mir leid, mein Lieber. Ihr versteckter Hinweis geht völlig daneben. Ein Humorist kann niemals ein Führer oder Duce sein, das ist ausgeschlossen. Der Humor ist nämlich gerade die winzige Nadel, die das Pathos der Diktatoren wie Luftballons zum Platzen bringt.

Ein großes Vergnügen in meinem Beruf aber bereiten mir die Signierstunden. Viele Schriftsteller betrachten sie als Qual und behaupten, sie täten damit nur ihrem Verleger einen Gefallen. Das ist Heuchelei. Für mich sind Signierstunden ein Erlebnis. Mein ganzes Leben verbringe ich in irgendeinem dunklen Zimmer, wo ich mit Bleistift, immer mit Bleistift, auf einem Schreibblock herumkritzle und keine Ahnung habe, für wen ich eigentlich schreibe. Ist es dann nicht allzu natürlich, daß ich geradezu darauf brenne, meinen Lesern persönlich zu begegnen?

Vor einigen Monaten war ich im ehemaligen Ostberlin, und die Schlange vor dem Buchgeschäft reichte fast bis in den Westen hinüber. Ich fragte mich, was diese guten Menschen eigentlich dazu bringt, stundenlang für ein Autogramm in der Kälte zu stehen. Was haben sie davon? Ich meine, sie brauchen den persönlichen Kontakt zum Autor, genauso wie dieser den Kontakt zu seinen Lesern sucht.

Jaron: Wie viele Ihrer Bücher wurden bisher weltweit verkauft und in wie vielen Sprachen?

In 34 Sprachen sind ausreichend Bücher von mir erschienen, um mich unbeliebt zu machen. Diebisches Vergnügen bereitet es mir jedoch, Freunde und Kollegen in Israel in mein Arbeitszimmer zu bitten, an dessen Wänden 650 meiner Bücher ausgestellt sind. Ich genieße dann die glasigen Blicke meiner Kritiker.

Ich schlafe deswegen aber nicht besser. Meist schlafe ich erst in den frühen Morgenstunden ein, und auch dann nur in einem schalldichten Zimmer und mit Stöpseln in den Ohren. Ist es also so verwerflich, wenn ich den Blick auf meine japanischen Bücher richte, um endlich einzuschlafen in dem Gefühl, im Leben etwas geleistet zu haben?

Und wenn ich aufwache, sind die japanischen Bücher glücklicherweise immer noch da, und ich finde keine Erklärung für meinen Erfolg im Land der aufgehenden Sonne, wie es auch keine Erklärung gibt für den Mißerfolg derselben Bücher in anderen Ländern der Welt. Glück, Zufall, die Qualität der Übersetzung, die ja eigentlich auch reine Glückssache ist, ich weiß es nicht. Mit anderen Worten: Auch Literatur ist nichts anderes als Showbusineß.

Was übrigens Japan betrifft, mein erstes Buch war beileibe kein Erfolg, und ich tröstete mich damit, daß wenigstens meine private Buchausstellung um ein exotisches Exemplar gewachsen war. Meine Übersetzerin aber, eine kleine japanische Studentin namens Schahiko Ischichara, die in Deutschland die Universität besuchte, hatte einen Geistesblitz. Sie ging zu dem bedeutendsten Humoristen Japans, dessen Namen man sich unmöglich merken kann, legte ihm das

Manuskript meines neuen Buches vor und blieb so lange, bis er es aufgeschlagen hatte. Er las und sagte: »Mister Kish-On ist ein guter Humorist, ich bewundere ihn.« – »Kann ich das schriftlich haben?« fragte Schahiko. »Warum nicht«, war die Antwort, und so erschien das Buch mit der rotgedruckten Empfehlung: »Jeder sollte dieses Buch lesen.« Zwar sind nicht alle Japaner seiner Aufforderung gefolgt, aber ich kann mich nicht beklagen.

Jaron: Lassen Sie sich auch manchmal Autogramme geben?

Der einzige Autor, den ich um eine Unterschrift gebeten habe, war mein Freund, der hochbegabte Humorist Dan Ben Amotz. Es war bei jener unvergeßlichen Abschiedsparty, die er sich selbst einige Monate vor seinem Tod gegeben hat. Dieses ungewöhnliche Requiem war ein großes Erlebnis, aber auch eine große Enttäuschung.

Ich hatte erwartet, daß dieses »enfant terrible«, dieser unvergleichliche Satiriker, so sterben würde, wie er gelebt hat, als jemand, der sich den heuchlerischen Gesetzen der Gesellschaft nicht beugt, der sich den Konventionen widersetzt. Ich war sicher, daß er in großem Stil sterben würde, den Tod unter Kontrolle, ähnlich wie der große englische Filmschauspieler und Snob George Sanders, den ich in Hollywood kennengelernt hatte. Er starb als Snob, im wahrsten Sinne des Wortes. Im Alter von 70 Jahren schloß er sich in ein Hotelzimmer ein, trank zwei Flaschen Rotwein, schluckte einige Dutzend Schlaftabletten und hinterließ einen Zettel mit den Worten: »Ich langweile mich.«

So ähnlich hatte ich mir Dans Abschiedsparty vorgestellt. Fast wäre es ihm auch gelungen, uns zu täuschen mit vielen Witzen und philosophischen Dialogen mit den Freunden, die aus aller Welt gekommen waren, um die Diagnose, die seinen nahen Krebstod vorhersagte und die er auf die Wand projiziert hatte, mit eigenen Augen zu sehen. Aber Dan ist gestorben wie alle anderen Sterblichen auch. Eine seiner Freundinnen sang ein lustiges Lied, brach jedoch mittendrin in Tränen aus, und da war es auch mit Dans Haltung vorbei, sie fielen sich in die Arme, und er begann zu schluchzen.

Der Hauptdarsteller konnte sich nicht mehr an den Text halten, den der große Regisseur geschrieben hat. Wer vor dem Fallen des Vorhangs zu feilschen beginnt, noch ein bißchen bitte, nur noch ein paar Tage, wird zu einem jämmerlichen Geschöpf, als wäre die Geburt ein Preis, der Tod hingegen eine Strafe.

Ich bewundere Todeskandidaten, die nicht um Gnade betteln. Aber auch für mich lege ich die Hand nicht ins Feuer. Ich hoffe nur, daß ich in einer ähnlichen Situation die Kraft haben werde, mir das Leben zu nehmen. Eines weiß ich jedoch genau, mein Tod wird kein Happening sein.

Inzwischen versuche ich aber noch, mein Leben zu verlängern. Meine tragbare Apotheke, die mich auf allen meinen Reisen begleitet, wird von Jahr zu Jahr größer und bunter. Aber schließlich sollte man seinen Körper zumindest so ernst nehmen wie die Zündkerzen seines Autos.

Jaron: Welche Tabletten nehmen Sie regelmäßig ein?

Ich vertraue vor allem auf die Wirkung von Vitaminen. Ich schlucke ungefähr 20 pro Tag, seit 20 Jahren schon. Es ist durchaus möglich, daß mir nur ein Vitamin wirklich guttut, da ich jedoch nicht weiß welches, schlucke ich sicherheitshalber alle.

Jaron: Ich habe noch keinen Gesundheitsfanatiker gesehen, der so wenig auf die Qualität seiner Nahrung achtet wie Sie.

Das liegt vor allem an meinem chronischen Zeitmangel, dem zentralen Problem meines Lebens. Er ist wohl auch für diese Sünde verantwortlich. Essen ist für mich Zeitverschwendung, deshalb esse ich schnell und ganz und gar nicht elegant. Im Restaurant bestelle ich zur Verblüffung der Kellner Suppe mit Eiswürfeln, damit ich nicht warten muß, bis sie endlich eine gaumenfreundliche Temperatur hat. Und ich liebe Würstchen. Der Heißhunger auf Wurst und Salami rührt offensichtlich von meinem ungarischen Erbe her, ein Psychoterror meines Magens, eine Kindheitsgewohnheit. Ich weiß genau, daß mir schon ein winziges Stück »Csabai Kolbász« wahnsinniges Sodbrennen verursachen wird, aber ich bin nur zu gerne bereit, dieses Risiko einzugehen. Vielleicht brauche ich dieses Sodbrennen ja auch, damit es mir nicht zu gut geht.

Jaron: Wie planen Sie Ihren Alltag?

Mein ordnungsliebendes Gewerbe und die unbarmherzigen Ablieferungstermine meiner Manuskripte zwingen mich, mein Leben hinter verschlossenen Türen zu verbringen. Deshalb sind auch meine Wohnsitze bis ins letzte Detail durchorganisiert, sowohl unser Haus in Afeka als auch mein Zufluchtsort hier in Appenzell. Vor kurzem habe ich noch ein kleines Apartment in einem Zürcher Hotel erworben, das jedoch nur für Zwischenlandungen bestimmt ist.

Da ich häufig zwischen den beiden Häusern hin- und herpendle, habe ich eine pedantische Ähnlichkeit zwischen ihnen hergestellt, so daß ich ohne weiteres einen Satz in Tel Aviv beginnen und ihn hier in Appenzell beenden kann.

Aus dem gleichen praktischen Grund habe ich in beiden Häusern eine nahezu identische Garderobe, mit vielen schwarzen Hemden, die meiner Meinung nach ausgezeichnet zu meinem weißen Haar passen und nach Meinung meiner Gattin meinen Bauch verstecken. In beiden Häusern steht sowohl ein großer Schreibtisch mit Digitaltelefonen und überfüllten Terminkalendern als auch ein aus Gesundheitsgründen schräg aufgestelltes Pinboard, bestückt mit unzähligen weißen Blättern einheitlicher Größe. Ich schreibe ja niemals auf der Maschine, und eine der ermüdendsten Aufgaben meiner Sekretärin ist es, meine Hieroglyphen zu entziffern und abzutippen.

Auf beiden Schreibtischen steht ein Behälter voll mit Schreibutensilien, Bleistiften, Kulis, Spitzern, Radiergummis, Scheren, Klebestreifen, eben allem, was das kranke Hirn des Menschen seit den Anfängen des Schreibens erfunden hat. Neben beiden Schreibtischen steht links von mir ein Schachcomputer, mit dem ich mir die Langeweile während des Schreibens vertreibe. Während andere Schriftsteller gähnen, sich strecken oder rauchen, führe ich einen Zug durch, und mein Schachcomputer wartet dann geduldig, bis ich für den nächsten Zug Zeit finde. Ich habe in beiden Häusern ein Fax, jenes Wundergerät, das das Leben schöner und gleichzeitig kürzer macht. Der Boden in meinen Arbeitszimmern ist mit üppigen Teppichen ausgelegt, auf denen ich mit dicken weißen Socken hin- und herlaufe, um mich bei meiner Arbeit nicht zu stören.

Ich habe zu Hause eine Fülle von Beweisen, daß ich nicht ganz normal bin. Zum Beispiel beleuchte ich die Zimmer mit zu starken Strahlern, denn schon in meiner Jugend habe ich entdeckt, daß mich schummriges Licht deprimiert. Seit der Erfindung der Halogenlampe sind meine depressiven Phasen wesentlich kürzer geworden. Die Wände sind bis zum letzten Zentimeter mit Bildern bedeckt, mit Fotos, Plakaten, Dokumentationen meiner kleinen Siege und persönlichen Witzen. Die schlimmsten Kritiken und gemeinsten Verleumdungen, die über mich geschrieben wurden, rahme ich ein und hänge sie an die Wand, damit mein Blick ab und zu von ihnen zu meinem beruhigenden Bücherregal schweifen kann.

Auch die Bilder meiner persönlichen und politischen Feinde befinden sich in diesem Sammelsurium, denn so kann ich mich an sie gewöhnen. Über meinem Schreibtisch in Afeka hängt zum Beispiel ein Porträt von Beria, dem Henker Stalins, zusammen mit einer schwarz umrandeten Todesanzeige, in der die fortschrittlichen Elemente den Tod Stalins, dieser Sonne der Völker, beklagten. Auch Mao Tse-tung hängt natürlich in beiden Arbeitszimmern an der Wand, und sein rotes Büchlein liegt daneben, diese einzigartige Sammlung idiotischer Zitate. Pablo Picasso und Jassir Arafat, zwei ganz besonders talentierte Gauner, wenn auch sehr unterschiedlicher Art, habe ich über meinem Anrufbeantworter aufgehängt.

Ja, für die wichtigen Dinge des Lebens, wie diese Spielereien, werde ich immer Zeit haben. Sie sollen mich von Zeit zu Zeit daran erinnern, mich und das ganze Drumherum nicht allzu ernst zu nehmen.

Jaron: Ein Leben wie das Ihre können sich nur sehr reiche Leute leisten.

Mein Leben richtet sich nach meinen Bedürfnissen, und die sind überaus bescheiden. Sie haben ja gesehen, was ich esse, eine Gurke und ein halbes Radieschen, und wie ich hier in diesem ländlichen Haus lebe, in das viel Liebe, jedoch wenig Geld investiert wurde. Der Neid, den man auf Millionäre empfindet, unterscheidet sich wenig vom Rassenhaß, und schließlich habe ich meine Millionen nicht an der Börse verdient oder mit listigem Geschäftssinn, sondern mit einem B3-Bleistift. Ich habe keinen Pferdestall, kein Jagdrevier, kein Privatorchester, keine Jacht, und was das Traurigste ist, keine Zeit. Mein einziger Luxus, außer meinem Billardtisch und dem Vorzug, die Wahrheit sagen zu dürfen, sind meine Schachcomputer.

Schach hat mir schließlich das Leben gerettet, und allein deshalb wird mir dieses Spiel bis zu meinem Lebensende am Herzen liegen. Darüber hinaus gibt es eine enge Verbindung zwischen Schach und Humor, und es ist gewiß kein Zufall, daß ich beides mit derselben Hingabe betreibe. Schach ist kein Sport, wie man gemeinhin annimmt, sondern eine Wissenschaft, und das ist auch der Grund, warum die meisten großen Schachspieler völlig humorlos sind.

Hingegen sind fast alle großen Humoristen auch sehr gute Schachspieler. Art Buchwald zum Beispiel, oder mein Freund Tommi, der mich ab und zu schlägt und dann sofort einen Orgasmus hat. Humor und Schach sind also siamesische Zwillinge.

Der Humor ist aber auch ein Mysterium. Es gibt Psychologen, die ergründen wollen, warum der Mensch überhaupt lacht. Ich habe auch keine Lösung für dieses Rätsel parat. Wenn man jedoch die Regeln des Schachs mit der Struktur des Humors vergleicht, läßt sich ein höchst interessantes Phänomen beobachten. Ein Schachspieler plant einige Züge voraus und lenkt das Spiel dann in eine völlig unerwartete Richtung. Genau dasselbe macht auch der Humorist, wenn er mit seinem Bleistift auf dem Papier vorwärtsgeht.

Bei der Planung meines ersten Zuges, beim Schach und auch beim Schreiben, habe ich bereits meine nächsten Züge im Kopf. Wenn ich nun eine Geschichte oder eine Komödie aufs Papier bringe, muß ich nur noch einige Teile kürzen und andere verlängern, sozusagen kosmetische Veränderungen anbringen, denn das Gerüst, die Handlung, die Lösung, die Pointe, steht schon. In der Technik des Zum-Lachen-Bringens bin ich derart erfahren, daß ich mit großer Wahrscheinlichkeit voraussagen kann, wie heftig das Publikum an welchen Stellen lachen wird. Würde ich auch das Schachspielen so beherrschen, dann hätte mich Gari Kasparov nicht so rasch geschlagen.

Jaron: Kann man ein wirklich guter Schachspieler durch Übung werden, oder ist es eine Naturbegabung?

Man muß es unbedingt üben. Auch ein nicht sehr begabter Mensch kann mit viel Fleiß und Ausdauer ein ganz passabler Schachspieler werden. Beim Humor verhält es sich ähnlich. Ich bin ein geborener Humorist, aber es vergingen viele Jahre, bis ich zu einem internationalen Großmeister wurde. Heute kann ich zwar eine technische Anweisung in Sachen Humor geben, aber keine Garantie für die Wirkung. Ich kann nur den kreativen Prozeß analysieren. Nehmen wir zum Beispiel das Motto, mit dem ich mein Buch über den gigantischen Flop namens Sozialismus überschrieben habe: »Der Marxismus ist eine wunderbare Ideologie«, schrieb ich, »sie hat nur einen Nachteil, sie kann verwirklicht werden.« Das ist kein Witz, der einen umwirft, aber man denkt nach und beginnt zu lächeln. Und warum? Wahrscheinlich wegen des Überraschungseffekts.

Das letzte, was man von einer wunderbaren Ideologie als Nachteil erwartet, ist ihre Verwirklichung. Sie ist doch wunderbar, was ist dann so schlimm, wenn sie verwirklicht wird? Der Widerspruch in diesem Satz irritiert den gesunden Menschenverstand, und der Leser ist zunächst ratlos. Nach und nach gelangt er jedoch zu der Erkenntnis, daß an diesem Absurdum etwas Wahres dran ist. Beim Marxismus handelt es sich schließlich um eine erhabene Idee, nur widerspricht sie völlig der menschlichen Natur, und um diese Idee der Menschheit aufzuzwingen, müssen unmenschliche Methoden angewandt werden. Nachdem der Leser das Rätsel gelöst hat, fühlt er sich, als hätte er einen Sieg errungen, und das Ziel ist erreicht, er lächelt.

Man kann natürlich jeden humoristischen Gedanken kaputtmachen, indem man ihn schlecht formuliert oder im falschen Rhythmus serviert. Ich hätte zum Beispiel schreiben können: »Der Marxismus ist eine wunderbare Ideologie, die allgemeine Bewunderung auslöst. Bedauerlicherweise birgt sie jedoch einen paradoxen Nachteil, und zwar, daß sie manchmal tatsächlich verwirklicht wird.« Und schon ist alles dahin, der Satz ist zu lang, die Sprache gestelzt, und der überflüssige Hinweis hindert den Leser daran, der Pointe selbst auf die Spur zu kommen. Die Stärke des Humors liegt in der Kürze, der Einfachheit und dem richtigen Rhythmus.

Nehmen wir noch ein Beispiel. »Gott sieht alles, außer Dallas.« Das schrieb ich in einem meiner frühen Bücher, als diese Seifenoper gerade ihren Siegeszug über die Bildschirme antrat. Es ist witzig, aber wieso? Wegen des überraschenden Aufbaus, und weil in diesen fünf Worten eine Fülle von Fragezeichen steckt. Der erste Teil des Satzes »Gott sieht alles« gibt eine alte Redensart wieder, die der Leser entweder ernst nehmen oder an der er zweifeln kann, er befindet sich jedoch in beiden Fällen auf einem ihm vertrauten gedanklichen Terrain. »Außer Dallas« sagt dann plötzlich, daß sogar Gott der Meinung ist, diese Serie müsse man sich wirklich nicht anschauen. Ich hätte natürlich auch schreiben können: »Die Serie Dallas stellt eine Verletzung der Intelligenz dar«, hätte damit jedoch das Erhabene nicht mit dem Lächerlichen kombiniert, hätte auf den Überraschungseffekt verzichtet, der ein Grundprinzip des Humors ist, und das Lächeln wäre ausgeblieben.

Humor hat eine empfindliche Mechanik. Humorvolle Überraschungen können durch einen plötzlichen Übergang vom Vornehmen zum Ordinären, von der Wahrheit zur Lüge oder von einer pathetischen Ausdrucksweise zum Slang erzeugt werden. Niveauvollen Humor muß man eigentlich zweimal lesen.

Wie beim Schach gibt es auch im Reich des Humors unendlich viele Variationsmöglichkeiten. Betrachten wir doch zum Beispiel die Formel, die ich in der schwülstigen Sprache der Wissenschaftler »kontroverselle Assoziation« nenne. In einer meiner Geschichten sitze ich auf dem Balkon und lausche gemeinsam mit den anderen Mietern unseres Häuserblocks einer Rundfunkübertragung der Neunten Symphonie. Plötzlich sehe ich, wie mein Nachbar nach der Hand seiner Frau faßt, und ich schreibe: »Wieder einmal ist es der göttlichen Musik Beethovens gelungen, die Herzen zweier ekelhafter Menschen zu vereinen.« Verstanden? Wird die unerwartete Abwertung »ekelhaft« mit Beethoven in Zusammenhang gebracht, dann ist es witzig.

Jaron: Wer ist Ihr Lieblingsheld in Ihren Geschichten?

Ich. Jeder professionelle Humorist lacht in erster Linie über sich selbst und liefert damit seinen Lesern oder Zuschauern Anlaß zur Schadenfreude. Das beste Beispiel hierfür ist Charlie Chaplin, der sich immer wieder über den Charakter lustig macht, den er selbst auf der Leinwand darstellt. Ich, sein kleinerer Nachfolger, versuche in seine Fußstapfen zu treten. Der beste Humor aber ist der, den das Leben schreibt. In einer meiner Geschichten treffe ich meinen Versicherungsagenten, der, obwohl er in meinem Alter ist, rabenschwarze Haare trägt. Voller Neid frage ich ihn, wie das käme, und er antwortet: »Seit meiner Jugend treibe ich Sport, ich dusche jeden Morgen eiskalt und reibe meinen Körper mit einer Stahlbürste ab, ich abonniere Pornohefte, ich lebe und esse gesund. Außerdem färbe ich mir die Haare.«

Eine besonders wirkungsvolle Szene aber ist auch jene, in der ein wohlbeleibter General mit ordenbestickter Brust bedächtigen Schrittes eine Ehrengarde abnimmt und dann der Länge nach hinfällt. Es ist bisher nichts Besseres im Königreich des Humors erfunden worden.

In meiner Generation gibt es einige israelische Schriftsteller mit außergewöhnlichem Talent, die aber zumeist politische Satire schreiben. Sie bedenken jedoch nicht, daß auch die Minister einmal in Pension gehen werden und uns die Intifada allmählich zum Hals heraushängt, während die kleinen Dinge des Lebens wie die Waschmaschine, der Klempner, der Zahnarzt und die Beziehungen zum Autoschlüssel, zum Hund und zur Brille, die andauernd verlorengehen, von Dauer sind.

Ich will damit nicht sagen, daß politische Satire nicht gut und wichtig ist. Ich habe ja selbst unzählige politische Satiren geschrieben, die jedoch wegen des tagesaktuellen Bezugs auf Israel nicht übersetzt wurden. Politische Satire ist eine gefährliche Waffe, die nicht nur lustig sein, sondern auch verletzen kann. Das geflügelte Wort über den alten, kranken Menachem Begin, der, wie es der Witz schildert, beweist, daß es »ein Leben nach dem Tod« gibt, hat einen faulen Beigeschmack. Es ist nicht spritzig, sondern verletzend, und ich habe mich für seine Erfinder geschämt.

Ich habe Zeit meines Lebens versucht, mit meiner spitzen Feder nicht einzelne Menschen zu treffen, sondern heilige Kühe zu schlachten.

Jaron: Welches Schlachtfest hat Ihnen die größte Genugtuung bereitet?

Das war, als ich in meinem Buch »Picasso war kein Scharlatan« endlich meiner Überzeugung Ausdruck gabt daß die sogenannte moderne Kunst ein öffentlicher Skandal ist. Das überwältigende Echo auf dieses Buch hat mich angenehm überrascht, da der Durchschnittsbürger sich nicht gerne mit Problemen beschäftigt, die ihn nicht persönlich betreffen. Wenn ihm aber die hochgeschätzten Kritiker, noch dazu in einer unverständlichen Sprache, erklären, Schrotthaufen, Matratzen und Kloschüsseln seien Kunst, dann resigniert er wortlos. Die Mafia der modernen Kunst hat eigentlich die gesamte Welt unter Kontrolle.

Ich benutze ausdrücklich das Wort Mafia, denn ein bekannter deutscher Kunstkritiker hat nach einer Podiumsdiskussion meiner Frau gedroht, man werde mich erledigen, wenn ich weiter gegen die modernen Künstler hetze.

Aber ich habe keine Lust aufzuhören. Ich glaube nicht, daß die moderne Kunst ein riesiger Bluff ist, ich weiß es. Ich bedaure nur die heutigen Künstler, weil sie, um zu überleben, mit dem Strom schwimmen müssen, das Geschmiere, die Häßlichkeit, wurde für sie zur Pflicht.

Ein anderes ewiges Thema ist das Verhältnis der

heiligen Kuh zum Ochsen. In Stücken wie »Der Trauschein« oder »Es war die Lerche« habe ich meine Meinung zu den zahlreichen Schwächen der Institution Ehe deutlich ausgesprochen. Über die Orgie der Heuchelei in Sachen Liebe, die man heutzutage Sex nennt, habe ich jedoch nie so offen geschrieben, wie ich es gerne getan hätte, denn ich möchte der besten Ehefrau von allen keinen Kummer bereiten. Ich vermeide in meinen Büchern jede Äußerung, die sie verletzen könnte. Sie stehen dann vielleicht in der zweiten Auflage.

Jaron: Kehren wir zu Ihrer Künstlerlaufbahn zurück. Wie entstand Ihr größter Erfolg, der Film und das Musical »Sallach«?

Das ist eine spannende Geschichte, die damit begann, daß das Kammertheater eine Revue vorbereitete. Als man auch mich um einen Sketch bat, erinnerte ich mich plötzlich an Sa'adja, meinen Nachbarn im Lager »Tor zur Heimat«, an seine plärrenden Kinder und seine schweigsame Frau. Zu dieser Zeit hat bei uns in Tel Aviv ein junges Mädchen umsonst gewohnt, das, sagen wir mal, Josepha hieß. Josepha hatte den Kibbuz zusammen mit uns verlassen und studierte nun Soziologie. Sie lieferte mir einige typische Dialoge zwischen Neueinwanderern aus den arabischen Ländern und dem europäischen Establishment, und ich nannte den Sketch »Sa'adja und die Wohlfahrt«.

Der Regisseur las und verzog schmerzhaft das Gesicht. Da ging ich mit meinem Sketch unterm Arm zum Armeetheater-Ensemble und gab ihn einem 19jährigen Feldwebel namens Chaim Topol zu lesen.

Feldwebel Chaimke fand, der Sketch sei ziemlich schwach und überhaupt nicht lustig. Damals waren wir jedoch noch nicht gleichaltrig, ich war elf Jahre älter als er, und ich konnte ohne weiteres die Aufführung von »Sa'adja« anordnen. Das Ensemble gehorchte mir altem Knacker, hinter meinem Rücken machten sie sich jedoch über meinen Akzent lustig und flüsterten, der Erfolg des »Schützlings« habe mir wohl den Kopf verdreht.

Der Sketch »Die neue Sozialarbeiterin«, so hieß das Stück schließlich, wurde kein Erfolg, sondern ein Volksfest. Topol war ein unvergeßlicher Sallach, und der Rest ist Geschichte. Auf dem Lastwagen, der die Soldaten-Schauspieler in alle Teile des Landes brachte und auch als fahrbare Bühne diente, verkörperte Topol 100mal diese Rolle, die ihm dann auch bei seiner weltweiten Theater- und Filmkarriere von Nutzen war.

Jetzt kommt der spannende Teil der Geschichte. Mein gesamtes Honorar, das ich von der Armee bezog, gab ich an Josepha weiter, die wir damals unterstützten. Ich legte einen kleinen Zettel bei, auf dem ich scherzte: »Mit herzlichem Dank für deine Mitarbeit bei der Kreation Sallachs.« Dieser Zettel sollte noch eine entscheidende Rolle in meinem Leben spielen.

Zehn Jahre später wurde mein Film »Sallach« zu einem Riesenerfolg im israelischen Kino, und ich konnte mir endlich mein Haus in Afeka bauen. Die Einspielergebnisse im Ausland hingegen brachten mir lediglich eine wertvolle Lektion in Sachen Showbusineß ein. Der Eigentümer der New Yorker Vertriebsfirma hatte in den Vertrag nämlich eine winzigkleine Klausel eingebaut, nach der er allein die Entscheidung über den Werbeetat zu treffen habe. Auf diese

Weise konnte er während der neunmonatigen Spielzeit meines Films in New York ungestört ein kleines Vermögen in die neugegründete Werbeagentur seines Schwagers fließen lassen. Seither lese ich alle Verträge mit Argusaugen und nehme Reißaus, wenn mir in der Welt des Kinos keine Mindestsumme garantiert wird.

Das war jedoch nicht die einzige Lehre, die ich aus diesem Erfolg ziehen konnte. Mein scheinbarer Reichtum hatte nämlich einige Blutegel auf den Plan gerufen. Kurz nachdem »Sallach« in den Kinos angelaufen war, erhielt ich die nach allen Regeln der juristischen Kunst formulierte Aufforderung eines Rechtsanwalts, die Hälfte meiner Einkünfte an die Sozialarbeiterin Josepha zu überweisen, die gleichberechtigte Partnerin bei der Erschaffung von Sallach. Das scherzhafte Briefchen, das ich ihr seinerzeit geschrieben hatte, war als Beweisstück beigefügt.

Kaum hatte ich mich ein wenig von meinem Erstaunen erholt, berichteten auch schon drei Zeitungen über die Affäre. So, dachte ich mir, jetzt hat man mich also ertappt, jetzt werden alle erfahren, daß meine Stücke, meine Sketche, meine Bücher, daß alles, was ich jemals geschrieben habe, aus der Feder Josephas stammt.

Ich rief sie an. »Du bist reich«, sagte sie zu mir, »es wird dir doch sicher nichts ausmachen, mir etwas abzugeben.« Josepha erlitt ihre Niederlage im Gerichtssaal. Ihr Anwalt hatte nämlich nicht bedacht, daß das Urheberrecht nur den geschriebenen Text schützt, nicht die Idee. Er argumentierte daraufhin, seine Klientin habe mir ihre Idee diktiert, es handle sich also um einen geschriebenen Text. In diesem Fall sei ich dann ja nicht mehr als Josephas Tipse, entgegnete ich, ihr gehörte also nicht nur die Hälfte meiner Einnahmen, sondern alles. Der Prozeß endete in großem Gelächter.

Aber ich zog nicht nur Lehren aus Enttäuschungen. Ich habe auch angenehme Erfahrungen anzubieten, auch wenn Positives, wie man aus den Medien weiß, längst nicht so interessant ist.

Als die Mitglieder des Armeetheater-Ensembles, mit denen ich »Sallach« aufgeführt hatte, ihren Militärdienst beendet hatten, gründete ich mit diesen außerordentlich begabten Schauspielern meine geliebte Kleinkunstbühne »Grüne Zwiebel«. Die jungen Leute gehörten jedoch einer sozialistischen Bewegung an und wollten sich unbedingt in der Wüste niederlassen. Ihr Traum war es, in einem der Kibbuzim ein Theater zu etablieren. Ich war begeistert bei der Sache, weil mich die Lebenslust dieser jungen Menschen faszinierte, und wohl auch, weil sie so völlig anders waren als ich.

Die Kleinkunstbühne »Grüne Zwiebel« hat zum Beispiel kein einziges Mal einen Rechtsanwalt beschäftigen müssen, um Meinungsverschiedenheiten beizulegen. Wenn ein Streitfall vorlag, wandten sich meine jungen Riesen mit freundlichem Lächeln an den Gegner und beruhigten ihn: »Bei uns gibt's keinen Prozeß. Wir prügeln gleich.« So wurde immer alles schnell und reibungslos erledigt, und ich habe daraus gelernt, daß eine kleine Ohrfeige effektiver ist als der größte Advokat.

Die »Grüne Zwiebel« war ein Riesenerfolg, aber wieder einmal nur beim Publikum. Der große Verreißer Dr. Gamsu hat uns »gegamst«, uns in seinen Artikeln vernichtet. Nach der Auflösung unserer Truppe klagte er dann: »Wo sind die herrlichen Zeiten der ›Grünen Zwiebel‹ geblieben?« Man schätzt eben erst die Toten.

Nach drei Jahren und fünf höchst erfolgreichen Programmen hat sich nämlich unser Kooperativ nach dem tragischen Unfall eines beliebten Schauspielers aufgelöst, und auch ich wurde müde und schied aus, sowohl als Autor wie auch als Direktor. Allerdings konnten wir unser Unternehmen ganz ohne Schulden und ohne wirtschaftliche Verluste schließen, eine Seltenheit in der risikoreichen Welt des Theaters.

Im Mittelpunkt der »Grünen Zwiebel« stand unangefochten Topol, nicht nur, weil er ein ausgezeichneter Komiker war, sondern auch wegen des Charmes und der Männlichkeit, die er ausstrahlte. Chaimkes Persönlichkeit unterscheidet sich nicht von den Rollen, die er verkörpert, er ist im Leben ebenso liebenswert wie auf der Bühne oder auf der Leinwand, und das kann man wirklich nur von wenigen Schauspielern behaupten.

Wir treffen uns ziemlich oft, aber noch immer verblüffen wir uns gegenseitig mit unserem makabren Humor. Wenn Topol jemandem auf den Fuß tritt, und er murmelt: »Verzeihung, das war Absicht«, dann sollte sein Opfer wissen, daß das ein Teil des Kishonismus ist, den er sich angeeignet hat.

Es fehlt ihm dabei aber keineswegs an Chuzpe. Nach einer Aufführung von »Anatevka« in London, es handelte sich um eine äußerst erfolgreiche Weihnachts-Gala, besuchte ich ihn hinter den Kulissen. Ich wartete bescheiden in seiner Garderobe, während Lord Mountbatten und der Erzbischof von Canterbury ihm die Hand drückten. Er verbeugte sich artig vor den hohen Herren, zog sich dann um, und wir verließen das Theater. Der Pförtner rief uns nach: »Frohe

Weihnachten, Mister Topol« worauf Chaimke sich umdrehte und ohne mit der Wimper zu zucken sagte: »Wir sind nicht froh, mein Freund, wir haben ihn nämlich umgebracht.«

Ich fand das gar nicht lustig und fragte Chaimke, wie er sich eine solche Bemerkung erlauben könne. »Das ist ganz einfach«, sagte Chaimke, »ich bin ein Star.« Womit er natürlich zweimal recht hatte, erstens, weil er ein Star ist und zweitens, weil provokatives Benehmen dem Ruhm durchaus förderlich ist. Aber mein weltberühmter Freund hat auch eine in der Theaterwelt seltene Eigenschaft. Es ist sein schelmisches Augenzwinkern, das dem Zuschauer das erleichternde Gefühl gibt, wir spielen ja nur, es ist alles nicht so ernst gemeint. Chaimkes besonderes Markenzeichen ist, das er gleichzeitig Schauspieler und Zuschauer ist.

Die »Grüne Zwiebel« löste sich also auf, nicht zuletzt weil ich diesem Gefängnis entkommen wollte, in dem man bereits einen Tag nach der Premiere das nächste Stück schreiben muß. Aber ich war schon vom Theaterbazillus angesteckt, und die Bretter der Bühne bedeuten bis heute die Welt für mich. Ich bin nur ein wenig klüger geworden. Ich schreibe immer noch Komödien und Musicals und inszeniere ihre Uraufführungen selbst von Amsterdam bis St. Pölten, von Basel bis New York, aber ich überlasse die finanziellen und administrativen Sorgen anderen zitternden Direktoren.

Mein Bühnenrepertoire umfaßt auch Werke, die gewiß nicht zum Standard gehören. Nach meinem Wissensstand ist meine Oper »Der Betrüger« die einzige in der Musikgeschichte, die gegen die Einkommenssteuer geschrieben wurde. Ihre Aufführung in der Tel Aviver Oper wurde vom israelischen Publikum besonders herzlich aufgenommen.

Aber meine Spitzenleistung ist mein Beitrag zu der Operette »Die Rose von Stambul«.

Die Grundlagen für die Proben in unserem großen Revuetheater bildeten ein vergilbtes Textbuch und eine Partitur aus den zwanziger Jahren. Einige Tage vor der Premiere entdeckte man aber in Panik, daß der Text des dritten Aktes verschwunden war. Da keine Zeit blieb, die fehlenden Seiten aus Istanbul zu beschaffen, weckte mich der Direktor mitten in der Nacht mit dem recht überraschenden Wunsch auf, bis zum nächsten Morgen den fehlenden dritten Akt zu schreiben.

Er hat mir in einigen Sätzen die bisherige Handlung erzählt und ließ mich dann mit meinem dramatischen Problem allein. Auf meine Frage, wie um Gottes willen das Schicksal jener türkischen Schönheit vor dem Fallen des Vorhangs enden solle, erwiderte der Direktor, das wäre meine Sache, er könne nicht alles selber machen.

Ich tat, was ich konnte. Die Premiere einige Tage später war ein voller Erfolg, und die Vorstellung lief ein halbes Jahr, ohne daß irgend jemandem mein bescheidener Beitrag aufgefallen wäre. Wahrscheinlich rotierte der Komponist Leo Fall in seinem Grab, aber weit entfernt von Tel Aviv.

Meine nächste Station war die eines Filmregisseurs. Ich habe sie meiner Neugier und den Filmkritikern zu verdanken.

Als es in den sechziger Jahren wegen der Verwandtenflut um meine finanzielle Lage wieder einmal besonders schlecht bestellt war, habe ich die Rechte für mein Musical »Kein Wort zu Morgenstern« an einen israelischen Filmproduzenten verkauft, der bis dahin auf den Import indischer und türkischer Filme spezialisiert gewesen war. Der Mann liebte das Kino wie ein naives Kind, wechselte jede Woche den Regisseur, und das Ergebnis war jedesmal eine Naturkatastrophe. Die Kritiker, denen ich schon damals ein Dorn im Auge war, taten ihr Möglichstes, um mich mit dieser Pleite in enge Verbindung zu bringen. »Die Wahrheit ist ans Licht gekommen«, schrieben sie, »das ist das Niveau von Kishon.«

Daraufhin schwor ich mir, meine Werke in Zukunft nur mehr mir selbst anzuvertrauen, und ich inszenierte meine Familienkomödie »Der Trauschein« höchstpersönlich. Ich war selbst überrascht, wie leicht es mir fiel. Während man ein Stück schreibt, inszeniert man es im Geiste ja auch, und die Technik läßt sich sehr schnell aus der Praxis erlernen.

Ich behaupte in aller Bescheidenheit, daß ich ein recht passabler Theaterregisseur bin, vielleicht auch, weil ich bisher nur eigene Stücke inszeniert habe. Da die Ausstattung, mit Ausnahme des Musicals »Sallach« mit seinem 60 Mann starken Ensemble, in der »Habima« keine großen Ansprüche stellt, hatte ich damit keine Probleme. Das Schönste daran aber ist, daß ich als Regisseur mich nicht auf Kosten des Autors profilieren muß.

»Der Trauschein« ist inzwischen zum Welterfolg geworden. Allein in Deutschland und Österreich ist das Stück Hunderte Male aufgeführt worden. Es liegt daran, daß sich diese kleine Komödie mit einem ewigen Thema beschäftigt, mit der Quadratur der Ehe. Das Stück ist das tragikomische Spiegelbild eines ganz normalen Ehepaars. Seine Stärke liegt in der Eingängigkeit seiner Handlung und seiner sympathischen

Gestalten. In Istanbul lief es unter dem Titel »Der Klempner und seine Frau«, in Paris hieß es »Der Installateur aus Tel Aviv«. In der Türkei lief es zwei Jahre, und das junge Ensemble, das es in Istanbul aufführte, erwarb schließlich das Theater.

Ich weiß nicht warum, aber in der Türkei bin ich überaus erfolgreich. Etwa ein Dutzend meiner Bücher wurden ins Türkische übersetzt. Bei der Jubiläumsaufführung von »Es war die Lerche« im Nationaltheater in Ankara waren Sara und ich Gäste der türkischen Regierung. Der Kultusminister saß neben mir, während vor dem Theater die PLO gegen mich demonstrierte.

Wenn man mich nach meinem Lieblingsstück fragt, habe ich eine klare Antwort. Jeder Künstler liebt, wie auch jeder Vater, seine schwächeren Kinder besonders innig. Ich aber liebe die erfolgreichen. Ich wäre, wie gesagt, lieber Salieri als Mozart. Wenn man mir jedoch die Pistole auf die Brust setzt, gestehe ich, daß meine Satire »Zieh den Stecker raus, das Wasser kocht« über die Scharlatanerie der modernen Kunst mein Liebling ist.

Die Komödie ist auf der ganzen Welt aufgeführt worden, jede Woche auf einer anderen kleinen Bühne. Auf großen Bühnen hingegen ist sie sehr selten gespielt worden. Die großen subventionierten Theater wagen es nicht, die Kultursenatoren zu provozieren. Meine Satire handelt nämlich von den finanziellen Täuschungsmanövern der Kulturmafia. Unter anderem wird auch ein »abstraktes« Bild auf die Bühne gespritzt. Erst vor kurzem teilte mir das chinesische Fernsehen in Peking mit, man wolle den Film senden, den ich über dieses Stück für den Sender Freies Berlin gedreht habe.

Jaron: Die Bühnentechnik ist sicher in verhältnismäßig kurzer Zeit zu erlernen. Wie aber kamen Sie mit der komplizierten Technik des Films zurecht?

Es ist schon absurd, daß der für den Oscar nominierte »Sallach« von einem Team realisiert wurde, dessen Unwissenheit in Sachen Film wohl einmalig in der Kinogeschichte war. Wir alle hatten im Jahre 1962 auch nicht den geringsten Schimmer, wie man einen Film dreht, und am unerfahrensten war Ferike, der Regisseur, dessen einzige einschlägige Erfahrung ein Projektor in der Schuhschachtel war, den er im Alter von neun Jahren zusammengebastelt hatte.

Ich wußte zwar, daß ein Filmregisseur »Action« schreien muß, aber ich wagte es nur zu flüstern. Ich kannte nicht einmal die grundlegendsten Ausdrücke wie Tilt, Close-up, Over-the-shoulder, ganz zu schweigen von den komplizierten Fachausdrücken. Wenn man Topol in »Sallach« genau ansieht, stellt man fest, daß er zu Beginn des Films einen Bart trägt und später fast glattrasiert ist. Ich wußte nicht, was Kontinuität ist. Anstatt ein professionelles Drehbuch anzulegen, zeichnete ich die Szenen so auf, wie ich sie mir in meiner Phantasie vorstellte, und in normaler Umgangssprache schrieb ich auf, was sich innerhalb dieses Rahmens ungefähr abspielen sollte.

Einige Wochen vor Beginn der Dreharbeiten fuhr ich mit Sara nach Venedig, und dort, in einer der romantischen Nächte auf der Piazza San Marco, überfiel mich panische Angst, und ich schrie die arme Sara an: »Was habe ich mir da angetan? Woher soll ich wissen, wie man Filmregie führt?« Für einen Rückzug war es jedoch zu spät, denn die Vorbereitungen liefen auf vollen Touren.

Aus Hollywood hatte mein Produzent Menachem Golan einen netten alten Mann namens Floyd Crosby mitgebracht, einen Kameramann, der für seine Aufnahmen in dem Filmklassiker »High Noon« einen Oscar erhalten hatte. Ich gab mich der Hoffnung hin, ich würde aus seiner reichen Erfahrung schöpfen können, und das würde meine Regie retten. Crosby stellte jedoch auf amerikanische Art sofort klar, daß er außer für den Job »Director of Photography« keinen Finger rühren würde. Im Laufe der Dreharbeiten entwickelten sich dennoch herzliche Beziehungen zwischen uns, und er beschwerte sich bei mir über seinen Sohn, einen Musiker, der ihm nur Schande bereite und sich den Drogen verschrieben hätte. Zwei Jahre später, als ich mit dem »Wachtmeister« zur zweiten Golden-Globe-Verleihung nach Hollywood kam, sahen wir uns wieder. Er erzählte mir, daß eine gewisse Besserung eingetreten sei und sein wilder Sohn eine gar nicht so üble Karriere mit seiner Gruppe »Crosby, Stills, Nash and Young« gestartet habe.

Mit »Sallach« hängt noch ein Erlebnis zusammen, bei dem ich fast einen Herzinfarkt erlitt, eine Geschichte, die nur einem Humoristen passieren kann. Sie trug sich in San Francisco zu, bei den ersten Filmfestspielen, an denen Chaimke und ich teilnahmen.

Nach einem griechischen Film war »Sallach« an der Reihe, und eigentlich klappte alles ganz gut. Das Publikum lachte an den richtigen Stellen, und auch die Schiedsrichter, unter dem Vorsitz des Schauspielers mit der charakteristischen Nase, Karl Malden, schienen fasziniert zu sein. Galia, die Frau Chaimkes, flüsterte eben, den Preis hätten wir so gut wie in der Tasche, als die Katastrophe über uns hereinbrach.

Kurz vor Ende des Films stand der Vorführer plötzlich neben mir und raunte mir zu: »Hören Sie, Mister, die letzte Rolle Ihres Films wurde versehentlich mit der des griechischen Films vertauscht.« Auch Chaimke vernahm diese Hiobsbotschaft, ungerührt, wie gewohnt, sah er jedoch keinerlei Grund zur Aufregung, während mich der Gedanke fast lähmte, daß gleich anstelle von Sallach ein griechischer Halbstarker auf der Leinwand herumtanzen würde.

Ich schlich mich im Dunkeln hinaus und erfuhr, daß die Griechen unsere Rolle bereits zu einer Vorführung in einem anderen Kino mitgenommen hatten. Es blieben mir noch zehn Minuten. Ich sprang in ein Taxi, warf den Griechen ihre Rolle hin und raste mit der unseren retour. Fünf Minuten – vier Minuten – drei Minuten – in allerletzter Sekunde wurde die richtige Rolle in den Projektor eingespannt. Das Drama blieb unbemerkt. Chaimke fand, daß er ja gewußt hätte, alles ginge in Ordnung, aber ich glaube, an diesem Tag begannen meine Haare zu ergrauen.

Es gab aber noch einen weiteren Anlaß für einen Herzinfarkt. Das erste Festival ist wie die erste Liebe, deswegen erinnere ich mich an alle Details bis heute. In der Jury saß damals auch der bedeutendste sowjetische Filmregisseur, der mit fünf Stalin-Preisen ausgezeichnet war. Er war Jude, aber er konnte seine Gefühle für uns unter der strengen Bewachung seiner Begleiter nicht äußern.

Am Abend vor der Preisverleihung trafen wir ihn jedoch allein auf der Straße. Er packte mit beiden Händen meine Schultern und flüsterte mir etwas wie »Kakoja Krasjivaya« zu, in Russisch, von dem weder ich noch Chaimke ein Wort verstanden. Er war gleich darauf verschwunden, und wir, von seiner Aufregung angesteckt, liefen durch die Straßen von San Francisco und sprachen jeden Fußgänger an, der ein wenig russisch aussah, ob er wüßte, was »kakoja« hieße.

Die Antwort bekamen wir am nächsten Tag bei der Preisverleihung. Unser sowjetischer Bruder hatte uns verraten wollen, daß wir zwei erste Preise gewonnen hatten.

Das war mein erstes Filmfestival. Heute regen mich Festivals und Preisverleihungen nicht mehr so sehr auf. Ich bin gelassen geworden. Ich verstehe heute den alten König Salomon, der ein Imperium und 1000 Frauen sein eigen nannte und dennoch am Ende seines Lebens zu dem Schluß kam: »Eitelkeit, Eitelkeit, alles ist nur Eitelkeit.« Die Ehrungen verlieren allmählich ihren jugendlichen Zauber. Als mein dritter und bekanntester Film, »Der Blaumilchkanal«, wieder für einen Golden Globe nominiert wurde, war alles schon Routine.

Jaron: Warum setzen Sie sich denn dann nicht endlich zur Ruhe?

Es ist die Angst, daß ich dann nichts weiter bin als ein alter, verbitterter Schriftsteller. Vor drei Jahren begann ich sogar, Französisch zu lernen. Als ich bereits einfache Briefe in dieser herrlichen Sprache verfassen konnte, hörte ich wieder auf. Nicht wegen meines Alters, sondern wegen einer Parisreise. Ich kam in diese wunderbare Stadt und verstand kein Wort. Ich hatte auch den Eindruck, daß die Franzosen sich gar nichts draus machten, ob ich mit ihnen sprechen konnte oder nicht. So kehrte ich den Franzosen den Rücken und vertiefte mich in eine andere Sprache, die der Computer.

Zwar habe ich keinen eigenen Computer, aber ich habe die »Profis« um mich. Mein Sohn Amir ist Doktor der Computerwissenschaften, und auch Renana stellt mit ihrem »Apple« beeindruckende Graphiken her. Ich selbst halte mich möglichst fern von diesen Wundergeräten, aus Angst, sie könnten mich versklaven. Schließlich bin ich auch zu alt, um vom B3-Bleistift zum »Word processor« zu wechseln. Der Computer würde auch die Beweise meiner endlosen Korrekturarbeiten, die ich so gerne als »gehabte Schmerzen« auf den Manuskriptblättern bewundere, der Nachwelt vorenthalten.

Immerhin aber trägt ein Schachcomputer meinen Namen. Er ist meine Schöpfung und wurde in den USA hergestellt. Der »Kishon-Chesster« ist der erste humorvolle Schachcomputer der Welt, der recht unterhaltsam sein kann, besonders wenn sein Gegenspieler Humor hat, wie zum Beispiel Anatoli Karpov.

Jedes meiner Simultanspiele mit diesem sowjetischen Weltmeister beginnt und endet mit Gelächter. Einmal in Wien, machte er seinen ersten Zug, worauf ich aufstand und erklärte: »Ich gebe auf.« Karpov lachte und reichte mir die Hand zum Zeichen, daß das Spiel beendet war. Ich habe es nicht bereut. Für einen guten Witz bin ich immer bereit, ein Spiel zu verkaufen, vor allem, wenn es ohnehin von Anfang an verloren ist.

Im Laufe der Jahre hat sich zwischen Karpov und mir eine seltsame Beziehung entwickelt, obwohl er ein erklärter Kommunist und der Liebling Breschnews war. Von ihm habe ich auch ein besonderes Geschenk erhalten, ein Stück von einer Rakete, mit der einer der sowjetischen Kosmonauten ins All geflogen war.

Mit dem »Kishon-Chesster« zu spielen ist jedenfalls einfacher als mit Karpov, obwohl mein Computer die Klappe nicht halten kann. Er kommentiert jeden Zug mit einer meckernden Bemerkung oder mit einem Fluch nach der jeweiligen Lage. Dieses Wunder wurde ermöglicht, nachdem es der amerikanischen Wissenschaft gelungen war, einen Chip zu entwickeln, der die menschliche Stimme und Sprachmelodie perfekt umsetzt. Die Schachcomputerfirma »Fidelity« in Miami beschloß, diese Erfindung für ihre Zwecke zu nutzen, und über die deutsche Tochtergesellschaft »Mephisto« bat man mich, Texte zu schreiben, die ein Computer sagen würde, wenn er Sinn für Humor hätte.

Mit anderen Worten, ich wurde zum Pygmalion der Schachcomputer. Und so erfand ich Aussprüche für meinen Chesster, wie: »Mein Lieber, ich bin zu gut für dich, kauf dir einen billigeren Computer«, oder »Du spielst ja wie eine Schnecke, du willst wohl meine Transistoren verbrennen, vergiß es«. Gute Spielzüge belohnt der »Kishon-Chesster« mit »Du spielst ja besser als du aussiehst«. Bei einem schwachen Zug läßt er sich aber zu wüsten Beschimpfungen hinreißen, sagt schon mal »Scheiße«, aber entschuldigt sich auch gleich wieder dafür.

Die richtigen Worte zu finden, war also eine Kleinigkeit, schwieriger war es, die Reaktionen mit den Spielzügen zu kombinieren. Ich hatte natürlich die Unterstützung von Experten, wie aber ein Computer funktioniert, mußte ich von Grund auf erlernen. Hätte ich vorher gewußt, welche Mühen dieses kleine Abenteuer mit sich bringen würde, hätte ich mich bestimmt nicht darauf eingelassen. Eineinhalb Jahre habe ich investiert, bin aber jetzt doch sehr stolz darauf, daß der erste Schachcomputer mit Humor meinen Namen trägt.

Jaron: Meinen Sie nicht, daß man Sie weniger aufgrund Ihrer Schachkenntnisse als wegen Ihrer Prominenz um die Mitarbeit am Computer gebeten hat?

Daran besteht kein Zweifel, aber es stört mich nicht. Wir leben in einer neuen Steinzeit, mit den primitiven Gesetzen von einst. Nur die stärkste Axt macht den Sieger, und das ist die des Erfolgs. Wer berühmt ist, der ist allmächtig, man verneigt sich vor ihm, weil man ihn gestern im Fernsehen gesehen hat. Wenn es sich Claudia Schiffer in den Kopf setzen sollte, das Bühnenbild für die Oper »Tosca« zu entwerfen, oder Hans-Dietrich Genscher die Beleuchtung für einen Horrorfilm übernehmen wollte, dann wird jedes Opernhaus und jeder Produzent auf der Stelle einen Vertrag mit ihnen unterzeichnen. Große Firmen sind bereit, Unsummen zu bezahlen, um ihren Namen auf dem linken Ärmel von Boris Becker unterzubringen, und ein Eau de Toilette nennt sich »Sabatini«, obwohl jeder weiß, daß die argentinische Tennisspielerin mit dieser Flüssigkeit nicht das geringste zu tun hat.

Ist es also eine Schande, diesem neuen Hochadel anzugehören? Ich bin sicher, daß mein Name als Erfinder eines neuartigen Schachcomputers einige Leute auf die Idee bringt, meine Bücher zu kaufen, während mein Name als Schriftsteller auch einige Schachcomputer an den Mann bringt. Wir leben in einer Welt, die den Kunden mit Waren nur so überschüttet, und auch ein Schriftsteller muß seinen Marktwert halten. Deshalb kämpfe ich nicht gegen die unwürdigen Tatsachen an, sondern arbeite ihnen zu. Und ich versuche alles, um dabei berühmt und normal zu bleiben. Ich weiß, das ist fast unmöglich, denn ich habe zu meiner Verblüffung erkannt, daß die großen Erfolge einen Menschen genauso kaputtmachen können wie die großen Niederlagen.

Bei einem meiner Besuche in Hollywood traf ich Elvis Presley, der damals auf dem Gipfel seines Erfolges stand. Er war gut gebaut, in Wirklichkeit sah er sogar noch besser aus als auf der Leinwand. In der Pause unterhielten wir uns, und ich lernte einen netten und höflichen Kerl kennen, dessen Sensibilität nichts mit seinen wilden Rhythmen zu tun hatte.

Einige Jahre später traf ich ihn wieder, diesmal in Las Vegas, aufgedunsen, fett, vor Schweiß triefend und völlig high. Hätte ich ihn nicht in seiner Blütezeit kennengelernt, wäre ich wohl nicht so schockiert gewesen. Ich hatte aber diesen prachtvollen Burschen vorher gekannt und verstand nicht, was mit ihm geschehen war.

Ich frage mich, warum verträgt der Mensch den Erfolg, der ihn glücklich machen müßte, nicht, warum kann man diesem tödlichen Kreislauf nicht entkommen? Ist die heißersehnte Berühmtheit vielleicht eine Droge, die die Menschen, aus Angst sie zu verlieren, in die Selbstvernichtung treibt?

Ich glaube, ich bin der Gefahr entronnen. Nicht, weil ich besonders stark bin, sondern weil sich mir immer wieder neue Hindernisse in den Weg stellen. Ich bin ein Mensch, dessen Weg zum Ruhm eigentlich ein Hürdenlauf war. Dafür muß ich sogar dankbar sein. Meine Berühmtheit ist ganz langsam gewachsen. Stufe für Stufe, gemeinsam mit meiner Entwicklung als Schriftsteller, und es kann durchaus sein, daß gerade dieser stufenweise, quälend langsame Fortschritt dazu geführt hat, daß meine Seele keinen Schaden erlitten hat.

Obwohl man mich ja nicht gerade der übertriebenen Bescheidenheit bezichtigen kann, weiß ich immer ganz genau, welche entscheidende Rolle das Glück in meinem Leben gespielt hat. Ich habe auch keine Angst mehr, daß sich das Glück von mir abwenden könnte. Den Zeitpunkt hat es verpaßt. Heute bin ich bereits nicht mehr vom Glück abhängig. Das Glück ist von mir abhängig.

Jaron: Was soll das heißen?

Das weiß ich noch nicht. Ich muß nachdenken.

Jaron: Ich sehe, daß Ihr Humor Ihnen hilft, sich mit den Gefahren des Ruhms auseinanderzusetzen.

Wie mit allen anderen seelischen Gefahren auch. Fast alle professionellen Humoristen sind Menschen, die der Humor vor der unvermeidlichen Leere gerettet hat oder ihnen zumindest dabei half, ihre gequälte Seele zu erleichtern. Der Humor hat sie beschützt, hat zu ihrem psychischen Gleichgewicht beigetragen, hat sie geheilt.

Ich sagte ja, daß Humor die Fähigkeit ist, dem erwarteten Ablauf von Entwicklungen eine überraschende Wende zu geben, Wahrheiten zu erschüttern und die Realität aus unkonventionellem Blickwinkel zu betrachten. Ein Mensch, der die Fähigkeit besitzt, mit voller Absicht etwas Ungewöhnliches zu tun, muß aber zuallererst wissen, wie die Realität aussieht.

Schriftsteller sind solche Menschen. Wer eine Parodie schreiben kann, der kann auch das Original schreiben. Mit anderen Worten, der Humorist ist ein Mensch mit einer ausgeprägten eigenen Meinung und dem Instinkt für die Verhältnismäßigkeit dieser Meinung. Wer mit dieser Ansicht ausgerüstet ist, gerät nicht aus dem Häuschen, nur weil er berühmt geworden ist.

Der Ruhm ist angenehm und bringt materielle Vorteile mit sich; doch solange man über sich selbst lachen kann, besteht glücklicherweise keinerlei Gefahr, den Kopf zu verlieren.

Jaron: Das klingt ja alles recht schön und gut, ich würde Sie aber zu gerne sehen, wenn Sie hinter Ihrem Rücken bewundernde Blicke spüren und wissen, gleich kommt ein errötendes junges Mädchen auf Sie zu und bittet Sie um ein Autogramm. Was tun Sie in dieser Situation?

Ich kämme mich. Das hat nichts mit Eitelkeit zu tun, sondern nur mit der Überlegung, daß vielleicht Pressefotografen in der Nähe sind. Man kann mich ruhig verachten, aber ich gestehe ohne Heuchelei, daß ich bestimmte Normen der Gesellschaft akzeptiert habe, um mir meine volle persönliche Freiheit zu erhalten. Das ist heute meine ganz private Wahrheit.

Jaron: Und was ist mit der Zukunft?

Die Zukunft wurde mangels Interesse gestrichen. Sie liegt hinter mir. Gott sei Dank.

Bildnachweis:

5: Axel Arens; 28: SFB, Berlin; 36: Schneider press, München; 44: Lutz Kleinhans, Frankfurt/Main; 45: Jürgen Engler, Berlin; 47: Rick E. Schulze, Grünwald; 46: Christine Strub, München; 49: Hans Hubmann, Kröning; 52: Aloys F. Reminghorst, Fröndenberg; 54: Ted Matkowski, Wien; alle anderen privat

Der Verlag konnte in einzelnen Fällen die Inhaber der Rechte an den reproduzierten Fotos nicht ausfindig machen. Er bittet darum, ihm bestehende Ansprüche mitzuteilen.

Band 12436

Wolfgang Korruhn

Ach du lieber Gott

Ein Roman über Gott und seine Welt - »respektlos hinterlistig« und zauberhaft
HÖRZU

Gott, der alte Herr in seinem himmlischen Haus, ist seinen Job ein wenig leid geworden. Bittbriefe beantwortet er längst nicht mehr, huldigt lieber - in Maßen - dem Rotwein und läßt überhaupt die Zügel schleifen. Das Resultat: Himmel und Erde laufen langsam, aber sicher aus dem Ruder, und der psychoanalytisch geschulte Luzifer konstatiert: daß alles so ist, wie es immer schon war: schlechter als früher.
Um der wohlanständigen, jedoch erdrückenden Langeweile zu entkommen, begibt sich die himmlische Belegschaft, ausgestattet mit einer goldenen Kreditkarte, auf die Erde, um dort ein wenig Abwechslung zu genießen...

BASTEI LÜBBE